KB178558

레이첼 커스크
세계 언론의 찬사를 받다

『윤곽』의 정교한 구성은 레이첼 커스크의 도발적이고
화려한 생각을 담고 있다.
미국_월스트리트 저널

아름다움과 야망에 대한 소설.
이 작품의 서사는 부모, 아이, 이혼, 케이크, 드레스, 개 같은
가장 간결하고 기본적인 요소들로 부드럽게 분해된다.
이러한 요소들은 바퀴 안에 바퀴가 굴러가듯 빙글빙글 돈다.
영국_런던 리뷰 오브 북스

플롯은 직접적이지 않지만, 우리가 사랑하고 헤어지는 방식에 대한
작가의 냉철한 인식에 빠져들게 된다.
소설 속에는 많은 일이 일어나지 않으나,
일어날 수 있는 모든 일이 일어난다.
드와이트 가너_뉴욕타임스 서평전문기자

『윤곽』은 완전히 새로운 소설이다. 자신의 삶과 예술 안에서
타협을 거부하는 한 여성의 자화상을 보는 듯하다.
영국_VG

흠뻑 빠져든다. 『윤곽』 속의 세상은 우리의 세상과 연결되어 있다.
미국_더 뉴요커

책을 읽다 보면 어느 순간 한 페이지에 머물러
쉽게 눈을 떼지 못하는 내 자신을 자주 발견하게 된다.
미국_시카고 트리뷴

레이첼 커스크의 절제되고 실험적인 작품 『윤곽』은 소설이라기보다는
한 인간의 정체, 환상, 결혼 생활 속의 사라짐에 대한 성찰이다.
미국_엔터테인먼트 위클리

『윤곽』의 가장 큰 매력은 당신을 보다 섬세한 독자
그리고 청자로 만든다는 것이다.
미국_NPR

『윤곽』은 매우 흥미롭고, 멈출 수 없는 소설이다.
미국_피플

레이첼 커스크는 젠더, 권력 그리고 스토리텔링에 대한
그녀만의 생각을 담은 또 하나의 매혹적인 배를 만들었다.
미국_뉴욕 매거진

흥미롭고 아름다운 소설이다.
이혼에 대한 주인공의 감정은 타자의 결혼과
관계에 관한 이야기들을 통해서 드러난다.
어쩌면 쓸쓸하게 느껴지기도 하는 이러한 기법은 심오하다.
미국_뉴스데이

현대 여성상에 대한 매우 세련되고 깊은 공감을 만들어내는 소설이다.
동시에 독자들에게 지적인 도전과 특별한 즐거움을 선사한다.
미국_버슬

레이첼 커스크는 오만하고 고매한 이론적 접근 대신
날카롭고 기민한 개인적 일화로 우리를 이끈다.
미국_달라스 모닝 뉴스

『파리 리뷰』는 이례적으로 이 소설 전체를 출간 전 연재했다.
이것은 맨부커상 최종 후보에 오른 것보다 훨씬 매력적인 일이다.
아일랜드_아일랜드 방송협회

『윤곽』은 다양한 사람들의 이야기를 매우 친근하고 깊이 있게 다룬다.
근본적인 즐거움을 주며, 마치 장르물을 읽듯 빠져들게 된다.
영국_가디언

참으로 오랜만에 읽은 가장 기막히게 독창적인 소설이다.
소설 속 단어 하나하나가 정확하게 조율되었고 매혹적이다.
영국_업저버

치명적일 만큼 지적인 소설이다.
『윤곽』을 읽을 때면 마치 물속에 있는 듯,
공기보다 무거운 무언가에 의해 다른 사람들에게서
분리되는 듯한 느낌을 받는다.
하이디 줄라비츠_『타인들의 책』 저자

윤곽

Outline

사랑할 수 없는 사람들의 상실 혹은 단절

윤곽

레이첼 커스크 장편소설

김현우 옮김

한길사

일러두기

• 이 책은 영국에서 발간된 Rachel Cusk가 쓴 *Outline* (Picador, 2014)을 옮긴 것이다.

• 독자의 이해를 돕기 위해 옮긴이가 각주를 넣었다.

1

비행기를 타기 전 런던의 한 클럽에서 백만장자와 점심을 먹었다. 소개한 사람이 장담한 바에 따르면, 자유주의적인 신념을 지닌 인물이라고 했다. 노타이셔츠 차림의 백만장자는 자신이 개발 중인 새로운 소프트웨어에 대해서 이야기했다. 회사가 종업원들을 갈취하고, 나중에 버리는 일에 도움이 되는 소프트웨어였다. 우리는 그가 창간을 계획하고 있는 문학잡지에 대해 이야기를 나눌 예정이었지만, 안타깝게도 그 이야기를 꺼내기도 전에 나는 일어나야 했다. 그가 공항까지 택시비를 내주겠다고 했다. 그건 도움이 되었다. 비행기 시간에 늦었고, 무거운 여행 가방까지 있었으니까.

백만장자는 자신이 살아온 이야기의 개요를 내게 들려주고 싶어 했다. 별 특징 없이 시작하지만 결말에 가서는 오늘 내 앞에 앉았던, 느긋하고, 화려한―그 점은 확실했다―남자로 끝나는 이야기. 사실 지금의 그가 원하는 건 작가가 되는 것이 아닐까 하는 생각이 들었다. 문학잡지를 자신의 등용문으로

삼아서 말이다. 많은 사람들이 작가가 되고 싶어 한다. 돈으로 그 자리를 사는 방법을 생각해보지 않을 이유가 없다. 이 남자는 많은 것들을 그렇게 돈으로 사고팔았다.

그는 생각 중인 다른 계획들에 대해서도 이야기했다. 사람들의 생활에서 변호사들을 모두 몰아내버리는 계획 같은 것들. 그는 또한 한 지역사회 전체에 전력을 공급할 수 있을 만큼 커다란 수상풍력발전시설을 운영할 청사진도 가지고 있었다. 엄청나게 큰 설비는 바다 멀리 띄워서 해안에서는 터빈이 보이지 않는다. 그 계획을 제안하고 싶은 해안이 있는데, 어쩌다보니 본인도 거기에 집을 한 채 가지고 있다고 했다. 일요일에는 록 밴드에서 드럼을 연주하는데, 그냥 재미로 하는 거라고 했다. 이제 곧 열한 번째 아이가 태어날 텐데, 과테말라에서 네 쌍둥이를 입양한 것을 감안하면, 그건 처음 들었을 때 느낌처럼 끔찍한 소식은 아니었다. 내가 듣고 있는 이야기들을 하나도 제대로 받아들일 수가 없었다.

여종업원이 쉬지 않고 음식을 가지고 왔다. 굴, 전채, 특별한 와인 같은 것들. 그는 크리스마스 선물을 너무 많이 받은 아이처럼 산만했다. 그랬던 그가 내가 택시에 탈 때는 아테네에서 좋은 시간 보내라고 인사했다. 나는 나의 목적지를 말한 기억이 없다.

히드로 공항의 활주로에서 비행기를 가득 채운 승객들은 말없이 이륙을 기다리고 있었다. 승무원들이 구명장비를 들고 복도에 서서 녹음된 영상 같은 동작을 해보였다. 우리 승객들은 안전띠를 맨 채 자리에 앉아 있었다. 예배에서 기도문을 읽을 때와 비슷한 침묵에 휩싸인, 한 무리의 낯선 이들. 승무원은 안전조끼를 들어 보이고, 비상구를 가리키고, 투명한 튜브에 매달린 산소마스크를 들어 보였다. 교회의 목사님이 연옥과 지옥의 모습을 상세하게 안내하듯이, 승무원은 죽음과 재앙에 대해 안내해주었다. 아직 시간이 있을 때 자리에서 일어나 탈출하려는 사람은 한 명도 없었다. 우리 승객들은 다른 일들을 생각하며 그 안내에 귀를, 아마도 반쯤만, 기울였다. 마치 형식을 따른다는 마음과 약간의 체념이 뒤섞이며 마음이 단단해진 것만 같았다. 산소마스크에 대한 안내가 나올 때도 침묵은 흐트러지지 않았다. 아무도 항의하지 않았고, 자신이 먼저 마스크를 쓴 후에 다른 사람을 돌보라는 말이 나올 때도 아무도 일어나서 반대의견을 말하지 않았다. 하지만 나는, 정말 그래야 하는 건지 확신이 없었다.

내 옆자리에는 까무잡잡한 아이가 무릎을 늘어뜨린 채 살찐 손가락으로 게임기의 화면을 문지르고 있었다. 반대편 옆자리에는 몸집이 작은 신사가 앉아 있었다. 밝은색 리넨 정장 차림에, 얼굴은 햇볕에 잘 그을렸고, 머리는 백발이었다. 비행기 바깥은 잔뜩 부푼 것 같은 여름 오후가 그대로 정지된 것만 같았다. 공항 내에서 운행하는 자동차는 곧게 뻗은 평지를 아무런 방해도 받지 않은 채 장난감처럼 미끄러지듯 달리고, 회전하고, 원을 그리며 돌았다. 더 멀리 시선을 들면, 은빛 활주로가 단조로운 벌판을 가르는 개울처럼 뻗어 있었다.

비행기가 움직이기 시작했다. 바퀴가 구르자 정지해 있던 풍경이 움직이고, 창밖의 정경은 점점 더 빠르게 스쳐 지나갔다. 마침내 비행기는 힘겹게, 반쯤은 망설이는 듯 땅에서 떨어졌다. 불가능할 거라고 생각했던 순간, 정말로 그런 일이 일어났다.

오른쪽에 앉은 신사가 아테네에는 무슨 일로 가는 거냐고 물었다. 나는 일 때문이라고 대답했다.

"바닷가에서 지내셔야 할 텐데요. 아테네는 아주 더울 겁니다."

그가 말했다.

안타깝지만 그렇지는 않다고 대답하자, 그가 인상을 찌푸렸다. 하얗게 센 그의 눈썹은 바위산에 자란 잡초처럼 아무렇게나 이마에 자리를 잡고 있었다. 그 예상치 못한 모습 때문에 나는 그의 질문에 대답을 했던 것 같다. 예상치 못했던 일들은 종종 운명적인 무언가를 재촉하는 것처럼 보이기도 한다.

"올해는 더위가 일찍 찾아왔네요. 보통 이 무렵에는 안심해도 되는데. 익숙한 분이 아니라면 유쾌하지는 않을 겁니다."

그가 말했다.

심하게 흔들리는 기내에서 불빛이 깜빡거렸다. 문이 열렸다 닫히는 소리가 들리고, 뭔가가 덜거덕거리는 소음이 나고, 사람들이 동요하며 말을 하고, 자리에서 일어났다. 기내방송으로 남자의 목소리가 들리고, 커피와 음식 냄새가 났다. 승무원들은 할 일이 있을 때마다 카펫이 깔린 복도를 오르락내리락했고, 그들이 지날 때마다 나일론 스타킹이 사르륵 소리를 냈다. 옆자리 남자는 한 달에 한두 번은 아테네에 간다고 했다. 런던에도 메이페어에 아파트가 하나 있지만 "요즘은, 도체스터 호텔에 더 자주 머무릅니다"라고, 아주 건조하게 말했다.

남자는 세련되고 정중한 영어를 사용했는데, 영어가 완전히 자연스러운 것 같지는 않았다. 인생의 어느 시점에서 그림을 그리듯이 조심스럽게 그에게 덧칠된 것 같은 영어였다. 원래 어느 나라 사람인지 물었다.

"일곱 살 때 영국의 기숙학교로 보내졌습니다. 그리스인의 심장에 영국인의 예의범절을 갖췄다고 할 수도 있지만, 내가 듣기로는 반대 경우였다면 더 나빴을 거라고 하더군요."

그가 대답했다.

그의 부모는 양쪽 모두 그리스인이었지만, 그는 말을 이었다, 어느 시점엔가 집안 전체가—부부는 물론 네 아들, 양가의 부모, 삼촌과 이모들까지 모두—런던에 정착하고, 마치 영국 상류계급처럼 행동하기 시작했다. 네 남자아이는 기숙학교를 다녔고, 집 안은 사교장이 되어 관료와 정치인, 사업가들이 쉴 새 없이 드나들었다. 어떻게 그런 낯선 세계에 발을 들일 수 있었냐고 내가 물었을 때, 그는 그저 어깨를 으쓱해보였다.

"돈이라는 게 그 자체로 하나의 국가를 이루죠. 부모님은 선주船主였고, 우리 가문은 국제적인 사업을 했습니다. 하지만 부모님 두 분 모두 작은 섬에서 태어났죠. 아마 들어보신 적도 없을 겁니다. 관광지로 유명한 섬과 아주 근덥하기는 하지만요."

그가 말했다.

"근접이오. 근접하다는 말씀이죠?"

내가 말했다.

"죄송합니다. 그렇죠, 근접입니다."

그가 말했다.

다른 부자들과 마찬가지로, 그는 말을 이었다. 그의 부모도 오래전에 자신들의 출생지를 벗어나, 다른 부자나 영향력 있는 인물들이 있는 국경 없는 영역으로 이주했다. 물론 고향 섬에도 대저택이 있었고, 아이들이 어릴 때는 그리스에 기반을 두고 있었다. 하지만 아들들이 학교에 갈 나이가 되자 영국으로 이주했다. 영국에는 지인들이 많이 있었고, 그중에는, 그가 조금 자랑스럽게 덧붙인 말에 따르면, 왕실과 직접 이어져 있는 사람들도 있다고 했다.

고향 섬에서는 유명한 가문이었다. 해당 지역의 두 명문가가 부모님의 결혼 덕분에 하나로 묶였고, 뿐만 아니라, 두 선사의 재산도 합병되었다. 하지만 그 섬은 다른 곳과 달리, 모계가 더 힘이 있는 문화였다. 권위는 남자들이 아니라 여자들에게 있었고, 재산은 아버지가 아들에게 물려주는 것이 아니라, 어머니가 딸에게 물려주는 것이었다.

바로 그런 문화 때문에, 옆자리 남자의 말에 따르면, 영국에 정착할 무렵에는 집안 내의 갈등이 표면적으로 드러나고 있었다. 어릴 때부터 이미 아들들은 실망스러운 존재였다. 길게 이어졌던 아들들에 대한 실망의 맨 끝에 있었던 그에 대해 부모는 양가적인 감정을 드러냈는데, 어머니는 그가 딸이었으면 하고 바랐다고 한다. 그는 곱슬머리를 길게 길렀고, 부모는 그에게 드레스를 입혔고, 상속녀가 태어나기를 기대하며 미리 생각해두었던 여자아이의 이름으로 불렀다. 그 이상한 상황에는 조상들 때부터 이어진 이유가 있다고, 옆자리 남자는 말했다.

오래전부터 고향 섬의 경제는 해면^{海綿} 채취를 기반으로 돌아가고 있었다. 마을의 젊은 남자들은 잠수 기술을 익혀야 했다. 그건 위험한 작업이었고, 남자들의 기대수명은 유난히 낮았다. 그런 상황에서, 남편들이 자꾸만 죽어나갔기 때문에 여자들이 집안 살림을 담당하게 되었고, 딸들이 더 많은 것을 물려받았다.

"우리 부모님 시대에 세상을 있는 그대로 받아들이는 건 어려웠겠죠. 그건 꽤 즐겁기도 하면서 한편으로는 냉담한 세계였습니다. 예를 들자면, 부모님은 다섯째 남자아이를 낳았는데, 태어나면서부터 뇌에 문제가 있었죠. 집안 전체가 영국으로 이사를 할 때도 그 아이는 그대로 섬에 남았습니다. 여러 명의 간호사들이 그 아이를 돌봤는데, 믿을 만한 간호사들인지 아닌지는—그 시절에 그렇게 멀리 떨어진 곳에서—아무도 신경 쓰지 않았습니다."

남자가 말했다.

그 다섯째는 지금도 그곳에서, 여전히 아기 같은 머리에 몸만 어른이 된 채로 살고 있었고, 물론 자신의 이야기를 전할 수 없는 상태였다. 그 사이에 옆자리 남자와 형들은 영국 공립교육이라는 서늘한 분위기에 젖어들었고, 영국 소년들처럼 생각하고 말하는 법을 익혔다. 옆자리 남자는 길었던 곱슬머리를 짧게 잘랐는데, 그건 마음이 놓이는 일이었다. 그리고 난생처음으로 잔인함을 경험했고, 그와 함께 외로움이나 향수, 부모님에 대한 그리움 같은 새로운 종류의 불행도 경험했다.

남자는 양복 가슴주머니를 뒤져 부드러운 가죽 지갑을 찾아서는, 주름진 사진 한 장을 꺼내 보여주었다. 부모님의 흑백 사진이었다. 사진 속의 남자는 몸에 꽉 끼는 프록코트를 입고 맨 위 단추까지 단단히 채운 채 몸을 꼿꼿하게 세우고 있었다. 가르마를 탄 머리와 넓고 곧은 이마, 짙게 늘어진 콧수염이 유난히 포악한 인상을 풍겼다. 그 옆에, 동전처럼 동그랗고 단단한, 아무것도 읽어낼 수 없는 굳은 표정의 여인이 있었다.

사진은 1930년대 후반, 옆자리 남자 본인이 태어나기 얼마 전에 찍은 거라고 했다. 결혼 생활은 이미 불행한 상태였고, 아버지의 포악함과 어머니의 고집은 그저 겉으로 보이는 인상에 불과한 것이 아니었다. 두 사람의 결혼은 엄청난 두 의지가 부딪치는 전투였고, 아무도 당사자들을 떼어낼 수가 없었다. 두 사람이 사망했을 때, 비록 짧게나마, 그 전투가 그치기는 했지만, 그건 또 다른 이야기라고 남자는 희미한 미소를 띠며 덧붙였다.

그런 이야기가 오가는 내내 승무원들은 천천히 수레를 밀고 복도를 지나다니며, 승객들에게 음식과 음료수가 담긴 플라스틱 쟁반을 건넸다. 나는 음식을 왼쪽에 앉은 소년에게 건넸고, 소년은 내가 접이식 선반에 쟁반을 놓을 수 있게 두 손으로 게임기를 살짝 들었다. 오른쪽 옆자리 남자와 나는 쟁반의 덮개를 들었고, 승무원이 흰색 플라스틱 잔에 차를 따라주었다. 남자는 내게도 질문을 던지기 시작했다. 마치 그렇게 하는 거라고 배운 사람처럼 질문을 했는데, 누가 혹은 무엇이 그에게 그런 것을 가르쳐주었을까 궁금했다. 나는 런던에 살고 있다고 대답했다. 최근에 시골집에서 이사를 했는데, 그 집에서 아이들과 지난 3년 동안 살았고, 그 전에는 7년 동안 남편도 함께 살았다고 했다. 말하자면 그건 가정이었고, 그곳에 살면서 그 집이 무언가의 무덤이 되어가는 과정을 지켜보았다. 그 무언가가 현실이었는지 환상이었는지는 이제 확실히 알 수 없게 되어버렸다고 했다.

  우리 두 사람은 잠시 대화를 멈추고 차를 마셨고, 차와 함께 나온 케이크 같은 비스킷을 먹었다. 창밖은 보랏빛이 감도는 어둠이었다. 엔진이 안정적으로 돌아가고 있었다. 비행기 내부는 더 어두워졌고, 중간 중간 머리 위에서 비치는 조명이 어둠을 가르고 있었다. 바로 옆자리여서 남자의 얼굴을 자세하게 살필 수는 없었는데, 그렇게 어두워지고 나니 그 얼굴은 솟은 부분과 꺼진 부분이 교차하는 하나의 풍경이 되었다. 중심에 있는 코가 예사롭지 않은 각도로 꺾인 채 얼굴 양쪽으로 그늘을 드리웠고, 덕분에 그의 눈은 알아보기가 어려웠다. 입술은 얇고 커다란 입은 살짝 벌어져 있었다. 코와 윗입술 사이가 넓고 살점도 많았는데, 남자가 손가락으로 그 부분을 자주 쓰다듬었기 때문에 미소를 지을 때도 이는 보이지 않았다. 남자에게 대답하며 나는, 왜 결혼 생활이 끝나게 되었는지 이유는 모르겠다고 했다. 결혼은 다른 무엇보다도 신뢰에 바탕을 둔 체계, 하나의 이야기이며, 결혼 생활은 지극히 현실적인 것들로 드러나게 마련이지만, 그 생활을 이끌어가는 것은 궁극적으로는 신비한 무엇이라고.

결국 현실은, 집을 잃어버렸다는 사실이었다. 집은 사라져버린 것들이 있던 지리적 공간, 그리고 내 생각에는, 언젠가는 그것들을 되찾을지도 모른다는 희망을 대변하는 공간이었다. 그 집에서 나왔다는 건, 어떤 식으로든, 이제 더 이상 기다리지 않겠다는 선언이었다. 이제 우리는 이전의 전화번호에도, 이전의 주소지에도 없었다. 둘째 아들은 자신이 약속장소에 나왔을 때 상대가 보이지 않으면 곧장 사라져버리는 나쁜 버릇이 있다고, 남자에게 이야기했다. 곧장 상대를 찾으려고 길을 헤매다가, 짜증을 내고, 길을 잃어버린다고. "찾을 수가 없었다고!"라고, 아들은 나중에 분을 삭이지 못한 채 울며 말하곤 했다. 하지만 무언가를 찾을 수 있는 유일한 희망은 정확히 그 자리에, 약속 장소에 머무르는 것이다. 문제는 얼마나 오래 그 자리를 지킬 수 있는가 하는 점이다.

"첫 번째 결혼은 정말 바보 같은 이유로 끝났습니다."

잠시 후 옆자리 남자가 대답했다.

"어릴 때 건초 더미를 담은 수레가 밭에서 돌아오는 걸 본 적이 있는데, 건초를 어찌나 많이 실었는지 쓰러지지 않는 게 신기할 정도였죠. 아래위로 출렁거리고, 깜짝 놀랄 정도로 휘청거리는데, 놀랍게도 쓰러지지는 않더군요. 그런데 어느 날인가 드디어 쓰러진 걸 본 거예요. 수레가 옆으로 쓰러져 있고, 주변에 건초들이 사방으로 흩어져 있고, 사람들이 소리를 지르며 이리저리 달리고 있습디다. 어떻게 된 일이냐고 옆에 있던 어른한테 물었더니 길에서 살짝 솟은 부분이 있어서 거기 부딪혔다는 거예요. 그 이야기가 잊히지 않습니다. 언젠가 일어날 사고였지만, 또 참 바보 같은 일이었다고요. 첫 아내와 나한테도 해당하는 말입니다. 우리도 길에서 살짝 솟은 부분에 부딪혔고, 그렇게 넘어진 거죠."

그건 행복한 관계였고, 그의 삶에서 가장 조화롭던 시절이었다는 걸 지금의 그는 깨닫고 있다. 그와 아내는 10대 때 만나서 약혼했다. 한 번도 말다툼을 하지 않았지만, 딱 한 번 말다툼을 했을 때 둘 사이의 모든 것이 깨지고 말았다. 아이는 둘이었고 부부는 함께 상당한 재산을 모았다. 아테네 근교에 저택을 마련했고, 런던에 아파트가 있고, 제네바에도 집이 한 채 있었다. 말을 샀고, 스키 여행을 다녔으며, 에게해에 정박해둔 약 12미터짜리 요트도 있었다. 두 사람은 아직 젊었고, 덕분에 재산이 앞으로도 계속 늘어날 거라고, 삶이란 그렇게 확장되는 거라고 믿었다. 그래서 삶이 더 커질 때마다 그것을 담기 위해 이전의 그릇들을 하나씩 깨나갔다.

문제의 말다툼 후에, 집에서 영원히 나오는 것이 망설여졌던 옆자리 남자는 정박해둔 요트에서 지냈다. 여름이었고, 요트는 화려했다. 수영하고, 낚시하고, 친구들과 시간을 보냈다. 몇 주 동안 그는 순수한 환상 속에서 지냈지만, 사실 그건 마비 상태였다. 부상을 당한 후에 찾아오는 마비 상태, 아직 고통이 시작되기 전, 안개처럼 흐릿한 무통無痛의 시간을 지나 고통이 자기 길을 찾아오기 전의 마비 상태와 비슷했다.

날씨가 변했다. 요트는 춥고 불편해졌다. 장인이 불러서 아내와의 공동재산에 대해 주장하지 말아 달라는 요구를 했고, 그는 알았다고 했다. 그는 그만큼의 너그러움을 보여줄 여유는 자신에게 있다고, 그 정도 재산은 다시 모을 수 있을 거라고 믿었다. 그는 서른여섯 살이었고, 끝없이 커지고 싶은 어떤 혈기를, 지금까지 자신을 가두고 있던 그릇을 깨뜨리고 싶어하는 혈기를 아직 느끼고 있었다. 그 모든 것을 다시 찾을 수 있을 것 같았고, 차이가 있다면 이번에는 자신이 원하는 것들만 가질 생각이었다.

"결국 그게 말처럼 쉽지만은 않다는 걸 알게 됐지요."

그는 윗입술에 침을 묻히고 말했다.

당연히 그 모든 일들이 그가 상상했던 대로 흘러가지는 않았다. 길에서 살짝 솟은 부분은 그의 결혼만 넘어뜨린 게 아니었다. 그 부분 때문에 그는 완전히 다른 길로 접어들었다. 아주 길기만 하고 목적지도 없는 우회로, 실제로는 자신과 아무 관련도 없는, 지금도 가끔은 그저 여행 중에 지나는 길처럼 느껴지는 길이었다. 뜯어진 실밥 하나가 옷감 전체를 망가뜨리는 것처럼, 그동안 있었던 일련의 일들을 거슬러 올라가 최초의 잘못을 밝혀내는 것도 이제는 어려워져 버렸다. 하지만 그런 일련의 일들이 성인이 된 후 그의 삶의 대부분이었다. 첫 번째 결혼이 끝나고 거의 30년이 지났지만, 그 시절에서 멀어지면 멀어질수록 그 시절만이 더 현실인 것처럼 느껴졌다. '현실적'이라는 표현은 정확하지 않다. 그 후의 일들도 충분히 현실이었다고, 그는 말했다.

그가 찾는 단어는 '진짜 같은'이었다. 그의 첫 번째 결혼은 진짜 같았고, 이후의 어떤 시기도 그 시절 같지는 않았다. 나이가 들면 들수록 그 시절은 그에게 일종의 집, 돌아가기를 갈망하는 어떤 장소를 대변하게 되었다. 하지만 솔직한 마음으로 그 시절을 회상할 때면 그때의 답답한 느낌도 되살아났고, 첫 번째 아내와 실제로 이야기를 할 때면—그런 일은 점점 드물어졌지만—그 느낌은 더욱 강하게 느껴졌다. 그럼에도, 지금 생각해보면 그 시절의 삶은 무의식적으로 살았던 삶, 거기에 푹 빠진 채, 완전히 자신을 던져넣었던 삶인 것처럼 보였다. 마치 어떤 책에 푹 빠져서, 그 안에서 벌어지는 일들을 그대로 믿고, 주인공과 함께 그들의 삶을 거쳐 오는 것과 비슷했다. 그 이후론 단 한 번도 어딘가에 자신을 던져넣을 수 없었고, 그런 식으로 무언가를 믿을 수도 없었다. 어쩌면 바로 그점—믿음을 잃어버렸다는—이 과거의 삶에 대한 그의 열망의 정체일지도 모른다.

그게 무엇이었든지, 그와 그의 아내는 활짝 피어나는 무언가를 만들어냈고, 가지고 있던 것을 둘이서 함께 늘려나갔다. 삶은 기꺼이 그들에게 화답했고, 풍성하게 무언가를 내어주었다. 바로 그 점이—그는 이제야 볼 수 있었다—그로 하여금 그 삶을 깨뜨려도 좋겠다는 확신을 가지게 했다. 그래서 지금 생각하면 놀랄 만큼 무덤덤하게 그 삶을 깨뜨릴 수 있었던 것이다. 더 많은 것이 있을 거라고 생각했기 때문에.

"더 많은 뭐가요?"

내가 물었다.

"더 많은, 삶이랄까요."

그가 무언가를 받으려는 듯 손바닥을 내밀면서 말했다.

"그리고 더 많은 애정이오. 나는 애정을 더 많이 원했습니다."

그가 잠시 쉬었다 덧붙였다.

그는 부모님 사진을 다시 지갑에 넣었다. 창밖은 온통 어둠이었다. 기내의 다른 사람들은 책을 읽거나, 자거나, 이야기를 하고 있었다. 헐렁한 반바지 차림의 남자가 아기를 안은 채 달래며 복도를 오갔다. 비행기는 안정 상태에 접어든 듯, 아무런 흔들림도 느껴지지 않았다. 기내와 바깥 하늘 사이에 오가는 것이 없고, 마찰도 거의 없었기 때문에, 우리가 앞으로 나아가고 있다는 사실을 믿기가 어려웠다. 바깥의 칠흑 같은 어둠 때문에 전기 불빛을 받은 사람들의 모습이 더 두드러지고, 현실적으로 보였다. 사람들의 세세한 면들이 더 직접적으로, 아주 비개성적이고, 무한한 무엇처럼 보였다. 아이를 안은 남자가 지나갈 때마다, 남자가 입은 반바지의 그물 같은 주름과, 거친 붉은색 털로 뒤덮인 팔뚝과, 말려 올라간 티셔츠 사이로 불룩 나온 창백한 뱃살과, 남자의 어깨에 매달린 아이의 부드럽고 주름진 발과, 웅크린 작은 등과, 아직 보들보들한 머리칼로 뒤덮인 머리가 보였다.

옆자리 남자는 다시 내 쪽으로 돌아앉으며 아테네에는 무슨 일로 가는지 물었다. 다시 한번, 그의 질문에 담긴 의식적인 노력이 느껴졌다. 그는 마치 자신이 쥐고 있다 놓친 물건을 되찾는 훈련이라도 받은 사람 같았다. 나의 두 아들이 아기였을 때, 높은 의자에 올라가 일부러 물건을 떨어뜨리고 놀았던 것이 생각났다. 그건 결과가 놀라우면 놀라울수록 즐거움도 더 큰 그런 놀이였다. 두 아이는 물건들—먹다 남은 빵이나, 플라스틱 장난감 공 같은 것들—이 떨어지는 걸 가만히 지켜보다가, 그것들이 다시 돌아오지 않는다는 사실에 점점 더 불안해했다. 결국 울음을 터뜨리게 되었고, 물건들은 어찌어찌해서 다시 자신들 손안에 들어왔다. 그런 일련의 과정을 겪은 후에 곧장 같은 놀이를 반복하는 아이들을 보며 나는 놀랐다. 물건을 손에 쥐자마자 아이들은 다시 떨어뜨렸고, 고개를 숙인 채 떨어지는 물건을 지켜보았다. 아이들의 즐거움은 줄어들지 않았고, 불안함도 마찬가지였다.

나는 아이들도 언젠가는 그런 불안함을 느낄 필요가 없음을 깨닫고 그만둘 거라고 기대했지만, 아이들은 그만두지 않았다. 무언가를 하기로 마음먹고 나면 이전에 아팠던 기억 같은 건 아무런 영향을 미치지 못했다. 오히려, 그 기억 때문에라도 반드시 한 번 더 해야만 했다. 마치 그 고통이야말로 물건을 되돌아오게 만드는, 그리하여 그것을 떨어뜨리는 즐거움을 한 번 더 맛볼 수 있게 하는 이유인 것 같았다. 맨 처음 물건을 떨어뜨렸을 때 내가 그것들을 되돌려주지 않았더라면, 아이들은 다른 무언가를 배웠을지도 모른다. 그게 뭐였을지는 나도 확실히 알 수 없지만.

나는 작가임을 밝히고, 여름학기 강의를 하기 위해 이틀 정도 아테네에 가는 거라고 했다. 강좌의 제목은 '어떻게 쓸 것인가'이고, 여러 작가가 함께 강의를 하며, 글을 쓰는 방법이 한 가지밖에 없는 것은 아니기 때문에 아마도 수강생들에게 서로 모순되는 조언을 할 수도 있다고 했다. 수강생들은 대부분 그리스 학생들이라고 들었지만, 강의의 특성상 수업에서의 글은 영어로 쓰게 되어 있었다. 그런 방침에 대해 회의적인 사람들도 있지만 나는 그게 문제라고 생각하지 않았다. 사람들은 원한다면 어떤 언어로든 글을 쓸 수 있다. 그건 내겐 아무 차이도 없는 일이었다. 가끔은, 접속사가 없으면 문장이 더 단순해지는 이점이 생기기도 한다.

"가르치는 건 먹고살기 위해 하는 거예요."

내가 계속 말했다.

"하지만 아테네에 친구가 한두 명 있어서, 그 친구들도 좀 만나보려고요."

"작가시군요."

옆자리 남자는 고개를 살짝 기울이며 말했다. 그건 작가라는 직업에 대한 존경의 뜻으로도, 혹은 그 직업에 대해 아무것도 모른다는 뜻으로도 읽힐 수 있는 동작이었다. 처음에 그의 옆자리에 앉을 때 그가 손때 묻은 윌버 스미스의 책을 읽고 있는 것을 보았다. 그 책은, 그의 말에 따르면, 본인의 독서 취향에 맞는 것은 아니라고 했다. 어쨌든 소설을 알아보는 눈이 없는 건 사실인 것 같았다. 그는 정보를 담고 있는 책, 사실 혹은 사실의 해석을 다룬 책에 관심이 있다고 했고, 적어도 그런 부문에서는 그리 둔감하지 않다고 자부했다. 세련된 산문을 알아보는 눈은 있는 것 같았는데, 좋아하는 작가들 중에는 존 줄리어스 노리치도 있었다. 하지만 소설에 대해서는 제대로 공부한 적이 없다고 인정했다. 그는 앞 좌석 주머니에 그대로 꽂혀 있던 윌버 스미스를 집어서는 좌석 아래의 서류 가방에 집어넣었다. 마치 그 책이 자기 책이 아니기를, 혹은 내가 그 책을 알아보지 못했기를 바라는 것 같았다.

하지만 나로서는, 속물적인 자기 과시나, 심지어 자기 정의 定意로서의 문학에는 아무 관심이 없었다. 어떤 책이 다른 책보다 더 나은 책임을 증명하고 싶은 마음도 없었다. 사실 감탄할 만한 책을 읽을 때마다 점점 더 그 책에 대한 이야기를 하기 싫어하는 나 자신을 발견하곤 했다. 개인적으로 진실이라고 생각하는 것들이 있었지만, 그건 다른 사람들을 설득하는 일과는 상관이 없어 보였다. 나는 이제 더 이상은, 누구를, 그리고 그 무언가를 설득하고 싶지 않았다.

"두 번째 아내는 평생 책을 한 권도 읽지 않는 사람이었죠."

옆자리 남자가 이내 말했다. 역사나 지리에 대해서는 기본적인 것도 몰랐고, 사람들이 모인 자리에서 난처한 말을 하고서도 정작 본인은 전혀 창피한 줄 모르는 사람이었다고 했다. 반대로, 사람들이 자신이 모르는 이야기를 하면 그녀는 화를 냈다. 예를 들어 베네수엘라 출신의 친구가 집에 찾아왔을 때, 그녀는 자신은 그런 나라 이름을 들어본 적이 없다며, 그런 나라가 실제로 존재한다는 걸 믿을 수 없다고 했다. 그녀는 영국 사람이었고, 아주 우아한 미인이어서 내적인 면에서도 어느 정도는 세련됐을 거라고 믿지 않기가 어려웠다. 사람을 놀라게 하는 면이 있는 성격이었지만, 특별히 즐겁다고 할 만한 특징들은 아니었다.

그는 장인 장모를 보면 그 딸에 대한 궁금증이 풀릴까 하는 마음에 두 분을 종종 집으로 초대하기도 했다. 장인 장모는 아직 집안 소유의 저택이 남아 있는 섬에 와서 몇 주씩 머물다 가곤 했다. 그렇게 심심하고 아무 특징도 없는 사람들은 처음이었다. 두 사람을 자극해보려고 아무리 애를 써도 그들은 안락의자처럼 아무 반응이 없었다. 결국에는 그가 먼저 장인 장모를 좋아하게 되었다. 마치 안락의자를 좋아하게 되는 것처럼. 특히 장인을 더 좋아하게 되었는데, 이 양반은 뭐든 극단적으로 하기 싫어하는 사람이어서, 옆자리 남자는 장인이 과거에 어떤 식으로든 정신적 외상을 입었던 게 틀림없을 거라고 생각하게 되었다. 그렇게까지 삶에 상처를 입은 사람을 보고 있으면 마음이 움직였다. 젊은 시절이었다면 그런 남자를 알아보지 못했을 것이고, 장인이 침묵하는 이유 같은 건 생각해볼 시도도 하지 않았을 것이다. 그런 식으로, 장인의 고통을 알아보는 것을 통해 옆자리 남자는, 자신의 고통도 알아보기 시작했다.

사소한 일처럼 보이지만, 그런 인식을 통해 그는 그때까지 자신의 삶을 완전히 반대 방향에서 바라보는 것 같은 느낌이 들었다. 자신의 의지로 살아왔다고 생각했던 지난 개인사가,

그렇게 관점을 바꾸자, 어떤 윤리적인 여정처럼 보이기 시작했다. 그는 등산 중에 뒤를 돌아보는 등산객처럼, 뒤를 돌아보며 자신이 지나온 길을 되살폈다. 더 이상 올라가는 일에만 마음을 두지 않았다.

옆자리 남자는 오래전에 어떤 책에서—너무 오래된 일이라 저자의 이름은 잊어버렸다고 했다—기억할 만한 문단을 본 적이 있다고 했다. 그 책은 본인보다 훨씬 유명한 작가가 쓴 이야기를 번역해보려고 애쓰는 남자의 이야기였다. 그 문단에서—그 부분만큼은 지금까지도 분명히 기억하고 있다고 옆자리 남자는 말했다—번역가는 어떤 문장이 세상에 나올 때는 좋지도 나쁘지도 않은 거라고 했다. 그 문장에 성격을 부여하는 것은 미묘한 조정의 문제이고, 직관에 따르는 그 번역과정에서 과장과 억지는 피할 수 없는 거라고. 글쓰기에 관한 문장이었지만, 당시 중년의 나이에 자신의 삶을 되돌아보고 있었던 옆자리 남자는, 살아가는 일에도 마찬가지로 적용될 수 있는 문장이라고 생각했다. 어디를 봐도 모두 자신들이 겪었던 극단적인 경험 때문에 망가진 사람들이 가득했고, 장인과 장모 역시 정확히 그런 경우인 것처럼 보였다.

어찌 됐든, 그 두 사람의 딸이 옆자리 남자를 실제보다 훨씬 부자로 생각했다는 점은 확실했다. 그 운명적이었던 요트, 결혼 생활에서 도피하기 위해 숨어들었던 은신처이자 당시 그에게 남은 유일한 자산이었던 그 요트가 그녀를 현혹시켰다. 그녀는 사치품이 꼭 필요했던 여자였고, 옆자리 남자는 전례가 없을 정도로 열심히 일하기 시작했다. 맹목적으로 미친 듯이, 회의실과 비행기에서 시간을 보내며, 협상하고 거래를 마무리했으며, 아내가 당연한 것으로 여기고 있던 부를 계속 제공하기 위해 더 큰 위험들을 감수했다. 그는 사실상, 어떤 환상을 만들어가고 있는 중이었다. 무슨 짓을 해도, 환상과 실재 사이의 간극은 메울 수 없었다. "나 자신이 점점 비워지는 것 같더군요"라고 옆자리 남자는 말했다. 마치 그때까지는 오랫동안 쌓아왔던 것들을 가지고 살아왔는데, 그것들이 서서히 바닥을 드러내고 있는 것 같았다고.

그때부터 첫 번째 아내의 단정함, 건강하고 풍요로웠던 가정, 그리고 함께 나누었던 과거의 깊이 같은 것들이 그에게 반격을 시작했다. 첫 번째 아내는 불행했던 시기를 지난 후에, 재혼했다. 그녀는 이혼 후에 스키에 빠져들었는데, 틈이 날 때마다 북유럽의 산악지대로 떠났고, 얼마 지나지 않아 오스트리아 레흐에 있는 스키 강사와 결혼을 발표했다. 그녀 본인의 말에 따르면, 자신감을 되찾게 해준 남자라고 했다. 그 결혼은 지금까지도 잘 유지되고 있다고, 옆자리 남자는 시인하듯 말했다.

하지만 첫 번째 아내가 막 재혼했을 무렵, 그는 자신이 실수했음을 깨닫고 그녀와의 관계를 회복하려고 애를 많이 썼다. 어쩌려고 그랬는지는 자신도 알 수 없었다. 두 아이, 남자아이와 여자아이는 아직 어렸고, 어쨌든, 두 사람이 계속 연락을 주고받는 건 충분히 합리적인 일이었다. 두 사람이 헤어지고 나서 얼마 동안은 아내 쪽에서 그를 붙잡으려 했다는 것이 희미하게 기억났다. 자신이 아내의 전화를 피했던 일도 기억났다. 두 번째 아내가 된 새로운 여인의 마음을 얻으려고 애쓰고 있는 자신의 상태에 만족했던 것이다. 그는 연락이 닿지 않았고, 새로 발을 들인 새로운 세계에서 첫 번째 아내는 거의 존재하지 않는 것처럼 보였다. 그 세계에서 첫 번째 아내는 실체가 없는 우스꽝스러운 인물에 불과했고, 그런 그녀의 행동은 제정신이 아닌 여자의 행동일 뿐이었다. 본인뿐 아니라 주변 사람들에게도 그렇게 보일 거라고 그는 스스로를 설득했다.

이제는 그런 그녀에게 연락이 닿지 않게 되었다. 그녀는 차가운 백색의 아를베르크 산악지대로 뛰어들었고, 그곳에서는 그가, 이전에 그녀가 그에게 그랬던 것만큼이나, 존재감 없는 인물이었다. 그녀는 그의 전화를 받지 않았고, 받아도 짧게만 대답하거나 집중하지 않았고, 할 일이 있어 끊어야 한다고 했다. 그녀에게 자신을 알아봐달라고 할 수가 없었고, 그로서는 그런 상황이 도무지 현실로 느껴지지 않았기 때문에, 몹시 혼란스러웠다. 결국은 자신의 정체성이라는 것도 그녀와 함께 만들어온 것이었는데, 그런 그녀가 더 이상 그를 알아보지 않는다면, 도대체 그는 무엇이었단 말인가.

이상한 점은, 그의 말에 따르면, 심지어 그런 일들이 모두 오래된 과거가 되었고 첫 번째 아내와 정기적으로 통화하고 있는 지금까지도, 그녀와의 통화가 1분이 넘어가면 그는 짜증이 나기 시작한다는 것이었다. 만약 그가 마음을 바꾸었던 그 시절에 그녀가 산에서 돌아왔더라도, 그녀는 금방 다시 그를 짜증나게 했을 것이고, 그들의 관계는 어쨌든 똑같이 끝을 맞이하게 되었을 거라는 점에 대해서 그는 조금의 의심도 없었다. 그렇게 하는 대신 두 사람은 서로 거리를 둔 채 나이를 먹어왔다. 지금 그녀와 통화할 때면 그는 두 사람이 다시 합쳐서 지냈을 삶을, 지금 함께 나누고 있을 삶을 상상한다. 그건 한때 살았던 집 앞을 지나치는 일과 비슷했다. 그 집이 여전히 있다는 사실, 아주 구체적인 그 사실 때문에 그동안 있었던 일들이 어쩐지 실체가 없는 것처럼 느껴진다.

구조가 없다면 사건들은 비현실적인 것이 된다. 아내라는 실체 역시, 집이라는 실체와 마찬가지로, 구조적이고, 제한적이었다. 그 실체에는 한계가 있었고, 그는 전화에서 아내의 목소리를 들을 때면 그 한계에 직면했다. 하지만 한계가 없는 삶은 소모적이었고, 30년 동안 이 호텔 저 호텔을 전전하는 삶처럼, 쌓이는 건 장기간에 걸친 실제적 혹은 감정적 비용뿐이었다. 그를 갉아먹은 건 모든 것이 일시적일 뿐이라는 느낌, 안정되지 못했다는 느낌이었다. 그 느낌을 잊기 위해, 어딘가에 정착하기 위해 그는 비용을 지불하고 또 지불했다. 그러는 내내 멀리서 자리를 지키고 있는 옛집을—아내를—바라보았다. 본질적인 면에서는 변하지 않았지만, 이제는 다른 사람의 소유가 된 것들을.

나는 이야기를 듣고 나니 그 점을 분명히 알겠다고 대답했다. 두 번째 아내라는 사람은 첫 번째 아내처럼 뚜렷하게 그려지지 않았기 때문이다. 사실은, 두 번째 아내가 정말 있기는 한 건지 의심이 들었다. 그녀는 다목적 악역처럼 등장하는데, 실제로, 그녀가 무슨 나쁜 짓을 했단 말인가. 그녀는 지적인 사람 행세를 하지 않았다. 예를 들면, 그녀는 옆자리 남자가 부자인 척했던 것처럼 가식적으로 행동하지 않았다. 자신의 미모로 사람들의 관심을 받았기 때문에, 그에 어울리게 비싼 대우를 원한 것은 자연스러운—어떤 사람은 '합리적'이라고도 할 것이다—행동이었다. 그리고 베네수엘라 문제는, 옆자리 남자가 무슨 자격으로 그녀에게 그런 나라의 이름 정도는 알고 있어야 한다고 말할 수 있단 말인가. 그도 모르는 것이 많았을 거라고 나는 확신한다. 자신의 예쁜 아내에게 베네수엘라가 존재하지 않았던 것과 마찬가지로, 그에게도 자신이 모르고 있었던 것들은 존재하지 않는 것이나 마찬가지였다. 옆자리 남자는 인상을 찌푸렸고, 양쪽 볼에 광대처럼 깊은 주름이 패였다.

"인정합니다. 이 문제에 대해서 내가 편견이 좀 있었군요."

그가 긴 침묵 끝에 말했다.

사실 그는 자신의 아이들을 함부로 대한 것에 대해 두 번째 아내를 용서할 수 없다고 했다. 아이들은 방학이면 섬에 있는 가족 저택에서 함께 지내곤 했다. 아내는 특히 첫째, 그러니까 남자아이를 못마땅해 했는데, 무슨 짓을 하든 꼬투리를 잡았다. 옆에서 봐도 유난스럽다고 할 정도로 아이를 주시했는데, 늘 집 주변의 이런저런 잡일들을 시킨 다음, 조금이라도 제대로 되어 있지 않으면 야단을 쳤고, 본인만의 기준으로 봤을 때 아이가 잘못된 행동을 하면 벌을 주는 것까지 자신의 권리라고 주장했다. 한번은 집에 돌아왔더니 아이가 건물 지하 깊은 곳의, 넓은 지하묘지 같은 저장실에 갇혀 있었다. 상태가 좋았을 때도 어둡고 침침했던 그 저장실은 옆자리 남자 본인도 어린 시절에 들어가기 무서워했던 곳이었다. 아들은 모로 누운 채 몸을 떨고 있었고, 식사 후에 자기 접시를 치우지 않은 벌로 거기에 갇힌 거라고 아버지에게 말했다.

두 번째 아내에게 그 아들은 아내로서 자신의 역할이 지니는 부담을 온전히 대변하는 존재, 자신의 손발을 묶고 있는 어떤 부당함이 육화되어 나타난 존재인 것만 같았다. 뿐만 아니라 아들은 남편이 첫 번째로 선택했던 여성이 자신이 아니었다는, 영원히 그렇게는 될 수 없다는 사실을 보여주는 증거이기도 했다.

그는 그렇게 우선권을 가지려는 아내의 마음을 절대 이해할 수 없었다. 그녀를 만나기 전에 그런 삶을 살았다는 것이 잘못은 아니지 않은가. 그럼에도, 아내는 점점 더 그의 개인사를 파기하려 했고, 그 개인사의 지울 수 없는 증거라고 할 수 있는 아이들까지 망치려 했다. 그때쯤엔 두 사람 사이에서 아들도 태어났는데, 덕분에 문제가 원만히 해결되기는커녕, 그녀의 질투는 더 커지기만 했다. 아내는 큰 아이들만큼 자신들의 아이를 사랑하지 않는다고 남편을 원망했다. 그녀는 자기 아들에게서 예쁜 점을 찾으려고 애썼고, 실제로도 노골적으로 애정을 쏟아 부었다. 하지만 심지어 그 아이에게도 종종 화를 낼 때가 있었고, 그럴 때면 그 아들이 아니라 다른 아이였다면 자신이 싸움에서 이길 수 있을 거라고 생각하는 것 같았다. 결국 두 사람이 헤어질 무렵엔 그 아들도 거의 방치된 상태였다.

그해 여름, 그들은 고향 섬에서 지내고 있었고, 장인 장모— 안락의자들—도 함께였다. 그때쯤에 그는 장인 장모를 무척 좋아하고 있었는데, 두 사람의 무덤덤함이야말로, 불같은 성격을 지닌 딸에 대한 반증일 거라고 심정적으로 동정하고 있었기 때문이었다. 장인 장모는 끊임없이 돌풍이 불어 닥치는 평원 같은 존재였고, 그렇게 영원히 반쯤 폐허가 된 상태로 지내고 있었다.

그 여름에 아내는 아테네로 돌아가고 싶다는 생각뿐이었다. 섬 생활이 지루했던 거라고 그는 짐작했다. 아마 가고 싶은 파티도 있고, 하고 싶은 일도 있었을 것이다. 매해 여름을 거기, 가족묘지 같은 곳에서 보내는 게 지겨웠을 것이다. 뿐만 아니라 자신의 부모가 곧 아테네로 돌아갈 예정이었기 때문에 함께 가면 좋을 것 같다고, 그녀는 말했다. 다 큰 아이들은 가정부에게 맡기면 되지 않겠냐고.

옆자리 남자는 당장 아테네로 떠날 수는 없다고 했다. 아이들만 두고 갈 수는 없다고 했고, 아이들은 2, 3주 정도 더 머물 예정이었다. 아이들과 함께 있을 수 있는 시간이 그때밖에 없

는데, 어떻게 떠날 수가 있냐고, 그는 말했다. 그렇다면, 그녀
가 말했다, 함께 갈 수 없다면 결혼 생활도 끝장나는 걸로 생
각하라고.

그건, 당시에는, 실제로 하나의 시험이었다. 마침내 선택을
하라고 요구받았지만, 그가 보기엔 선택하고 자시고 할 문제
가 아니었다. 당연히 그에게는 비합리적인 요구로 느껴졌다.
끔찍한 말싸움이 벌어지고, 결국엔 아내와 두 사람의 아들, 그
리고 장인 장모는 배를 한 대 빌려서 아테네로 돌아가고 말았
다. 떠나기 전에, 장인은 평소답지 않게 시간을 내서 그에게
말했다. 그러니까 옆자리 남자의 심정이 어떤지 안다는'이야
기였다. 그것이 장인 장모를 마지막으로 본 것이고, 아내 또
한 마지막으로 본 것이다. 장인 장모와 함께 영국으로 돌아간
아내는 거기서 이혼 절차를 진행했다. 아내는 대단히 유능한
변호사를 고용했고, 그는 인생에서 두 번째로 재정적으로 거
의 파산을 맞이했다. 그는 요트를 팔고 작은 모터보트를 샀는
데, 그것이 자신의 재정 상태를 좀더 정확히 반영하는 물건이
었다.

두 사람의 아들은, 아내가 재혼을 하자 다시 한번 떠도는 신
세가 됐다. 아내는 엄청난 부를 과시하는 영국 특권층 남자와
재혼했는데, 옆자리 남자의 전처 소생 자식들이 두 번째 결혼

의 장애물이 되었던 것처럼, 이번에는 자신의 아들이 새 결혼 생활의 장애물이 되고 있다는 것을 알게 되었다. 그 마지막 사실은, 전처의 결벽까지는 아니더라도, 어떤 일관성을 보여주는 증거이기는 했다.

난파를 당하고 나서 그렇게 많이 잃어버렸다고, 남자는 말했다. 남은 것은 파편들뿐이지만, 꼭 붙들지 않으면 바다는 그마저도 쓸어가 버릴 거라고.

"그래도 저는 사랑을 믿습니다. 사랑이 거의 모든 것을 회복시켜주니까요. 그리고 사랑이 그렇게 회복시켜주는 동안은, 아픔도 사라지니까요. 예를 들어, 당신이—그는 나를 보며 말했다—지금 슬프다고 해도, 사랑에 빠지는 순간 그 슬픔은 멈추는 겁니다."

그는 말했다.

거기 그렇게 앉아서 나는 다시 높은 의자에 올라간 아들들을 생각했다. 불안함 끝에 마법처럼 공이 다시 튀어오르는 것을 발견했던 아들들을. 그때 비행기가 어둠 속에서 하강하기 시작했다. 기내방송이 나오고, 승무원들은 복도를 오가며 승객들을 다시 자리에 앉게 했다. 옆자리 남자가 내 전화번호를 물었다. 아테네에 있는 동안 저녁이나 한 번 함께하자고 했다.

나는 남자의 두 번째 결혼 이야기가 여전히 만족스럽지 않왔다. 그 이야기는 객관성을 결여하고 있었다. 극단적인 사례에만 의존하고 있었고, 그 극단적인 사례에서 추론해낸 도덕적 교훈들은 종종 부정확했다. 예를 들어 아이 문제와 관련해 질투한 일은, 확실히 고통스러운 일이기는 하지만, 잘못된 것이라고는 할 수 없었다. 또한 몇몇 중요한 사실관계를 나는 믿을 수가 없었다. 예를 들면 아내가 아들을 저장실에 가뒀다는 이야기가 그랬고, 아내가 그 정도로 미인이었는지도 확신할 수 없었다. 뭔가 아귀가 맞지 않았다. 질투하는 것이 잘못된 일이 아니라면, 미인이라는 사실도 그 자체로는 분명 잘못된 것이 아니다. 잘못된 것은 그 아름다움이 이야기의 화자인 옆자리 남자에 의해 도용되어, 잘못 제시되고 있다는 점이었다. 현실은 긍정적인 것과 부정적인 것의 영원한 평형 상태로 묘사될 수 있을 텐데, 남자의 이야기에서는 양쪽 축이 연결되지 못한 채 제각각, 적대적인 것으로만 제시되고 있었다.

남자는 몇몇 인물들—화자인 본인과 전처 소생의 두 자녀—에 대해서는 일관성 있게 호의적으로 이야기했지만, 아내는 점점 더 나쁜 사람으로 만들 필요가 있을 때만 등장시켰다. 예를 들어, 본인이 첫 번째 아내와 몰래 연락을 시도했던 일에 대해서는 긍정적인 일로, 동정적으로 이야기했지만, 두 번째 아내의 불안정한 행동—이제는 그것이 충분히 근거 있는 행동이었음을 알게 되었다—은 용납할 수 없는 범죄처럼 제시되었다. 예외가 있다면 그건 지루하고, 폭풍우에 휩쓸린 삶을 살고 있는 장인 장모에 대한 옆자리 남자의 호의였다. 두 사람에 대한 달콤하면서 쓸쓸한 묘사에는 긍정적인 면과 부정적인 면이 균형을 이루고 있었다. 그 부분만 제외하면, 남자의 이야기에서는 내가 느끼기에는, 자기가 이겼다고 생각하려는 남자의 욕망 때문에 진실이 희생당하고 있는 것처럼 보였다.

옆자리 남자는 웃으며 어쩌면 내 말이 맞는지도 모른다고 했다.

"우리 부모님도 늘 싸웠지만, 어느 한쪽도 도망가지는 않았으니까요. 도망간 건 아이들이었죠. 우리 형은 다섯 번이나 결혼했지만, 크리스마스에는 취리히의 아파트에 혼자 앉아서 남은 재산을 계산하며 치즈 샌드위치를 먹었습니다."

그가 말했다.

"사실대로 말해주세요. 정말 아내분이 아들을 저장실에 가두고 문을 잠갔나요?"

내가 그렇게 묻자 그는 고개를 떨구었다.

"아내는 한 번도 인정하지 않았습니다. 타키스가 제 발로 들어가 문을 잠갔다고 했죠. 자기를 골탕 먹이려고요. 그래도 아내가 나와 함께 아테네로 돌아가고 싶어 했다는 게 꼭 비합리적인 요구만은 아니었다는 건 인정해야겠네요."

그가 말했다.

그는 내게 이야기 전체를 들려주지는 않았던 것이다. 사실은 장모가 몸이 안 좋았다고 했다. 심각한 건 아니었지만, 아테네에 있는 병원에 가봐야 할 것 같았고, 아내는 그리스어가 유창하지 못했다. 하지만 그는 그 정도 병이면 아내와 장인이 함께 돌봐주면 될 거라고 생각했다. 그 이야기를 듣고 나니 장인이 떠나면서 했다는 말은 처음 들었을 때보다 더 혼란스러웠다. 우리는 기내방송에서 시키는 대로 안전벨트를 맸고, 나는 하강하는 비행기 차창 밖을 내려다보았다. 어둠 속에서 숲처럼 펼쳐진 빛들이 신비롭게 출렁이고 있었다.

"그 시기에 나는 늘 아이들 걱정을 했던 것 같습니다. 나한테 뭐가 필요한지, 아내는 뭘 필요로 하는지 몰랐죠. 그저 아이들과 아내가 나를 더 많이 필요로 한다고만 생각했습니다."

옆자리 남자가 말했다.

그의 말을 듣고 나는 산소마스크를 떠올렸다. 지난 몇 시간 동안, 당연하지만, 볼 일도 없었던 산소마스크. 그 산소마스크를, 그걸 사용할 일은 없을 거라는 걸 모두들 알고 있지만 그럼에도 준비하는 건, 사람들이 서로에 대해 가지는 냉소 때문일 거라고 말했다. 옆자리 남자는 삶의 다른 많은 부분에도 해당하는 말인 것 같다고 했다. 그럼에도, 개인적인 기대를 계속 지켜나가기 위해서는, 평균만 하면 된다는 원칙보다는 큰 무언가를 바쳐야 한다는 것도 사실이라고, 남자는 덧붙였다.

2

차들이 내는 소리로 소란스러운 도로 옆으로 난 좁은 보도
를 함께 걸을 때, 라이언은 항상 길 안쪽으로 걷는다는 걸 발
견했다.

"아테네 도로의 교통사고 통계에 대한 글을 읽었거든요. 거
기 적힌 정보를 아주 진지하게 받아들였습니다. 제 몸이 온전
한 상태에서 가족들에게 돌아가야 하니까요."

그가 말했다.

가끔 보도 중간에 개들이 쓰러져 있었다. 털이 터무니없이
길게 자란 큰 녀석들도 있었는데, 더위에 지쳐 거의 움직이지
못한 채 옆구리를 들썩이며 힘겹게 숨만 쉬고 있었다. 멀리서
보면 가끔은 모피 코트를 입은 여자가 술에 취해 쓰러져 있는
것처럼 보였다.

"개가 나오면 넘어가시나요? 아니면 돌아가시나요?"

라이언이 물었다.

그는 자신은 더위를 타지 않는다고 했다—사실은 즐기고

있었다. 오랫동안 스며 있던 습기가 서서히 말라가는 것 같은 느낌이었다. 유일한 아쉬움은 마흔한 살이 되어서야 이곳에 처음 왔다는 사실이었다. 그만큼 그에게는 정말 멋진 곳이었다. 아내와 아이들이 이런 광경을 보지 못하는 것이 안타까웠지만, 그런 죄의식으로 자신의 기분을 망치지는 않기로 했다.

이 무렵이면 아내는 아이들을 자신에게 맡겨놓고 친구들과 파리에서 주말을 보내곤 했다. 자신은 분명 이번 여행을 즐길 자격이 있었다. 그리고 정말 솔직하게 말하면, 아이들이 있으면 빨리빨리 움직일 수가 없다. 오늘 아침에 일어나서 가장 먼저 한 일은, 햇볕이 뜨거워지기 전에 아크로폴리스까지 산책을 한 것인데, 아이들을 주렁주렁 달고는 할 수 없는 일이었다. 그렇지 않은가. 할 수 있었다고 해도 아이들이 햇볕에 타거나 탈수 증세를 보이지 않을지 걱정만 하다 시간을 보냈을 것이다. 파르테논 신전도 봤겠지만, 이교도의 파란 하늘을 배경으로 언덕 꼭대기에 금색과 흰색의 부서진 왕관처럼 앉은 그 신전이, 오늘 아침에 느꼈던 것처럼, 자신이라는 존재의 그늘지고 갈라진 틈으로 파고들어 오는 것만 같은 기분은 느낄 수 없었을 것이다.

그 앞을 걸으며 그는, 무슨 이유에선지 어린 시절 잠에서 깨면 이불에서 늘 곰팡이 냄새가 났던 것이 떠올랐다. 부모님 집의 벽장을 열면 매우 자주, 뒤쪽에 물이 배어 있었다. 트랄리에서 더블린으로 이사할 때 책장의 책들을 정리하다가, 그것들이 그대로 책장에 붙어버렸음을 알게 되었다. 베케트와 싱의 책들이 상하다 못해, 녹아서 풀이 되어버린 것이다.

"그러니까 제가 책을 많이 읽지 않았다는 뜻이죠. 그래서 그 일은 자주 이야기하지는 않습니다만."

그가 말했다.

그는 그리스가 처음이라고 했다. 뿐만 아니라 그런 햇빛이 당연한 것으로 여겨지는 나라 자체가 처음이었다. 아내는 거기에, 그러니까 햇빛에 알레르기가 있었다. 그와 마찬가지로 아내 역시 습하고 그늘진 곳에서 자랐고, 햇빛을 받으면 보라색 반점과 물집이 생겼다. 그녀는 더위 앞에서 어쩔 줄을 몰라했는데, 두통과 구토까지 따라오곤 했다. 두 사람은 휴일이 되면 아이들을 부모님이 계신 골웨이로 데리고 갔고, 정말 더블린에서 벗어나고 싶어지면 트랄리로 돌아갈 수도 있었다. 가야만 할 때 가면 언제든 받아주는 곳이 집이라는 뜻이라고, 그는 말했다.

그의 아내는 정말로 그 모든 걸 믿는 사람이었다. 가족끼리의 끈끈함, 일요일 점심, 할아버지와 할머니 사이에 앉은 아이들, 같은 것들. 하지만 그는 할 수 있다면 부모님 집으로는 다시 돌아가고 싶지 않았다. 부모님이 특별히 뭔가 잘못했다는 뜻은 아니라고 했다.

"좋은 분들이에요. 다만 저한테는 그런 일이 생길 것 같지 않다는 뜻입니다."

커다란 차양 아래 테이블들이 놓인 카페를 지날 때, 거기 앉은 사람들은 모두 우리보다 우월해 보였다. 우리가 더위와 도시의 소란함 때문에 이유 없이 고생하고 있는 것처럼 보였다면, 그들은 그늘 아래 시원한 곳에서 집중하고 있는 것 같았다. 라이언은 잠시 쉬면서 뭘 좀 마셔야겠다고 했다. 그 카페에서 아침을 먹었는데, 괜찮은 가게인 것 같다고 덧붙였다. 나도 같이 쉬자는 뜻인지 알 수가 없었다. 사실, 그렇게 말하는 그의 태도가 몹시 조심스러운 것이, 혼자 있고 싶어 하는 듯한 인상을 받았다. 그런 그의 특징을 알고 나서는, 다른 사람들이 무슨 계획을 세울 때마다 라이언은 "저는 나중에 따로 갈게요"라든가 "그럼 거기서 봐요"라고 말하며, 눈앞에서 뭔가 행동을 취하지는 않는다는 걸 알게 되었다.

그는 이미 뭔가를 해놓은 후에야 자신이 뭘 했다고 말하는 사람이었다. 한번은 길에서 우연히 마주쳤을 때 단정한 뒷머리가 젖어 있는 것을 보고, 뭘 하고 오는 길이냐고 물었던 적이 있다. 그는 힐튼 호텔에서 막 수영을 하고 나오는 길이라고 했다. 거기 커다란 야외수영장이 있는데, 투숙객인 척하고 들어가 러시아 갑부와 미국인 사업가, 성형 수술로 몸을 부풀린 여자들 틈에서 풀을 40번이나 왕복하고 나왔다는 것이다. 수영장 직원이 자신을 유심히 지켜보는 게 느껴졌지만, 감히 와서 투숙객이 맞는지 물어보는 사람은 없었다. 그렇게라도 하지 않으면, 40도가 넘는 더위에 교통체증이 있는 도시 한가운데서 어떻게 운동을 하겠느냐고, 그는 말했다.

테이블에서 그는 다른 사람들과 마찬가지로, 카페와 거리를 볼 수 있게 벽을 등지고 앉았다. 나는 그의 맞은편에 앉았고 보이는 게 그밖에 없었으므로 그를 보았다. 라이언은 여름 학기에서 나와 함께 가르치는 강사다. 멀리서 보면 피부가 잘 그을린 고전적인 미남으로 보이지만, 가까이에서 보면 그의 외모에서는 뭔가 불안정한 기운이 느껴진다. 마치 서로 관련 없는 요소들끼리 묶어놓아서, 몸의 각 부분들이 함께 움직이지 않는 것 같은 인상이었다. 커다랗고 새하얀 이가 항상 조금 드러나 있고, 느슨한 몸은 근육과 지방의 중간쯤 되는 것 같았다. 머리는 작고 좁았으며, 거의 색이 없다고 할 수 있는 가는 머리칼이 이마 위로 짧게 자라고 있다. 역시 색깔 없는 속눈썹은 선글라스에 가려 보이지 않았다. 반면 눈썹만은 아주 짙고, 곧게 뻗어 있었다.

여종업원이 다가오자 그는 선글라스를 벗었고, 나는 그의 눈을 보았다. 붉은 기운이 도는 흰자위 안에 두 개의 밝은 파란색 점이 보였다. 눈가도 조금 빨갛게 변해 있었는데, 부은 건지 아니면 햇볕에 탄 건지 분명치 않았다. 그는 종업원에게 무알콜 맥주가 있는지 물었고, 종업원은 무슨 말인지 모르겠다는 듯이, 손을 귀에 댄 채 그를 향해 몸을 숙였다. 그가 메뉴판을 집어들었고, 둘이서 함께 들여다보았다.

"이 맥주들 중에요. 무알콜?"

그는 손가락으로 맥주 목록을 훑는 중간중간 종업원을 올려다보면서 말했다.

종업원은 더 가까이 몸을 기울이며 그의 손가락이 가리키는 부분을 유심히 바라보았고, 그의 시선은 그녀의 얼굴에 고정되어 있었다. 아름다운 얼굴이었다. 긴 머리가 양옆으로 흘러내렸고, 그녀는 그 머리칼을 자주 귀 뒤로 넘겼다. 그가 가리키고 있는 부분을 정확히 이해할 수 없었기 때문에 그녀는 계속 당혹스러워했고, 결국에는 가서 매니저를 데리고 오겠다고 했다. 그러자 그는 수업을 마친 선생님처럼 메뉴판을 덮으며 괜찮다고, 그냥 맥주를 달라고 했다. 손님이 마음을 바꾸자 종업원은 더욱더 혼란스러운 모양이었다. 라이언이 다시 메뉴판을 펼치고, 다시 처음부터 수업이 시작되었다. 나는 다른 테이블에 앉은 사람들과 거리로 시선을 돌렸다. 차들이 지나다니고, 땡볕 아래 털 뭉치 같은 개들이 누워 있었다.

"아침에도 내 테이블 담당했던 친구예요. 같은 아가씨네요. 아름다운 사람들 아닙니까? 어쨌든 무알콜 맥주가 없는 건 유감이네요. 어디를 가든 가정에서도 쉽게 구할 수 있는 건데."

종업원이 가고 난 후 라이언이 말했다.

그는 술을 줄이려고 진지하게 노력하고 있다고 했다. 과거에는 건강 관리에 열심이어서 매일 체육관에 가고 샐러드를 먹었다고 했다. 아이들이 태어난 후에 건강을 제쳐놓은 것도 있고, 기본적으로 아일랜드에서는 건강을 유지하기가 쉽지 않은 일이었다. 그 나라의 문화 전체가 건강에는 적대적이었다. 트랄리에서 지내던 젊은 시절에는 심각한 비만이었다. 그곳 사람들 대부분이 비만이었고, 부모님이나 형도 마찬가지였는데, 형은 지금도 매일 거르지 않고 감자칩을 먹는다고 했다. 거기에 라이언은 몇몇 알레르기와 습진, 천식도 있었는데, 당연히 가족의 식단은 전혀 도움이 되지 않았다.

어린 시절 학교에서는 반바지에 무릎까지 올라오는 양모 양말을 신어야 했는데, 그 양말 때문에 습진이 더욱 심해졌다. 아직도 잠자리에 들기 전에 들러붙은 습진을 떼어내던 일이 기억나는데, 거의 다리의 절반이 함께 떨어져 나가는 것 같았다고 한다. 요즘이라면 당연히 아이를 피부과나 동종요법 치료사에게 데리고 갔겠지만, 그 당시에는 그냥 안고 살아야 하는 거였다.

호흡이 곤란해질 때면 그의 부모님은 나가서 차에 앉아 있으라고 했다. 몸무게 이야기를 하자면, 자신이 옷을 벗은 모습을 차마 볼 수가 없었다고 그는 말했다. 그건 아마 다른 사람들도 마찬가지였을 거라고. 축축하고 곰팡이가 낀 집 안에서 몸을 움직일 때마다 그는 자신의 몸이 낯설게 느껴졌다. 고장난 폐와 가려운 피부, 당과 지방으로 가득 찬 혈관, 불편한 옷안에서 출렁이는 살덩어리들. 10대 때, 자의식이 강하고 앉아있기를 좋아하던 그는 자신의 몸을 거의 드러내지 않았다.

그러던 중에 미국에서 1년을 보내게 되었다. 거기서 1년 동안 글쓰기 프로그램에 참여하면서, 노력과 의지만으로도 자신의 외모를 완전히 달라지게 할 수 있다는 것을 알게 되었다. 대학교 안에 수영장과 체육관이 있었고, 학생식당에는 그때까지 들어본 적도 없는 음식들—새싹, 통곡물, 대두 같은 것들—이 있었다. 뿐만 아니라, 주변에는 온통 자기계발이라는 개념을 신앙처럼 떠받드는 사람들뿐이었다. 그는 단 하룻밤 만에, 그 모든 것을 받아들였다. 자신이 어떤 모습이 될지 정할수 있고, 또 그렇게 될 수 있는 거였다. 미리 정해진 건 없었다.

운명이나 숙명 같은 것들, 평생 머리 위에 매달려 있는 것 같은 그런 느낌들도 이제는 아일랜드에 두고 온 것임을, 그는 깨달았다.

처음 체육관을 찾았던 날, 아름다운 여학생이 기구 위에서 운동을 하면서 앞에 있는 북스탠드에 두꺼운 철학책을 놓고 읽고 있는 광경을 봤다. 그는 자신의 두 눈을 믿을 수가 없었다. 체육관의 모든 운동기구에 북스탠드가 달려 있었다. 여학생이 사용하던 기구는 스텝머신이라는, 계단을 올라가는 동작을 반복할 수 있는 기구였다. 그때부터 그는 늘 그 기구를 이용했고, 항상 앞에 책을 펼쳐놓았다. 그 여학생의 이미지가 머릿속에 박혀버렸던 것이다—그 여학생의 모습은 매우 아쉽게도 다시 볼 수 없었다.

그 1년 동안 그는 같은 자리에서 한없이 긴 계단을 올랐고, 그것은 스스로 내면화한 하나의 이미지가 되었다. 그러니까 그 여학생의 이미지가 아니라, 가상의 계단이라는 이미지, 그리고 당나귀 눈앞에 매달린 당근처럼 책을 펼쳐놓은 채 영원히 계단을 오르고 있는 자신의 이미지였다. 그 계단을 오르는 일은 자신이 태어난 곳에서 벗어나기 위해 반드시 해야만 하는 일이었다.

미국에 가게 된 건 단순히 운이 좋았던 일만은 아니었다고,

그는 말했다. 그건 그의 인생을 결정하는 어떤 사건이었고, 그 일이 없었더라면 자신이 어떻게 지내고 어떤 일을 했을지 두렵다고도 했다. 글쓰기 프로그램에 대해 알려주고 지원해보라고 한 건 영어 강사였다. 답장이 오기 전에 학기가 끝났고 그는 트랄리의 집으로 돌아와 부모님 집에서 지내며 닭고기 가공공장에서 일하고 있었다. 한참 연상의 여자와 연애를 했는데, 아이가 둘이었던 그 여자는 자기 아이들에게 아버지 노릇을 해줄 남자를 얻은 거라고 단단히 믿고 있었다.

미국에서 답장이 왔다. 그가 제출했던 글이 심사를 통과해 장학금을 받게 되었으며, 교사 자격증을 원한다면 2년치 학비도 지원해준다고 했다. 48시간 후 그는 떠났다. 책 몇 권과 옷가지를 챙겨서 비행기에 올랐고, 태어나서 처음으로 섬나라 영국을 벗어났다. 자신이 어디로 가고 있는지 확신할 수 없었지만, 구름 위에 그렇게 앉아 있으니 천국에 있는 것만 같았다.

사실은 그의 형도 비슷한 시기에 미국으로 떠났다고 그는 말했다. 케빈 형과 그는 그다지 대화가 많은 사이는 아니었고, 당시 그는 형의 인생 계획에 대해 잘 알지도 못했다. 지금 되돌아보면 그건 대단한 우연의 일치였지만, 형에게는 그의 인생의 방향을 결정해주었던 운 같은 것이 찾아오지 않았다. 대신 형은 미 해병대에 지원했고, 아마도 라이언이 스텝머신을 밟고 있을 무렵에, 케빈 형도 신병훈련소에서 트랄리의 군살을 빼내고 있었을 것이다. 미국이 큰 나라라서 그럴 가능성이 낮기는 했지만, 라이언이 알기로는, 둘은 같은 길을 갈 수도 있었을 것이다. 형의 일은 파견 근무가 많았고, 보기에는 엄격함이 요구되는 일이었다고 라이언은 말했다.

우연의 일치는 계속되어 3년 후에는 형제가 나란히 아일랜드로 돌아왔다. 부모님 집의 거실에서 마주했을 때는 둘 다 날씬하고 탄탄한 몸매였다. 라이언은 교사 자격증이 있었고, 책을 출간하기로 계약했으며, 발레리나 여자친구도 있었다. 케빈은 몸에 복잡한 문신을 하고, 다시는 온전한 자신으로 돌아갈 수 없는 정신 상태였다. 상상의 계단에는 올라가는 계단뿐 아니라, 내려가는 계단도 있는 모양이었다. 라이언과 형은 이제 완전히 다른 사회 계층에 속해 있었고, 라이언이 대학 강사 자리를 얻어 더블린으로 떠난 반면, 케빈은 어린 시절의 축축한 침실로 돌아갔고, 가끔씩 정신병원에 입원할 때를 제외하고는, 계속 거기에 머무르고 있다.

재미있는 것은, 라이언의 말에 따르면, 그들의 부모님은 라이언의 성공을 자랑스러워하지도 않고, 케빈의 실패에 대해서도 책임을 인정하지 않는다는 점이었다. 부모님은 케빈을 떼어놓으려고 시설에 영구적으로 맡기려 했지만, 그는 반갑지 않은 손님처럼 끊임없이 집으로 돌아왔다. 뿐만 아니라 두 분은 라이언에 대해서도 조금 비아냥대는 것 같았다. 그는 작가이자 대학 강사이며, 더블린의 근사한 집에서 살고 곧 결혼할 예정이었다. 신부는 발레리나가 아니라 미국으로 떠나기 전에 대학을 같이 다녔던 아일랜드 아가씨였다. 그런 일들을 통해 라이언이 배운 것은 실패는 자꾸만 되돌아오는 반면, 성공은 끊임없이 스스로 확인해야만 하는 무엇이라는 점이었다.

그는 파란 눈을 가늘게 뜬 채, 우리가 주문한 음료수를 들고 그늘 밑을 지나오는 젊은 여종업원을 바라보았다.

"아, 저랑 같이 도망가시죠."

종업원이 그의 잔을 테이블에 놓을 때 그가 말했다. 그녀도 그 말을 들은 것 같았고, 그는 그녀의 반응이 뜻하는 바를 정확히 알아차렸다. 조각상같이 훌륭한 그녀의 표정은 미동도 없었던 것이다.

"대단한 사람들이에요."

돌아가는 그녀의 뒷모습을 여전히 바라보며 그가 말했다. 그는 내게 그리스에 좀 익숙해졌는지 물었다. 나는 3년 전에 아이들과 함께 그리스에 온 적이 있는데, 어쩌다보니 그게 운명적인 휴가가 되었다고 말했다.

"아름다운 사람들이에요."

그가 말했다. 그리고 잠시 후에, 날씨와 삶의 방식, 그리고 식단을 생각하면 그들이 아름다운 이유는 어렵지 않게 알 수 있다고 덧붙였다. 아일랜드 사람들을 보면 수백 년 동안 쌓여 온 빗물과 썩은 감자밖에 보이지 않는다고 했다. 본인은 지금도 그것들과, 그러니까 살이 오염되고 있는 것 같은 느낌과 싸우고 있다고 했다. 그가 미국에서 느꼈던, 그리고 지금 이곳에서 느끼고 있는 청결한 느낌은 아일랜드에서는 좀처럼 느낄 수 없었다. 석사과정을 마친 후에 왜 아일랜드로 돌아왔는지 내가 물었다. 그는 여러 가지 이유가 있었지만, 어떤 것도 특별히 강력하지는 않았다고 했다. 그냥 그 이유들이 한데 뭉쳐서 그를 돌아오게끔 쿡쿡 찔러댔을 뿐이었다. 사실 그 이유들 중 하나는, 처음에는 미국에서 가장 마음에 들었던 점, 그러니까 미국에서는 모두들 출신지가 없는 것 같다는 느낌이었다.

"물론 그들도 어디에선가 왔겠지만 나에 대해 권리가 있다고 주장하는 것 같은 그런 고향의 느낌은 없었죠."

그가 덧붙였다.

처음 구름 위로 올랐을 때, 어딘가에서 기적적으로 벗어난 것 같았던 숙명적인 느낌 이야기였다. 동료 수강생들은 그의

52

아일랜드 경험을 높이 평가했다고 했다. 그는 그런 평가에 맞게 행동했고, 억양 같은 것도 그대로 유지했으며, 결국에는 아일랜드인이라는 것 자체가 하나의 정체성이라고 확신하게 되었다. 따지고 보면, 그것 말고 자신이 지닌 다른 정체성이라는 것도 없었다. 출신지가 없다는 생각이 조금 두려웠다. 그는 자신은 저주도 축복도 받지 않은 거라고 생각하기 시작했고, 숙명이라는 것에 대해 다시 생각하고, 적어도 그것을 다른 식으로 보기 시작했다. 게다가 글쓰기, 고통이 변질된 것 같은 그 작업에서 아일랜드가, 트랄리에서 보냈던 그의 과거가 완벽한 뼈대가 되어주었다. 갑자기 미국의 근본적인 익명성은 감당할 수 없을 것 같은 느낌이 들었다. 아주 솔직히 말하자면, 그는 글쓰기 프로그램에서 가장 뛰어난 수강생은 아니었다. 그 점을 받아들이는 것은 어렵지 않았고, 그 이유 중의 하나가 또한, 동료 수강생들은 바로 그 익명성을 붙들고 씨름했지만, 그는 그러지 않았기 때문이라고 생각했다. 기댈 수 있는 정체성이 없는 사람이 더 좋은 작가가 된다. 그렇지 않은가. 세상을 덜 뒤틀린 시선으로 볼 수 있기 때문이다. 그는 고향에 있을 때보다 미국에 있을 때가 더 아일랜드인다웠다.

그는 학생 시절 머릿속으로 그리던 모습대로 더블린을 바라보기 시작했다. 검은색 옷을 입은 학자들이 자전거를 탄 채,

검은 고니처럼 미끄러지듯 지나다니는 곳. 그가 그 자신이 되기 전에 봐왔던 것이 바로 그런 모습 아니었을까. 보호를 받는 도시에서 미끄러지듯 움직이는 검은 고니의, 울타리 안에서의 자유. 대평원처럼 크고, 평평하고, 경계도 없는 그런 미국의 자유가 아니었다.

그는 강사 자리와 발레리나 여자친구와 출판 계약서라는 적당한 영광의 불꽃을 안은 채 돌아왔다. 여자친구는 6개월 후에 돌아갔고, 그때 계약한 책—단편집이었고, 평가도 좋았다—은 지금까지 그가 출간한 유일한 책이다. 낸시와는 지금까지도 연락을 하고 지낸다. 사실은 전날에도 페이스북으로 이야기를 나눴다. 그녀는 지금은 무용을 그만두고 임상심리 치료사가 되었는데, 솔직히 말하면 그녀 본인도 조금은 제정신이 아니라고 했다. 어머니와 뉴욕시티에서 살고 있으며, 이제 마흔 살인데도 스물세 살 때 모습과 거의 똑같다는 점이 놀라웠다. 그리고 그는 더블린의 집에서 아내와 아이들과 함께 살고 있는, 모든 면에서 과거와는 완전히 다른 사람이 되었다. 그녀를 생각할 때면 종종 그는, 그녀에게는 불친절한 생각이겠지만, '성장이 멈춘'이라는 단어를 떠올린다. 그녀는 늘 새 책은 아직 안 나오느냐고 묻는데, 대답 대신 그는 그녀 본인은 아직 인생이라는 것을 가지지 못한 거냐고 묻고 싶어진다. 물론 직접 묻지는 못하지만.

자신의 단편집에 실린 소설들은, 지금도 좋아하고, 가끔씩 꺼내서 읽어본다고 했다. 이따금 이런저런 선집에 실리기도 하는데, 얼마 전에는 알바니아의 출판사에서 번역본을 내겠다는 계약이 있었다고 대리인이 전해왔다. 하지만 그건 자신의 옛날 사진을 보는 일과 비슷했다. 어떤 기록이든 업데이트를 해야 할 시점이 오게 마련인데, 과거에 맺었던 관계들이 너무 많이 정리되어버렸기 때문이다. 어떻게 그렇게 되었는지는 그도 알 수가 없었다. 그가 아는 건 그 이야기들 속의 자신을 더 이상 알아볼 수 없게 되었다는 것뿐이었다. 그 이야기들을 쓸 때의 폭발하는 듯한 느낌은 기억났다. 자신 안에서 무언가가 한데 뭉치며 어떻게든 밖으로 나오려고 밀어붙였다. 이후로는 그런 느낌이 없었다. 계속 작가로 남으려면 완전히 다른 작가가 되어야 할 것 같다고 그는 생각했다. 그보다는 우주비행사나 농부가 되는 것이 더 쉬울 것 같았다. 무엇보다도, 애초에 자신을 그렇게 단어들에 몰두하게 했던 힘이 무엇이었는지 잘 기억이 나지 않는다고 했다. 하지만 그는 여전히 단어들을 다루고 있다.

그가 말했다.

"결혼이랑 비슷한 것 같기도 해요. 관계의 밀도가 높을 때 어떤 틀이 마련되는데, 그런 밀도는 절대 반복되지 않죠. 그 틀이 믿음의 근거가 되는 거예요. 가끔 그 근거를 의심하기도 하지만, 삶의 너무 많은 부분이 그 기반 위에 서 있기 때문에 차마 단념은 못 합니다."

그때 젊은 여종업원이 우리 테이블 옆을 미끄러지듯 지나 쳤고, 그는 "뭐 단념하고 싶은 유혹이 아주 강하긴 하지만"이 라고 덧붙였다. 내가 실망스러운 표정을 보였던 모양인지, 그 는 말을 이었다.

"아내는 자기 친구들이랑 저녁에 놀러나갈 때면 남자들을 구경합니다. 아내가 그렇게 하지 않았다면 실망했을 것 같아 요. 실컷 보고 와, 라고 제가 말하죠. 바깥세상이 어떤지 봐야 지. 아내도 똑같이 말합니다. 가서 마음껏 보라고."

그 말을 듣고 몇 해 전에 있었던 술자리가 떠올랐다. 함께 한 사람들 중에 친하지 않은 어떤 부부가 있었다. 아내 쪽에서 매력적인 아가씨들을 찾아서는 한 번 보라고 끊임없이 남편 을 부추겼다. 두 사람은 그렇게 자리를 잡고 앉아서 이런저런 여자들의 특징에 대해 토론을 벌였는데, 다른 사람들의 시선 이 느껴지지 않을 것 같은 순간에 아내의 얼굴에 스치는 짜증 이나 절망감을 보지 않았다면, 두 사람 모두 그걸 즐기고 있는 거라고 생각할 뻔했다.

그와 아내는 좋은 동반자 관계를 유지하고 있다고, 라이언은 말했다. 둘은 육아와 가사를 분담했다—아내는 그의 어머니 같은 순교자가 아니었다. 휴가철이 되면 아내는, 남은 일들을 모두 그에게 맡긴 채 친구들과 함께 떠났다. 두 사람이 상대에게 자유를 허락하는 것은, 자신도 똑같은 자유를 요구할 수 있음을 서로 이해하고 있기 때문이었다.

"좀 계산적인 것처럼 보이지만 저는 신경 쓰지 않습니다. 가정을 꾸려나가는 일에는 사업과 비슷한 면이 있죠. 계속 유지할 수 있으려면 무엇이 필요한지, 시작 단계에서 모두가 솔직하게 이야기하는 것이 최선입니다."

라이언이 말했다.

테이블에 놓인 내 전화기가 울렸다. 아들이 보낸 문자 메시지였다.

'내 테니스 라켓 어디 있어?'

"선생님은 어떠실지 모르겠지만, 저는 실제로 집안일과 가르치는 일 때문에 글 쓸 시간이 없거든요. 특히 가르치는 일 때문에요. 이게 사람 기운을 쏙 빼버리니까요. 일주일 정도 시간이 날 때도, 저는 돈 때문에 지금처럼 특별 강의를 합니다. 집 대출금 갚는 거랑 작은 문학잡지에만 실리는 이야기를 쓰는 것 사이에 선택을 하라고 하면요, 물론 어떤 사람들에게는 그렇게 써야만 하는 절박함이 있겠죠, 본인들 말에 따르면 말입니다. 하지만 저는 그 사람들이 대부분은 그 삶을 좋아하는 거라고 생각합니다. 자기들이 그런 사람, 즉 작가라고 말하는 걸 좋아하겠죠. 저도 물론 그렇게 말하는 걸 싫어하지는 않지만, 그렇다고 '그것만 있으면 된다'라고 할 건 아니니까요. 정말 솔직히 말하자면 저는 당장이라도 추리물을 써보고 싶습니다. 진짜 돈이 되는 곳으로 가는 거죠. 제 학생들 중에 한두 명은 이미 그쪽으로 가서, 아시겠지만, 몇 작품은 세계적으로 알려지기도 했어요. 그걸 알려준 건 제 아내였어요. '그 사람들한테 글쓰기 가르쳐준 게 자기 아냐?'라고요. 당연히 아내는 창작 과정을 제대로 알지 못하는 사람이지만, 어떤 면에서는 핵심을 짚은 거죠. 그리고 제가 뭐 글쓰기에 대해서 할 말이 있다면, 글은 긴장에서 나온다는 겁니다. 안에 있는 것과 바깥에 있는 것 사이의 긴장, 표면 장력. 좋은 표현이고, 제목으로 나쁘지 않다고 생각하는데, 어떠세요?"

라이언이 말했다.

그는 의자에 등을 기대며 생각에 잠긴 듯한 표정으로 거리를 바라보았다. 나는 그가 이미 자신이 쓸 추리물의 제목을 '표면 장력'으로 정해놓은 건 아닌지 궁금했다. 그가 말을 이었다.

"어쨌든, 제가 「귀향」을 쓸 때의 상황을 생각해보면, 그런 상황으로 되돌아가려고 애쓸 필요가 없다는 걸 깨닫게 되더라고요. 왜냐하면 절대 돌아갈 수 없을 테니까요. 제 안에서 그런 긴장을 다시 만들어낼 수는 없습니다. 삶이 나를 특정한 방향으로 이끌고 있는데, 정작 나는 다른 방향으로 흘러가고 있는 상태, 스스로의 운명에 동의할 수 없을 것 같은, 사람들이 말하는 나의 모습과 실제 나의 모습이 일치하지 않는 것 같은 그런 긴장이오. 온 영혼이 반란을 일으키는 거죠."

그는 말을 멈추고 단숨에 맥주잔을 비웠다.

"지금 제가 어디에 맞서서 반란을 일으킬 수 있을까요? 세 아이와 집 대출금, 그리고 일을 조금 줄였으면 하는 마음밖에 없어요. 그게 전부입니다."

내 전화기가 다시 울렸다. 지난밤 비행기 옆자리에 앉았던 남자의 문자 메시지였다. 보트를 타고 나갈 예정인데, 혹시 함께 수영하러 가지 않겠느냐고 했다. 1시간 정도 후에 아파트로 나를 데리러 올 수 있고, 마친 후에도 데려다주겠다는 이야기였다. 내가 그 제안에 대해 생각하는 동안에도 라이언은 계속 이야기했다.

"제가 그리워하는 건, 그 규율입니다. 어떻게 보면 무슨 글을 쓰는지는 중요하지 않겠죠. 저는 그렇게 아귀가 맞아 들어가는 느낌을 원하는 거예요. 육체와 정신이오, 무슨 뜻인지 아시죠?"

그가 말을 하는 동안 나는 가상의 계단을 그려보았다. 다시 한번 그의 앞에 놓인, 끝이 보이지 않는 곳을 향해 올라가는 그 계단 앞에서 그가, 눈앞에 책을 매달아놓은 채 올라가는 모습을. 차양 그림자가 줄어들고 거리의 빛이 스며들면서, 우리 두 사람은 그 둘의 경계에 앉아 있는 형국이 되었다. 나의 등에 빛이 쏟아지는 것 같았다. 나는 의자를 테이블 쪽으로 당겼다.

"그럴 수 있다면, 어떻게든 시간을 내겠죠. 그렇지 않나요. 사람들이 어떻게든 연애를 하는 시간은 내잖아요. 그러니까 제 말은, 연애를 하고 싶지만 시간을 낼 수가 없다고 말하는 사람은 없잖아요. 그렇죠? 아무리 바빠도, 애들이 몇 명이든, 얼마나 얽매여 있든 상관없이, 열정이 있으면 시간은 낼 수 있는 거예요. 2년 전에 학교에서 6개월간 안식 휴가를 주더라고요. 6개월 동안 글만 쓸 수 있었는데 어떻게 됐는지 아세요? 저는 살이 4.5킬로그램 찌고, 공원에서 아이들과 놀아주는 시간만 늘었죠. 글은 단 한 쪽도 못 썼고요. 글쓰기란 그런 겁니다. 열정을 위한 시간을 낸다고 해서 저절로 쓰여지는 게 아니죠. 결국 저는 다시 학교로 돌아가고 싶어졌어요. 그저 집안일에서 해방되고 싶어서요. 하지만 한 가지 교훈은 확실하게 얻었죠."

라이언이 말했다.

나는 시간을 확인했다. 아파트까지 가려면 15분은 걸릴 테니까 일어나야 했다. 보트 나들이에 가지고 가야 할 것들을 생각했다. 바다가 추울지 더울지, 읽을 책을 갖고 가야 할지 말아야 할지 등등. 라이언은 그늘과 햇빛 사이를 들락날락하는 여종업원을 보고 있었다. 자신감이 넘치고 자세도 꼿꼿한 그녀의 머리칼은 조금도 흔들리지 않았다. 나는 소지품을 가방에 담고 일어날 준비를 했다. 그런 낌새를 알아차린 라이언이 고개를 들고 나를 보며 물었다.

"선생님은 어떠세요? 지금 쓰고 계신 작품이 있나요?"

3

아파트는 여름 동안 아테네를 떠나 있는 클레리아라는 여성 소유였다. 좁은 골목에 그늘진 틈처럼 서 있는 그 아파트 건물 양쪽은 고층 건물들이었다. 클레리아의 아파트 입구 반대편 모퉁이에는 커다란 차양 밑에 테이블이 몇 개 놓인 카페가 있고, 늘 사람들이 몇 명 앉아 있었다. 좁은 골목 쪽으로 커다란 창이 나 있는데, 카페 앞에 모여 앉은 사람들을 찍은 사진이 창 전체를 가리고 있어서, 아주 그럴듯한 착시를 불러일으켰다. 사진 속에는 한 여자가 커피를 입으로 가져가며 고개를 젖힌 채 웃음을 터뜨리고 있고, 테이블 건너편에 앉은 남자는 상체를 그녀 쪽으로 기울이고 있었다. 그을린 피부에 잘생긴 남자는 손가락을 가볍게 여자의 손목에 댄 채, 방금 재미있는 말을 한 사람처럼 쑥스러운 미소를 짓고 있었다.

클레리아의 아파트에서 나오면 가장 먼저 눈에 띄는 것이 그 사진이었다. 사진 속의 사람들은 실제 인물들보다 조금 더 크고, 언제나, 아파트에서 나오는 그 순간에는, 놀랄 만큼 진짜처럼 보였다. 사진의 힘이 순간 현실을 압도해서, 그 혼란스러운 몇 초 동안은 사람들이 기억 속의 실제 모습보다 더 크고, 더 행복하고, 더 아름다운 거라고 믿게 되었다.

클레리아의 아파트는 건물의 꼭대기 층이었고, 입구에서 시작되는 둥근 대리석 계단은 한 층에 하나씩 있는 아파트 입구를 지나 이어졌다. 클레리아의 아파트에 닿으려면 계단 세 개를 오르고, 문을 세 개 지나야 했다. 맨 아래층의 현관은 바깥 골목보다 어둡고 시원했지만, 건물 뒤쪽에 있는 창 때문에 한 층씩 올라갈수록 점점 더 밝고, 따뜻했다. 클레리아의 아파트 문 앞은 바로 지붕 아래여서—거기다 계단을 올라온 피곤함 때문에—조금 숨이 막혔다. 하지만 개인적인 공간에 도착했다는 느낌도 들었다. 대리석 계단은 그 문 앞에서 끝나고, 이제 더 올라갈 곳은 없었다.

클레리아는 문 앞 층계참에 유목流木으로 만든 커다란 조각상을 갖다 놓았다. 추상 작품이었고, 그 조각상 덕분에—다른 층의 층계참에는 아무것도 없었다—클레리아 본인, 혹은 그녀를 아는 사람들을 제외하고는 여기까지 올라온 사람들이 없다는 것을 확인할 수 있었다. 조각상 외에도, 선인장 비슷한 식물을 심어놓은 빨간 토기 화분 하나와, 백랍으로 된 고리쇠에 매달아놓은 장식물—색색 천으로 엮은 행운의 부적—이 있었다.

클레리아는 작가라고 했는데, 여름학기 동안 방문 작가들이, 심지어 완전히 낯선 사람이라고 하더라도, 쓸 수 있도록 자신의 아파트를 빌려주었다. 그리고 실제로, 아파트의 이런저런 면모를 볼 때, 그녀가 글쓰기라는 작업을 아주 신뢰하고 존경하고 있음이 분명해 보였다. 벽난로 옆에 커다란 문이 있고, 그 문을 지나면 클레리아의 서재였다. 정사각형의 서재에는 커다란 체리나무 의자와 가죽으로 된 회전의자가 있었고, 반대편에 창 하나가 있었다.

책이 많았고, 채색된 모형 배도 몇 개 있었다. 모형 배는 모두 벽에 고정되어 있었는데, 모형으로 만든 밧줄이나, 사포질을 한 갑판에 놓인 황동 장비들까지 만듦새가 아주 정교하고 아름다웠다. 특히 큰 모형 배들은 흰색 돛을 팽팽하고 복잡하게 달아놓아서 정말로 바람을 맞고 있는 것처럼 보였다. 가까이서 보면 수없이 많은 실로 그 돛들을 묶어놓았음을 알 수 있는데, 너무 가늘어서 거의 보이지 않는 실들이 돛의 모양을 잡아주고 있었다.

바람을 맞고 있는 것처럼 보이는 돛들이 사실은 실로 복잡하게 묶여 있다는 사실, 몇 걸음만 다가가면 알 수 있는 그 사실은, 어쩌면 클레리아가 환상과 현실의 관계에 대한 비유로

의도한 것인지도 모르겠다고 나는 생각했다. 아마도 그녀는 방문객이 나처럼, 그렇게 가까이 다가가서 돛으로 쓰인 새하얀 천을 만져볼 거라고는 기대하지 않았겠지만 말이다. 사실 돛은 천이 아니라 종이였다. 예상과 달리 아주 건조하고 바삭바삭한 종이.

클레리아의 주방은 충분히 기능적이었고, 그런 점을 볼 때 그녀가 거기서 보내는 시간이 길지 않다는 것을 분명히 알 수 있었다. 선반의 한 칸은 진귀한 위스키로 가득 차 있었고, 다른 한 칸은 상대적으로 쓸 일이 없는 물건들—퐁듀 세트, 생선찜통, 라비올리 틀 등등—이 포장도 뜯지 않은 채 들어 있었다. 아예 비어 있는 칸도 한두 개 있었다. 조리대에 음식 찌꺼기가 조금이라도 떨어지면 사방에서 굶주린 개미 떼가 달려들었다. 주방 창문 밖은 다른 건물의 뒷면이어서 가스배관과 수도관밖에 보이지 않았다. 주방 자체도 작고 어두웠다. 하지만 필요한 물건들을 모두 갖추고 있었다.

클레리아의 거실에는 방대한 양의 클래식 음반이 갖추어져 있었다. 그녀의 음향 시스템은 심오한 빛깔의 검은색 상자 몇 개로 이루어져 있었는데, 검고 날씬한 그 몸체에서 그렇게 큰 소리가 나온다는 건 예상 밖이었다. 클레리아는 교향곡을 좋아했다. 실제로 그녀는 주요 작곡가의 교향곡 전집을 모두 갖추고 있었다. 독창이나 독주를 찬양하는 것에 대한 반감이 노골적으로 드러나 있어서, 피아노곡은 거의 없고, 오페라는 사실상 전무했다. 야나체크^{Janacek}만은 예외여서, 그의 오페라 전집 박스 세트가 있었다.

나로서는 교향곡을 하나씩 차례대로 들으면서 오후 시간을 보내는 것이, 『브리태니커 대백과사전』을 읽으며 보내는 것과 별 차이가 없을 것 같았다. 어쩌면 클레리아의 머릿속에서는 두 가지가 같은 것을, 그러니까 개별적인 것들이 지워지고 인간사의 부분들을 모아둔 총합에 초점을 맞출 때 드러나는 어떤 객관성을 대변하고 있을지도 모르겠다는 생각도 들었다. 아마도 그것 역시 일종의 규율, 자아와, 자아가 하는 말을 일시적으로 지워버리는 금욕주의의 한 형태겠지만, 어쨌든 빽빽하게 꽂혀 있는 클레리아의 교향곡들은 압도적이었다. 거기서 교향곡을 들을 때면 아파트가 갑자기 열 배쯤 커져서, 교향악단 전체를, 관악기와 현악기 등을 모두 들여놓은 것만 같았다.

클레리아의 침실은 두 개였는데, 놀랄 만큼 간소했다. 작은 상자 같은 두 방의 벽은 모두 옅은 파란색이었다. 한 침실에는 이층 침대가 있고, 다른 침실에는 더블 침대가 있었다. 이층 침대를 보면, 클레리아에게는 아이가 없는 게 확실했다. 아이들 방도 아닌 곳에 이층 침대가 있다는 것은, 자칫하면 잊어버리기 쉬운 어떤 사실을 새삼 떠올리게 했다. 이층 침대는, 특정한 어떤 아이가 아니라 아이들 일반을 대변하는 물건이라는 사실 말이다. 나머지 한 침실에는 거울이 달린 옷장이 한쪽 벽 전체를 차지하고 있었는데, 나는 옷장 안은 한 번도 살펴보지 않았다.

클레리아의 아파트 한가운데에는 빛이 가장 잘 들고, 다른 모든 방으로 들어가는 문들이 있는 넓은 현관이 있었다. 거기 받침대 위에, 테라코타로 만든 빛나는 여자 조각상이 있었다. 높이가 90센티미터 정도 되는—받침대까지 포함하면 더 컸다—커다란 조각상은 인상적인 자세를 취한 여성의 모습을 표현하고 있는데, 고개를 들고, 손바닥과 손가락을 활짝 펼친 채 팔을 반쯤 들어올린 자세였다. 조각상이 입고 있는 원시시대의 옷은 흰색으로 칠해져 있고, 얼굴은 동그랗고 평평했다. 어떨 때는 뭔가 하고 싶은 말이 있는 것 같았고, 또 어떨 때는 절망에 빠져 있는 것 같았다. 가끔은 그 조각상의 여인이 감사기도를 드리고 있는 것처럼 보일 때도 있었다.

해질 녘이면 조각상이 입고 있는 흰색 옷이 은은하게 빛났다. 아파트 안에서 이 방 저 방 오갈 때 늘 지나치는 조각상이지만, 그녀가 거기 있다는 사실은 믿을 수 없을 만큼 쉽게 잊어버리곤 했다. 하얗게 빛나는 그 조각상, 들어올린 팔과 넓적하고 특징 없는 그 얼굴, 그리고 자주 바뀌곤 하는 작품의 분위기는 언제나 조금씩 나를 놀라게 했다. 아래층 카페 창에 있는 사진 속 사람들과 달리, 이 테라코타 조각상은 현실을, 순간적으로나마, 작고 깊은 어떤 것으로, 더 은밀하고 말로 옮기기 어려운 뭔가로 바꿔놓았다.

아파트에는 건물 외벽 전체를 따라 커다란 테라스가 있었다. 보도보다 한참 위에 있는 이 테라스에서, 주변 건물의 그을리고 울퉁불퉁한 지붕들을 볼 수 있고, 더 멀리로는 교외 지역의 작은 언덕들까지 볼 수 있었다. 테라스는 골목 건너 다른 아파트의 창과 테라스에 마주하고 있었다. 가끔, 그 창문들 너머로 사람들의 얼굴이 보이기도 했다. 한번은, 한 남자가 테라스에 나와서 무언가를 아래로 던지는 걸 봤다. 젊은 여자 한 명이 따라 나와 난간에 몸을 기댄 채 남자가 던진 물건을 내려다보았다.

클레리아의 테라스는 사생활이 보호되는 곳으로, 식물이 많았다. 테라코타 화분에 심은 여러 식물들과 유리로 된 등들이 달려 있었고, 테라스 중앙에는 커다란 테이블 하나와 많은 의자가 있어서 클레리아와 친구들이 더운 여름밤에 거기 앉아 있는 모습을 쉽게 상상할 수 있었다. 커다란 덩굴이 그늘을 만들어주었는데, 어느 날 아침엔가, 나는 테이블에 앉아 있다가 덩굴에서 둥지를 하나 발견했다. 거칠고 마디진 줄기가 갈라지는 지점에 있는 그 둥지에 새가 한 마리 앉아 있었다. 옅은 회색 비둘기 한 마리. 살펴볼 때마다, 밤이든 낮이든, 그 새는 거기 있었다. 옅은 빛깔의 작은 머리에, 콩같이 짙은 눈으로 초조한 듯 주변을 살피기는 했지만, 녀석은 몇 시간이나 그 자리를 지켰다. 한번은 머리 위에서 무슨 소리가 나서 올려다보았더니, 녀석이 두 발로 덩굴을 오르고 있었다. 나뭇잎 사이로 머리를 내밀고 주변 건물들의 지붕을 살피던 녀석은, 잠시 후 날개를 퍼덕이며 날아갔다.

나는 녀석이 거리 위를 날아가, 크게 원을 한 번 그리고는, 건너편 건물의 지붕에 내려앉는 광경을 지켜봤다. 거기 잠시 머무르며 지저귀던 녀석은, 다시 날아올라 처음 자기가 떠나왔던 곳을 찾고 있었다. 그렇게 주변 광경을 한 번 살핀 후에, 녀석은 날개를 편 채 돌아왔고, 다시 한번 머리 위에서 소란스러운 소리를 내고 나서는 둥지에 자리를 잡았다.

나는 아파트 안을 돌아다니며 이것저것 구경했다. 선반과 서랍장들을 몇 개 열어보았다. 모든 것이 아주 잘 정리되어 있었다. 혼란스러운 면이나 비밀 같은 건 없었다. 물건들은 제자리에, 완벽하게 갖추어져 있었다. 필기구와 문구를 넣어두는 서랍, 컴퓨터 용품을 넣어두는 서랍, 지도와 여행 안내서를 넣어두는 서랍, 각종 서류들이 깔끔하게 정리되어 있는 문서함은 물론, 비상약품 서랍과 셀로판테이프나 풀을 넣어두는 서랍까지 있었다. 주방 서랍장에는 세제를 넣어두는 서랍과, 청소 도구를 넣어두는 서랍이 있었다. 거실에 있는 동양 골동품 같은 서랍장의 서랍은 비어 있었고, 먼지 냄새가 났다. 나는 다른 뭔가를 계속 찾았다. 무언가 썩어가거나 혹은 자라고 있는 것, 신비함이나 혼란, 또는 숨기고 싶은 무언가에 대한 단서를 찾아봤지만, 찾을 수가 없었다. 나는 서재로 들어가 모형 배의 바삭거리는 돛을 만져보았다.

4

비행기에서 옆자리에 앉았던 남자는 나보다 키가 족히 30센티미터는 작고 두 배쯤 뚱뚱했다. 비행기에서는 앉아 있는 모습만 봤기 때문에, 그의 성품에서 그런 몸집을 상상하는 것은 어려웠다. 그를 알아본 건 부리 같은 남다른 코와, 그 위로 툭 튀어나온 이마 때문이었다. 그 이마 덕분에 그는, 머리에 은회색 깃털이 난, 조금은 우스꽝스러운 바닷새처럼 보였다. 그런데도 나는 처음에 아파트 건너편 건물의 그늘에 서 있는 그를 잠시 알아보지 못했다. 그는 무릎까지 오는 황갈색 반바지와 말끔하게 다린 빨간색 체크무늬 셔츠 차림이었다. 새끼손가락에 낀 인장印章을 새긴 반지, 묵직한 금시계, 목에 걸친 안경줄 등 몸 곳곳이 금빛으로 빛났다. 심지어 웃을 때도 금이빨이 살짝 보였는데, 그 어떤 것도 비행기에서 대화를 나누는 동안에는 눈에 띄지 않던 것이었다.

그 만남은 어떤 의미에서는, 비물질적인, 지상을 벗어난 곳에서 이루어진 것이어서, 물건들은 그리 중요하지 않았고 우리 두 사람의 차이도 드러나지 않았다. 옆자리 남자의 물질적인 실체, 하늘 위에서는 그렇게 가벼워 보였던 그 실체가 지상에서는 구체화되어 있었고, 그 결과 그가 더 낯설어 보였다. 마치 그를 만나는 상황 자체가 일종의 구속이 되는 것처럼.

내가 알아보기 전에 그가 먼저 나를 발견했을 거라 확신했지만, 그는 내가 손을 흔들 때까지 기다렸다가 알은체했다. 그는 안절부절못하며 계속 주변을 살폈다. 거리에서는 과일장수가 어설프게 소리를 쳤고, 옆에 놓인 수레에는 복숭아와 딸기, 그리고 빛을 받아 웃고 있는 것만 같은 수박이 가득 쌓여 있었다. 옆자리 남자는 길을 건너 다가가는 나를 보며 기분 좋게 놀라는 표정을 지었다. 그가 어색하고 가볍게 볼에 입을 맞췄다.

"잠은 잘 주무셨나요?"

그가 물었다.

점심시간이 거의 다 되었고 나는 오전 시간 동안 대부분 밖에 있었지만, 그는 우리 둘 사이에 어떤 친밀한 분위기를 만들고 싶어 하는 것 같았다. 마치 우리가 줄곧 알고 지낸 사이이고, 어젯밤 공항의 택시 승강장에서 헤어진 후로 아무 일도 없었던 것처럼 말이다. 사실 나는 작은 파란색 침실에서 거의 잠을 이루지 못했다. 침대 맞은편에 그림 하나가 걸려 있었다.

쳉이 좁은 중절모를 쓴 남자가 고개를 젖히고 크게 웃고 있는 그림이었는데, 자세히 보면 그림 속 남자에게는 얼굴이 없었다. 그저 텅 빈 타원형 한가운데 웃고 있는 입이 있을 뿐이었다. 날이 새면서 남자의 눈과 코가 드러나기를 기다렸지만, 그것들은 끝내 보이지 않았다.

옆자리 남자는 차가 모퉁이에 주차돼 있다고 말하고는, 잠시 망설이다가, 손을 내 허리에 대고 안내했다. 그의 손은 아주 큰 집게발 같았고, 하얀 털로 뒤덮여 있었다. 그는 내가 자신의 차를 보고 실망할까봐 걱정된다고 했다. 내가 더 으리으리한 차를 기대했다면 자기로서는 부끄러운 일이지만, 정작 본인은 차를 그렇게 중요시하지 않는다고 했다. 그리고 아테네에서 운전을 하고 다니는 데는 그 정도 차로 충분하다는 것도 알게 되었다고 한다. 하지만 다른 사람이 뭘 기대하는지는 알 수 없는 일이니까, 내가 실망하지 않았으면 좋겠다고, 그것뿐이라고 했다.

그의 차가 주차된 곳에 도착했다. 작고 깨끗하고, 특별히 눈에 띄는 점은 없는 차에 탔다. 보트는 해안도로를 타고 40분쯤 가면 나오는 곳에 정박돼 있다고 했다. 원래는 시내에서 좀더 가까운 정박장에 세워두었는데, 정박 비용이 너무 비싸서 2년 전에 옮겼다고 했다. 나는 그의 집은 시내를 기준으로 했을 때 어느 쪽에 있는지 물었다. 그는 확실하지 않은 동작으로 차창 밖을 가리키며 30분쯤 떨어진 곳이라고 했다.

우리가 탄 차는 6차선 대로로 나왔다. 열기와 소음이 가득한 도심을 수많은 차가 끊임없이 굉음을 내며 지나다녔다. 차창은 모두 열어두었고, 옆자리 남자는 한 손을 운전대에 얹고 다른 손은 열린 차창에 얹은 채 운전을 했는데, 덕분에 그의 셔츠 소매가 미친 듯이 펄럭였다. 그는 침착한 운전자는 아니었다. 차선을 자주 바꿨고, 이야기를 할 때는 고개를 완전히 돌리고 앞을 보지 않아 빨간불이나 다른 차 뒤꽁무니 앞에서 급정거하는 일이 잦았다. 겁을 먹은 나는 입을 다물고, 먼지가 날리는 공터와 도심의 번쩍이는 건물들의 가장자리만 바라보았다.

우리가 탄 차는 경적과 엔진 소리가 가득한 콘크리트 교차로를 지났다. 앞 유리에 햇빛이 쏟아지고 열린 창문으로는 휘발유와 아스팔트, 쓰레기 냄새가 밀려 들어왔다. 한동안은 대여섯 살쯤 돼 보이는 남자아이를 뒷좌석에 태운 오토바이와 나란히 달리기도 했다. 아이는 양팔로 남자의 허리를 꼭 붙들고 있었다. 아이는 너무 작았고, 다른 자동차와 쇠로 된 도로 난간, 잡동사니를 가득 실은 트럭들 틈에서 아무런 보호도 받지 못했다. 반바지와 조끼, 고무 샌들 차림의 그 아이, 나는 차창 너머로 아무런 보호 장비도 갖추지 못한 아이의 갈색 팔다리와, 바람에 휘날리는 갈색 머리칼을 바라보았다.

크게 휘어지는 도로를 지나고 내리막길에 접어들자 바다가 나왔다. 카키색 관목지 너머로 눈부신 파란색이 펼쳐졌다. 버려진 야트막한 건물들, 완성되지 못한 도로, 절대 완공될 것 같지 않은 주택의 골조들이 보였고, 유리를 끼우지 않은 창들 사이로 앙상한 나뭇가지가 뻗어 나와 있었다.

"나는 결혼을 세 번 했습니다."

작은 차가 반짝이는 바다를 향해 언덕길을 내려가는 동안 옆자리 남자가 말했다. 어제 대화에서 두 번째 결혼까지만 이야기했지만, 오늘은 솔직하게 다 이야기하겠다고 했다. 결혼 세 번에 이혼 세 번.

"제대로 망한 거죠."

그가 말했다.

남자가 자기 아들, 그러니까 지금 섬에 있는 가족 저택에 살고 있고 그리 건강하지 못한 그 아들 이야기도 해야 할 것 같다고 했을 때, 나는 어떻게 대답해야 좋을지 알 수 없었다. 그의 아들은 지금 대단히 예민한 상태인데 오전 내내 아버지인 옆자리 남자에게 전화를 했다. 당연히 전화는 앞으로 몇 시간 동안 계속 올 테고, 그는 그러고 싶지 않지만, 전화를 받을 수밖에 없었다. 아들에게 어떤 문제가 있냐고 내가 묻자 옆자리 남자의 새처럼 생긴 얼굴이 어두워졌다.

"정신분열증에 대해서 좀 아십니까?"

그가 물었다.

어쨌든, 그게 그의 아들이 지금 처한 상태라고 했다. 대학 졸업 후 20대 때부터 시작되었고, 지난 10년 사이에 몇 번이나 입원했지만, 이런저런 복잡한 이유 때문에 지금은 아버지인 옆자리 남자의 보호를 받고 있다고 했다. 옆자리 남자는 아들 이 섬에 있는 한은, 적어도 돈에 손대는 일만 없다면 안전하다 고 판단했다.

섬사람들은 인정이 많고, 소소한 어려움들이 이미 적다고 는 할 수 없지만, 그럼에도 그런 것들을 인내할 수 있을 만큼 가족 사이의 유대감을 유지하고 있었다. 그런데 며칠 전에 심 각한 사건이 발생했고, 그 결과 옆자리 남자는 아들을 돌보기 위해 고용한 젊은 직원에게 아들을 집 밖으로 나가지 못하게 하라고 지시를 내려놓은 상태였다. 아들은 그 감금을 견딜 수 가 없었고, 그래서 자꾸 전화를 해대는 것이다. 아들의 전화가 아니면, 자기가 해야 할 일이 계약에 포함된 것을 넘어서고 있 다며 급여를 조정해달라고 주장하는 직원의 전화였다.

나는 그 아들이 두 번째 부인이 지하실에 가뒀다는 아들이 냐고 물었고, 그는 그렇다고 했다. 착한 아이였는데, 늘 그랬

듯이 영국에 있는 대학에 들어갔고, 거기서 약을 하는 버릇이 들어버렸다. 학위를 마치지 못한 채 학교를 나왔고, 떠밀리듯 그리스로 돌아왔다. 몇 번이나 일자리를 찾아주려고 시도해보기도 했었다. 아들은 엄마와 스키 강사인 새아버지가 살고 있는 아테네 근교의 집에서 함께 지냈는데, 옆자리 남자는 전 부인이 아들을 본인의 자유를 가로막는 방해물로 여겼던 것이 틀림없다고 생각했다.

아들의 상태는 날이 갈수록 악화되었다. 전 부인이 아버지인 자신과 상의도 없이 아들을 시설에 넣어버린 것은, 극단적인 조치였다. 아들은 시설에서 처방받은 약 때문에 살이 찌고 무기력한, 사실상 식물 같은 존재가 되어버렸다. 엄마라는 사람은 남편과 함께 해마다 겨울을 보내던 알프스로 떠나버렸다. 물론 그건 몇 년 전 일이지만, 본질적인 상황은 달라지지 않았다. 아이 엄마는 아들과 관련된 일은 상관하고 싶지 않아했다. 아이 아버지가 아들을 병원에서 데리고 나와 세상 속에서 살게 하고 싶다면, 그건 그가 알아서 할 일이었다.

나는 그의 첫 번째 아내, 이전의 대화에서 그가 어느 정도 이상화하려고 했던 그녀가 그렇게 차갑게 행동했다는 것이 놀랍다고, 그런 모습은 내가 받았던 인상과는 맞지 않는다고 말했다. 그는 잠시 그 말에 대해 생각하다가, 결혼 기간에는 그녀가 그렇지 않았다고 했다. 그녀는 변했다고, 자신이 알던 사람과는 다른 사람이 되어버렸다고 했다. 그는 그녀의 이전 모습에 대해서 이야기할 때만 우호적으로 말하는 것이었다. 나는 사람이 그렇게 완전히 다른 모습으로 변할 수는 없다고, 윤리와 관련하여 그 정도로 알아보지 못할 만큼의 변화를 겪을 수는 없다고 말했다. 그 사람의 그런 부분은 그저 잠자고 있었을 뿐이고, 발현될 수 있는 상황이 닥치기를 기다리고 있었을 뿐이라고. 우리들 대부분은 스스로가 진정 얼마나 착하고, 진정 얼마나 나쁜지 알 수 없다고, 그걸 알 수 있을 만큼 충분히 시험에 드는 일은 없을 거라고 말했다. 그러니까 아내가 어떤 모습으로 변할지 옆자리 남자도—아주 순간적으로나마—알아차릴 때가 있었음에 틀림없다고 했다. 그는 아니라고, 그런 순간은 없었다고 대답했다. 그녀는 언제나 아주 훌륭한 어머니였고, 그 무엇보다 최우선으로 아이들을 위해 헌신했다.

두 사람의 딸은 크게 성공해서 장학금을 받으며 하버드 대학에 다녔고, 졸업 후에는 소프트웨어 회사에 취직해 지금은 실리콘밸리에 있었다. 실리콘밸리가 어딘지는 나도 알지 않느냐고 그가 물었다. 나는 들어본 적은 있지만, 구체적인 모습은 상상하기 어렵다고 대답했다. 나는 그곳이 어디까지가 개념으로서의 공간이고, 어디까지가 실제적인 공간인지 구분할 수 없었다. 나는 옆자리 남자 본인은 딸이 사는 곳에 가본 적이 있는지 물었다. 없다고 했다. 그는 그쪽 세상에 있는 자신의 모습을 한 번도 상상해본 적이 없을뿐더러, 그런 방문을 하기 위해 오랫동안 아들을 혼자 내버려둘 수도 없다고 말했다. 딸이 그리스에 돌아오지 않았기 때문에 몇 년째 못 본 건 사실이었다. 성공을 하면 이전에 알던 것과는 멀어지는 모양이라고, 남자는 말했다. 실패를 하면 과거의 세계에 운명처럼 얽매이고 말지만 말이다. 나는 그 딸에게도 자녀가 있는지 물었다. 없다고 했다. 그의 딸은 다른 여성과 파트너 관계—그렇게 부르는 게 맞다면—를 유지하고 있었고, 그것보다도, 그녀에게는 일이 거의 전부였다.

그는 이제 와 다시 생각해보니, 아내는 일종의 완벽주의자였던 것 같다고 했다. 어쨌든, 말다툼 한 번 하고 바로 이혼이었으니까 말이다. 그녀가 어떤 모습으로 변할지 짐작할 수 있게 하는 면모가 있었다면, 그건 아마도 그녀가 실패를 절대 견디지 못하는 사람이었다는 사실일 것이다. 이혼 후에 바로 그녀는 아주 부유하고 악명 높은 남자친구를 사귀었다고 했다. 오나시스*의 친척인 선주였다. 그는 터무니없을 만큼 부자였

---

* 그리스의 선박왕.

고, 잘생겼으며, 그녀 아버지의 친구이기도 했다. 두 사람의 관계가 어떻게 끝나게 되었는지, 옆자리 남자는 이유를 알 수가 없었다. 그 남자친구는 그녀가 원하던 것을 거의 모두 갖춘 사람이었다. 어떤 면에서는, 아내가 그 백만장자를 택했다는 사실 덕분에 옆자리 남자는 자신들의 결혼이 실패했다는 것을 더 잘 이해할 수 있었다. 그런 상대라면 자신의 패배를 인정할 수밖에 없었으니까.

반면에, 스키 강사 커트는 당황스러웠다. 매력도 돈도 없는 남자, 1년에 몇 달, 산에 눈이 쌓일 때만 생기를 띠는 것 같은 남자라니. 뿐만 아니라, 그는 계율을 엄격히 따르는 광적인 신자였고, 새 아내와 자식들에게도—심지어 함께 지내지 않을 때도—그렇게 따라야 한다고 강요했다. 아이들은 억지로 기도나 묵도를 해야 했던 이야기를 옆자리 남자에게 해주었다. 접시에 담긴 음식을 남김없이 다 먹을 때까지—필요하다면 몇 시간이라도—식탁에 앉아 있어야만 했던 이야기, 새아버지가 자신을 반드시 '아버지'라고 불러야 한다고 강요했던 이야기, 주일에는 텔레비전을 보거나 기타 오락 활동을 할 수 없었다는 이야기들. 한번은 용기를 내서 전처에게 커트의 어떤 점에 끌렸던 거냐고 물어본 적이 있었는데, 그녀는 "당신과 정반대야"라고 대답했다.

이제 우리가 탄 차는 해안을 따라 달리고 있었다. 사람들이 가족 단위로 나들이를 나와 수영하고 있는 번잡한 해변을 지나고, 파라솔과 스노클, 수영복 등을 파는 길가의 상점들을 지났다. 옆자리 남자가 거의 다 왔다고, 오는 데 너무 오래 걸렸다고 생각하지 않기를 바란다고 말했다. 그리고 뭔가 굉장한 걸 기대할까봐 미리 말하는 거라며, 자기 보트는 아주 작은 거라고 덧붙였다. 25년 전에 산 보트이고 바위처럼 단단해서 강풍에도 끄떡없지만, 크기는 아담하다고 했다. 선실은 사람 한 명이 편안하게 하룻밤을 보낼 수 있는 크기인데, "어쩌면 두 명도 가능하겠죠. 서로 아주 사랑하는 사이라면"이라고 그는 말했다. 본인은 종종 그 선실에서 밤을 보내고, 사나흘 걸려서 섬까지 나갈 때도 있다고 했다. 그 보트는 말하자면 그만의 은신처, 고독을 즐기는 공간이었다. 시동을 걸고 해안을 벗어난 후에 닻을 내리면 완벽하게 혼자 있을 수 있었다.

마침내 선착장이 눈에 들어왔다. 옆자리 남자는 도로에서 벗어나 보트가 줄줄이 정박해 있는 주교舟橋 옆에 차를 세웠다. 그는 필요한 물건들을 사오는 동안 잠시 거기서 기다려 달라고 말했다. 그리고 보트에는 화장실이 없으니 출발 전에 속을 편하게 하는 것이 좋을 거라고도 했다. 나는 그가 도로 쪽으로 걸어가는 모습을 지켜보다가 햇살이 내리쬐는 벤치에 앉아 기다렸다. 밝은 물 위에서 보트들이 아래위로 출렁거렸다. 보트 너머로 톱니처럼 울퉁불퉁한 해안선과, 만 건너편에 한 줄로 늘어선 작은 섬들과 수많은 바위가 보였다. 도심보다는 시원했다. 산들바람이 불면서, 바다와 도로 사이에 서로 뒤엉켜 자라고 있는 풀들 사이로 사각사각거리는 마른 소리가 들렸다.

나는 보트들을 바라보며, 그중 어떤 것이 옆자리 남자의 보트일지 생각했다. 다들 그럭저럭 비슷해 보였다. 주변엔 대부분 옆자리 남자와 비슷한 나이의 남자들이 덱 슈즈를 신고 주교를 오가거나, 희끗희끗한 맨 가슴을 햇빛 아래 드러낸 채 자신들의 보트에서 뭔가를 작업하고 있었다. 그중 몇몇이 입을 벌리고, 끈적끈적하고 두꺼운 팔을 늘어뜨린 채 나를 바라보았다.

나는 전화기를 꺼내 영국에 있는 주택대출회사에 전화를 걸었다. 아테네로 오기 직전에 신청했던 추가 대출 심사가 진행 중이었다. 내 서류를 심사 중인 직원의 이름은 리디아라고 했다. 그녀는 그날 전화를 해달라고 했는데, 전화를 걸 때마다 자동 응답기가 나왔다. 응답기에서는 휴가로 자리를 비웠다고 했지만, 이미 돌아왔어야 할 날짜가 지나 있었다. 짐작컨대, 그녀는 응답기의 메시지를 자주 확인하는 것 같지 않았다. 나는 해변에 앉아 녹음된 목소리를 다시 듣고는—아마 다른 할 일이 없었기 때문이겠지만—직접 메시지를 남겼다. 약속한 날에 전화를 했으니, 확인하는 대로 다시 전화를 달라고 했다. 딱히 중요하지도 않은 그 일을 마치고 돌아보니, 옆자리 남자가 손에 쇼핑백을 든 채 돌아오는 중이었다. 그는 출발 준비를 하는 동안 잠깐 쇼핑백을 들고 있으라고 하고는, 주교 위로 올라가 무릎을 꿇고 앉아 물에 불은 것처럼 보이는 밧줄을 끌어올리고, 반대편에 있는 보트를 자기 쪽으로 당겼다.

그의 보트는 흰색 외관에 목재가 덧대어져 있었고, 선실 위 차양은 밝은 파란색이었다. 앞쪽에는 가죽 가리개를 씌워놓은 커다란 운전대가 있었고, 뒤쪽에는 천을 덧댄 벤치가 있었다. 보트가 충분히 가까워지자 그는 훌쩍 뛰어오른 후에 팔을 뻗어 쇼핑백을 건네받았다. 잠시 바쁘게 이것저것 챙긴 후에 그는 다시 팔을 뻗어 내가 보트에 오를 수 있게 도와주었다. 바닥이 흔들리는 바람에 조금 놀랐다. 나는 그대로 벤치에 앉았고, 그는 운전대의 가죽을 벗긴 후에 천천히 엔진을 내리고, 밧줄들을 묶기도 하고 풀기도 한 후에, 마침내 운전대 앞에 서서 시동을 걸었다. 엔진이 물속에서 윙윙 소리를 냈고, 우리는 천천히 선착장을 벗어나기 시작했다.

옆자리 남자는 보트를 타고 나가서 자기가 아는 근사한 장소에 도착하면, 거기서 멈추고 수영을 하자고 엔진 소리 너머로 외쳤다. 그가 셔츠를 벗어버려 나는 보트를 모는 그의 등을 마주보는 셈이었다. 넓고 살이 많은 등, 햇빛과 나이 때문에 가죽처럼 질겨 보이고, 사마귀와 흉터가 셀 수 없이 많고, 거친 회색 털이 길게 자란 등이었다. 그 등을 바라보며 나는 슬픔에 가득 찼는데, 그 감정은 부분적으로는 혼란스럽기도 해서, 나는 마치 그 등이 그 안에서 길을 잃어버린 외국의 어떤 땅처럼 느껴지기도 했다. 어쩌면 그건 길을 잃은 것이 아니라 어떤 도피였을지도 모른다. 길을 잃었다는 느낌에는 언젠가 내가 알아볼 수 있는 무언가를 찾을 수 있을 거라는 희망이 따라오지 않을 테니까.

나이 든 그의 등이 각자의, 서로 알아볼 수도 없는 개인사를 지닌 우리 두 사람을 그대로 갈라놓는 것만 같았다. 어쩌면 사람들은 잘 모르는 남자와 단둘이 보트를 타고 나온 내가 어리석다고 할지도 모르겠다는 생각이 들었다. 하지만 다른 사람들의 생각 따위는 더 이상 내게 어떤 도움도 되지 않았다. 그런 생각들이란 어떤 맥락 안에서만 존재하는 것일 테고, 나는 그런 맥락들을 완전히 떠나버렸으니까.

사방이 트인 바다로 나오자 옆자리 남자는 엔진의 기어를 올렸고, 보트는 갑자기 앞으로 튀어나갔다. 갑작스러운 반동에 나는 하마터면 뒤로 넘어질 뻔했는데, 그는 알아차리지 못했다. 천둥처럼 울리는 엔진 소리에 다른 소리가 묻히고 시야마저 흐트러지는 것 같았다. 보트가 만을 가로지르는 동안 나는 한쪽에 있는 난간을 꼭 잡고 매달렸다. 뱃머리가 치솟았다가 떨어지기를 반복했고, 사방에서 엄청난 양의 물이 튀었다. 나는 옆자리 남자가 이런 상황을 미리 알려주지 않은 것에 화가 났지만, 몸을 움직일 수도 말을 할 수도 없었다. 그저 계속 매달려 있을 뿐이었다. 머리칼이 휘날리고 바람을 맞은 얼굴이 굳어졌다.

보트는 계속 솟았다 떨어지기를 반복했고 등을 보인 채 운전대 앞에 서 있는 그의 모습을 보고 있으니 점점 더 화가 치밀었다. 그의 어깨에 힘이 들어가 있었다. 그렇다면 지금 이 상황이 그에게는 일종의 연기이고, 과시인 셈이었다. 그는 한 번도 나를 돌아보지 않았다. 사람들은 원래 다른 사람 앞에서 자신의 힘을 과시할 때는 상대를 좀처럼 의식하지 못하는 법이다. 만일 목적지에 도착했을 때 내가 사라져버리고 없다면 그의 기분이 어떨지 궁금했다. 그가 가장 최근에 저지른 부주의한 행동이라 할 만한 이 이야기를 다음 비행기에서 옆자리에 앉은 여자에게 설명하는 모습을 상상해보았다. 아마 그는 이렇게 말할 것이다.

'그 여자가 계속 보트를 타고 나가고 싶다고 했습니다. 하지만 알고 보니 보트에 대해서는 아무것도 모르고 있더라고요.'

그리고 이렇게 덧붙이겠지.

'정말 솔직히 이야기하자면, 그건 완전 재앙이었습니다. 그 여자가 배에서 떨어졌으니까요. 지금 내 마음은 너무 슬픕니다.'

마침내 엔진 소리가 잦아들었다. 보트도 속도를 늦추고, 바다 한가운데 삐죽 솟아오른 작은 바위섬을 향해 천천히 다가갔다. 옆자리 남자의 휴대전화가 울렸고, 그는 액정을 확인하고 전화를 받았다. 그는 듣기 좋은 목소리의 그리스어로 통화하면서 갑판을 이리저리 오가다가, 한 번씩 손끝으로 운전대를 쥐며 방향을 조정했다. 배가 물이 맑은 작은 만으로 다가가는 것이 보였다. 바닷새들이 바위 절벽 위에 많이 앉아 있고, 반짝이는 물살이 작은 모래사장에 밀려들었다 밀려나기를 반복하고 있었다. 섬은 인간의 흔적이 묻어 있기에는 너무 작았다. 새들을 제외하면 아무도 건드리지 않는, 방치된 곳이었다. 나는 옆자리 남자의 통화가 끝나기를 기다렸지만, 대화는 꽤 길게 이어졌다. 마침내, 통화가 끝났다.

"한참 동안 연락이 없던 지인이라서요. 사실, 이렇게 전화가 와서 꽤 놀랐습니다."

그가 말했다.

그는 잠시 손가락을 운전대에 댄 채 말없이 심각한 표정을 지어보였다.

"이 여자 분은 우리 형이 죽었다는 소식을 방금 들었다네요. 그래서 위로의 말을 전하려고 전화를 걸었대요."

나는 형님이 언제 돌아가신 거냐고 물었다.

"아, 4, 5년 전에요. 그런데 이분은 미국에 살고 있어서, 그리스에는 한참 동안 올 일이 없었거든요. 지금 일이 있어서 왔다가 그 소식을 들었답니다."

그가 대답했다.

그 말과 거의 동시에 그의 휴대전화가 다시 울렸고, 그는 전화를 받았다. 또 한 번의 그리스어 대화가 이어졌고, 이번에도 통화는 길었지만 조금 더 사무적인 내용인 것 같았다.

"일입니다."

그가 전화를 끊고 손사래를 치며 말했다. 보트는 잔물결이 이는 잔잔한 수면 위에 멈췄다. 그는 뒤쪽에 있는 장비함을 열고 작은 닻을 꺼낸 다음 사슬에 걸어 보트 옆으로 내렸다.

"여기가 수영하기 좋은 자립니다. 뭐 수영하시고 싶다면요."

그가 말했다. 나는 맑은 물속으로 내려가는 닻을 지켜보았다. 보트가 단단히 자리를 잡자 옆자리 남자는 뒤쪽으로 가서 요란하게 다이빙을 했다. 그가 보이지 않자 나는 수건으로 몸을 가리고 엉거주춤하게 수영복으로 갈아입었다. 그런 다음 물에 들어가 남자와는 반대 방향으로, 섬 쪽을 향해 헤엄을 쳤다. 섬 너머의 탁 트인 바다가 보고 싶었다. 건너편 해안에 점처럼 보이는 사람들과 이런저런 시설들이 줄을 지어 빽빽하게 모여 있었다.

그 사이 다른 보트가 한 대 나타나 우리 보트에서 멀지 않은 곳에 자리를 잡았다. 갑판에 앉은 사람들이 보였고, 그들의 말소리와 웃음소리가 들렸다. 일가족인 것처럼 보였는데, 밝은색 수영복 차림의 아이들이 물속을 드나들었고, 가끔씩 어린아이의 울음소리가 작은 만에 울려 퍼졌다. 옆자리 남자는 보트로 돌아와 손으로 햇빛을 가린 채 서서 나를 지켜보았다.

나는 몸에 힘을 주고 앉아 있던 긴장감, 아테네의 더위에서 느낀 긴장감, 낯선 사람과 함께 있다는 긴장감에서 해방되어 수영을 하니 기분이 좋았다. 물은 너무 맑고, 잔잔하고, 시원했으며, 해안선은 부드럽고 고풍스러웠고, 가까이 있는 바위섬은 누구의 소유도 아니었다. 마치 자유를 바라는 욕망, 계속 움직이려는 충동이 끈처럼 내 가슴을 꽉 묶고 당기는 것마냥, 그대로 몇 킬로미터를 헤엄쳐서 대양으로 나갈 수도 있을 것 같았다. 익히 알고 있는 충동이었다. 그것이 더 큰 세상이 나를 부르는 소리는 아니라는 것도 이제는 알게 되었다. 한때는 그런 더 큰 세상이 있다고 믿었지만, 이제 그 충동은 내가 가졌던 것들로부터 벗어나고 싶은 욕망일 뿐이었다. 그 끈은 어디로도 나를 데려가지 않는다. 그저 한없이 펼쳐진 익명의 황무지로 데려갈 뿐이었다. 나는 원하는 만큼 멀리 헤엄쳐나갈 수도 있었고, 거기서 그대로 익사할 수도 있었다. 하지만 그 충동, 자유롭고 싶다는 그 욕망마저도 내게는 여전히 어떤 강박이었다. 나는 그 충동과 관련한 모든 것이 환영에 불과함을 알게 된 후에도 여전히, 어떤 식으로든, 그 존재만큼은 여전히 믿고 있었던 것이다.

보트로 돌아왔을 때, 옆자리 남자가 자기는 사람들이 너무 멀리까지 헤엄쳐나가는 것을 좋아하지 않는다고 말했다. 보고 있으면 불안하다고. 초고속 보트가 아무런 경고도 없이 갑자기 나타날 때가 있는데, 충돌 사고가 전혀 없었다고는 할 수 없다고 했다.

그가 갑판 위 아이스박스에서 콜라를 꺼내 내게 건넨 다음, 휴지 상자에서 휴지를 한 장 뽑았다. 그는 길게, 제대로 코를

풀었고, 우리 둘은 함께 옆 보트의 가족을 지켜봤다. 남자아이 두 명과 여자아이 한 명이 놀고 있었다. 아이들은 소리를 지르며 보트 옆으로 뛰어내렸다가, 차례대로 사다리를 짚고 다시 올라왔다. 아이들의 젖은 몸이 번들거렸다. 밀짚모자를 쓴 여인이 갑판에 앉아 책을 읽고 있었고, 그녀 옆 차양 그늘 아래에는 요람이 놓여 있었다. 조금 긴 반바지를 입은 남자는 갑판 위를 오가며 휴대전화로 통화를 하고 있었다.

나는 외양이라는 것이 과거 어느 때보다 혼란스럽고 고통스럽다고 옆자리 남자에게 말했다. 마치 나 자신이 지각한 것들을 걸러서 받아들이는 특별한 능력을 잃어버린 것만 같았다. 그런 능력의 존재 자체도, 창문으로 바람이나 빗물이 쏟아져 들어오는 것을 본 후에야 거기에 있었던 유리창의 존재를 알게 되는 것처럼, 정작 그 능력을 잃어버린 후에야 인식하게 되었다. 마찬가지로, 나는 내가 본 것들에 노출되고, 그것들과 어울리지 못하는 것 같은 느낌이 들었다.

종종 『폭풍의 언덕』에서 히스클리프와 캐시가 어두운 정원에서 창문을 통해 환한 거실에 모인 린튼 가족을 들여다보는 장면을 떠올리곤 했다. 그 장면에서 결정적인 것은 두 사람의 주관성이다. 같은 창문을 통해 두 사람은 서로 다른 것을 보고 있었다. 히스클리프의 경우에 그것은 자신이 두려워하고 증오하는 무엇이었으며, 캐시의 경우엔 자신이 바라는 것, 하지만 가지지 못한 무엇이었다. 하지만 두 사람 모두 그것들의 실제 모습은 보지 못한다. 마찬가지로 나 또한 내 바깥에 있는 대상에서 나 자신의 두려움과 욕망을 보기 시작했고, 다른 사람들의 삶에서 내 삶에 대한 평가를 읽어내기 시작했다.

옆 보트에 있는 가족을 보며 나는 내가 더 이상 지니고 있지 않은 것들을 보았다. 나는, 말하자면, 거기 없는 것을 보았던 것이다. 그 사람들은 그저 그 순간을 충실히 살고 있을 뿐이었다. 나는 그 광경을 보지만, 우리 두 배 사이의 거리를 건너갈 수 없는 것처럼, 내가 그런 순간으로 돌아가는 일 역시 불가능했다. 그 두 가지 삶의 방식—순간에 충실하게 사는 것과 그런 순간 밖에서 사는 것—중 어느 쪽이 더 현실적이었을까.

"외양이라는 게 우리 집안에서는 아주 중요했습니다."

옆자리 남자가 대답했다. 하지만 그는—어쩌면 운명적으로—외양이라는 건 그저 속임수와 위장의 기술일 뿐임을 알게 되었다. 그 속임수는 가장 가까운 관계에서 가장 커야만 했고, 거기에는 분명한 이유가 있었다. 예를 들면, 어느 정도 경험이 있는 남자들—그의 삼촌, 그리고 삼촌과 어울리는 친구들 같은 남자들—은 대부분 쉬지 않고 정부精婦를 만들지만, 결혼 생활은 평생 동안 한 여성과 유지한다는 것을 그는 알고 있었다. 하지만 그는 자신의 아버지도 어머니와 그런 식으로 관계를 유지하며 지냈을 거란 생각은 한 번도 하지 않았다. 예를 들어 테오 삼촌 같은 사람은 아내에게 성실하지 않다는 것을 알고 있었지만, 본인의 아버지와 어머니는 늘 일심동체라고 여겼다. 그러나 이제는 그런 구분이 실제로 있기나 한 것인지 점점 더 의심스러워진다고, 그는 말했다. 성인이 된 후에 줄곧 따르려고 했던 결혼이라는 틀이, 사실은 환상에 불과한 것 아니었는지 의심스럽다고.

테오 삼촌은 옆자리 남자가 다녔던 기숙학교 근처 호텔에 자주 묵었다. 종종 그를 불러서 차를 대접할 때가 있었는데, 그때마다 옆에는 매번 다른 '친구'가 함께 있었다. 그 친구들은 하나같이 좋은 냄새가 나는 미인들이었던 반면 이리나 숙모님은 가무잡잡하고 땅딸막했다. 숙모님의 얼굴에는 사마귀가 많이 있었고, 거기에 유난히 굵고 긴 검은 털이 나 있었다. 옆자리 남자는 평생 그 털들만 생각하면 최면술에 걸린 것처럼 어지럽곤 했는데, 숙모님이 돌아가신 지 30년이 지난 지금까지도 그 털의 이미지는 여전히 생생했고, 역겨운 것들은 오래 지속된다는 사실을 상징하는 것처럼 보였다. 반면, 아름다운 것들은 단 한 번만 볼 수 있을 뿐, 다시 볼 수 없었다. 63년 동안 결혼 생활을 유지했던 이리나 숙모님이 여든넷의 나이에 돌아가셨을 때, 테오 삼촌은 숙모님의 시신을 매장하는 것에 반대했다. 대신 유리관 안에 넣어 엔필드에 있는 그리스정교회 성당의 지하 안치실에 모셔놓고는, 매일 찾아가 살피다가 6개월 후 본인도 뒤를 따랐다. 옆자리 남자는 테오 삼촌과 이리나 숙모님이 함께 있을 때는 언제나 무섭게 싸우는 모습밖에 볼 수 없었다고 했다. 심지어 댁에 전화를 드릴 때마다 두 분 사이에 말다툼이 벌어졌다. 결국엔 어느 한쪽이 다른 전화기를 집어들고 상대에게 험한 말을 쏟아냈고, 전화를 건 당사자는 본의 아니게 그 싸움의 심판이 되곤 했다.

반면 그의 부모님은, 역시 아주 호전적이기는 했지만, 테오삼촌과 숙모님 수준에는 이르지 못했고, 두 분의 싸움은, 아마더 씁쓸한 것이었겠지만, 더 차가운 종류였다. 그의 아버지가런던에서 먼저 돌아가셨는데, 이리나 숙모님이 있는 안치실에 모셔졌다. 어머니는 고향 섬에 가족 묘지를 만들 계획을 세웠지만, 어찌나 거창한 계획인지 공사가 예정보다 한참 뒤처지고 있었고, 아버지가 돌아가셨을 때에도 아직 시신을 받을준비가 되어 있지 않았다. 어머니가 그런 계획을 세운 것은 아버지가 처음 쓰러졌을 때였는데, 결국 생애 마지막 해에 아버지는 자신이 묻힐 무덤 공사의 진척 사항만 하루하루 받아보다가 돌아가신 셈이었다. 그런 독특한 방식의 고문은 평생 동안 진행되었던 두 분의 다툼에서 거의 마지막 결정타였을 것이다.

하지만 정작 어머니 본인이 돌아가셨을 때에도—"이미 말한 것 같지만, 아버지가 돌아가시고 정확히 1년 후였습니다"라고 그는 덧붙였다—묘지 공사는 아직 완공되지 않은 상태였다. 어머니는 엔필드에 있는 안치실, 아버지 옆에 나란히 모셔졌고, 그로부터 몇 달 후, 두 분의 시신이 나란히 비행기를 타고 고향 섬으로 돌아왔다. 옆자리 남자는 다른 친척 어른들—양가의 조부모와 수많은 삼촌들, 고모, 이모들—의 묘를 당시 있던 곳에서 새로 지은 거대한 가족 묘지로 이장하는 것도 살펴봐야겠다고 생각했다.

그는 다시 섬으로 날아가, 아버지와 어머니의 이장을 잠시 보류하고, 장례업자들과 함께 여러 개의 관을 옮기고 재배치하는 꺼림칙한 작업에 하루 종일 매달렸다. 특히 외할아버지의 관을 다시 꺼낼 때가 가장 불편했다. 외할아버지는 대단한 사고뭉치였고, 어머니와 아버지가—돌아가실 때까지—했던 대부분의 말싸움에서 그 원인을 제공한 인물이었다. 돌아가신 후에도 외할아버지는 그 기억만으로 어머니를 괴롭혔던 것이다. 그날 오후에, 맨 마지막으로 부모님의 관을 거대한 대리석 건물 밑으로 내렸다.

옆자리 남자는 곧장 런던으로 돌아가야 했기 때문에 미리 불러놓은 택시를 타고 공항으로 향했다. 하지만 공항으로 가는 길에, 택시에서 끔찍한 사실을 깨달았다. 친척들의 관을 재배치하는 과정에서, 어쩌다가, 부모님 두 분의 관을 나란히 놓지 못했던 것이다. 더 나쁜 것은, 택시 뒷자리에 앉은 그는 또렷하게 기억이 났다. 두 분 사이에 외할아버지의 관을 놓았다는 사실이었다. 그는 즉시 택시기사에게 묘지로 되돌아가자고 했다. 묘지에 도착했을 때는, 택시기사에게 도와달라고 했다. 이미 해가 질 때가 되어서 인부들이 모두 돌아가고 없었던 것이다. 택시기사는 알겠다고 했지만, 어둠 속에서 묘지 입구를 지나자마자 줄행랑을 쳐버렸고, 결국 옆자리 남자 혼자 남았다. 그는 어떻게 혼자서 묘지 덮개를 열었는지 기억이 나지 않는다고 했다. 당시에는 꽤 젊은 축에 속하는 편이었지만, 그렇다고 해도, 그 순간에는 어떤 초인적인 힘이 솟아난 게 틀림없었다.

그는 묘지 안으로 내려갔다. 역시, 부모님의 관 사이에 외할아버지의 관이 놓여 있었다. 관을 움직여 자리를 다시 조정하는 건 어렵지 않았다. 하지만 일단 정리를 마치고 나니, 묘지 벽이 너무 가파르고 깊어서 다시 밖으로 나오는 게 불가능할 것 같았다. 소리치며 사람들을 불러보았지만 아무 소용이 없었다. 그는 발돋움을 하며 미끄러운 벽면을 붙잡고 발을 디딜 만한 곳이 있는지 살폈다.

"어떻게든 밖으로 나올 수 있었습니다. 거기서 밤을 새워야 하는 건가 싶었는데, 그러지는 않았거든요. 아마 택시기사가 다시 왔던 것 같기도 합니다. 잘 기억이 나지 않네요."

그가 말했다.

그가 미소를 지어보였고, 그 순간 우리는 환하게 빛나는 수면 너머 다른 보트에 있는 가족을 돌아보았다. 나는 나의 두 아들이 보트에서 놀고 있는 소년들과 비슷한 나이였을 때는, 둘이 너무 친하게 지내서 두 아이 각각의 특징을 구분할 수 없을 정도였다고 말했다. 둘은 아침에 눈을 떠서 밤에 다시 눈을 감을 때까지 한시도 쉬지 않고 함께 놀았다. 둘은 놀이를 하면서 둘만의 어떤 황홀경을 만들어냈고, 그 안에서 상상의 세계를 구축한 것 같았다. 둘이서 하는 게임이나 과제를 계획하고 행동으로 옮기는 일은, 나머지 사람들에게는 보이지 않았지만 당사자들에게는 너무나 현실적이었다. 가끔 내가 대수롭지 않아 보이는 물건 하나라도 버릴라 치면, 아이들은 그것이 자신들만의 가상세계에서 신성한 소품이라고 이야기했다. 그 가상세계의 이야기는 우리 집 가재도구들 사이를 흐르는 마법의 강 같아서, 마르는 일이 없었고, 두 아들은 자기들 마음대로 다른 차원으로 드나들었다. 나머지 사람들은 마법의 강으로 들어가는 입구를 볼 수 없었다.

그러던 어느 날, 그 강이 말라버렸다. 둘이서 공유하던 상상의 세계가 사라졌는데, 그 이유는 둘 중 한 명이—어느 쪽이었는지는 기억나지 않는다—그 세계를 더 이상 믿지 않게 되었기 때문이었다. 그러니까, 누구의 잘못도 아니었다. 어쨌든 나는 그 일에서 한 가지 사실을 재확인할 수 있었다. 두 아들의 삶에서 아름다웠던 것들은, 엄격히 말하자면 실제로 존재한다고 할 수 없는 어떤 것들을, 상대방과 함께 꿈꾸었던 결과라는 사실 말이다.

나는 그것이 사랑에 대한 하나의 정의인 것 같다고 말했다. 오직 두 사람만 볼 수 있는 무언가를 믿는 일, 그리고 내 아들들의 경우에, 그것은 삶의 일시적인 기반에 불과한 것이었다. 둘이서 함께 나누던 이야기가 사라지자 두 아이는 싸우기 시작했고, 함께했던 놀이가 그 둘을 세상에서 멀어지게 하고, 가끔은 몇 시간 동안 어디에 있는지도 모르게 했다면, 싸움은 끊임없이 그들을 세상으로 되돌려 보냈다. 두 아이는 내게, 혹은 아이들 아빠에게 싸움을 말려달라거나 심판을 봐달라고 했다. 둘은 사실들, 그동안 있었던 일이나 했던 말들을 차곡차곡 기억해두었다가, 자신들에게 유리한, 또는 상대를 비방하기 위한 싸움거리들을 만들어내기 시작했다. 사랑에서 벗어나 사실의 세계로 접어든 이 변화가, 그 당시 우리 가족에게 일어난 상황의 변화를 반영하는 것 같아서 힘들었다고, 나는 말했다. 가장 놀라웠던 것은, 과거의 친밀함이 그대로 부정적인 힘으로 드러난다는 점이었다. 마치 안에 담아두었던 것들이 그대로 밖으로 나오는 것만 같았다. 하나씩 하나씩, 집에서 꺼내서 길가에 내놓은 가구들처럼.

그런 상황들이 너무 많았다. 보이지 않던 것들이 이제 눈에 띄었고, 유용했던 것들이 번거로운 것들이 되어버렸다. 두 아이는 이전에 잘 어울렸던 것만큼 이제는 적대적이 되었는데, 조화는 시간을 초월하고 무게도 없는 것인 반면, 적대감은 구체적인 공간과 시간을 차지했다. 손에 잡히지 않던 것들이 단단한 실체를 가지게 되었으며, 머릿속에만 있던 것들이 형체를 띠게 되었고, 사적인 것들이 공개되었다. 평화가 전쟁이 될 때, 사랑이 증오로 바뀔 때, 무언가가 세상에 등장하게 마련인데, 그건 유한성이 지닌 순수한 힘이었다. 사랑이 우리들을 무한한 세계에 붙잡아둔다면, 증오는 그 반대였다. 놀라운 점은 증오는 아주 세세한 것들에까지 미치기 때문에, 아무것도 그 영향에서 벗어날 수 없다는 점이었다.

두 아들은 끊임없이 서로에게서 벗어나려고 애썼지만, 결국 할 수 있는 일은 서로를 혼자 내버려두는 것뿐이었다. 둘은 모든 것을 놓고 다투었고, 아주 하찮은 것을 서로 가지려고 했고, 단지 서로의 말투가 기분 나쁘다며 화를 냈고, 마침내 그런 세세한 면들 때문에 흥분할 때는 몸싸움으로 이어져 서로를 때리고 할퀴기도 했다. 몸싸움이 벌어지면 당연히 세세한 면에 다시 흥분하게 되었는데 왜냐하면 물리적인 폭력 후에는, 누가 옳았는지를 판정하는 과정이 길고 지루하게 이어졌기 때문이다.

누가 누구에게 무슨 말을 했는지 들어야 했고, 그다음엔 누가 잘못했고 어떤 벌을 받을지 정해야 했지만, 그 결과에 둘 다 만족했던 경우는 한 번도 없었다. 사실, 그렇게 결정하고 나면 상황은 더욱 악화되었는데, 확실한 판정은 영원히 불가능할 것임을 암시했기 때문이었다. 복잡했던 싸움 과정을 밝히면 밝힐수록, 둘의 말다툼은 더 커지고 더 구체화되었다. 두 아들이 무엇보다 원했던 것은 자신이 옳고, 상대가 틀렸다는 판정을 받는 일이었지만, 어느 한쪽이 일방적으로 잘못했다고 비난하는 것은 불가능했다.

시간이 지나면서 나는, 그 싸움은 절대 해결될 수 없는 것임을 깨달았다. 사실을 밝히는 게 목표인 이상 해결은 불가능했는데, 왜냐하면 이제 더 이상 하나의 진실은 없었기 때문이었다. 그게 요점이었다. 이제 둘은 꿈을 공유하지 않았고, 심지어 현실도 공유하지 않았다. 두 아들은 각각 자신의 관점에서만 세상을 보았다. 있는 것은 관점뿐이었다.

옆자리 남자는 잠시 아무 말도 하지 않다가, 자신의 경우에는, 비록 순탄치 않은 결혼 생활이었지만 아이들이 버팀목이 되어주었다고 했다. 그는 자신은 스스로 좋은 아빠였다고 생각한다고도 했다. 자기 생각이지만, 실제로도 아이들 엄마들보다는 자신이 더 사랑하고 사랑받는 능력이 있었던 것 같다고 말이다. 하지만 그의 어머니는, 첫 번째 결혼이 파국을 맞은 후에 이혼이 아이들에게 나쁜 영향을 미치지는 않을지 걱정하는 그에게, 가족이라는 게 그가 어떻게 하든 상관없이 달기도 하고 쓰기도 한 거라고, 이혼을 안 했으면 아마 아이들은 다른 일로 힘들었을 거라고 말해주었다. 사람들은 그렇게 만들지 않으려고 최선을 다하겠지만, 무결점의 어린 시절 같은 건 없다는 이야기였다. 고통이 없는 삶 같은 것도 없었다. 이혼 이야기를 하자면, 성자처럼 살아도 똑같이 상실감을 맛보게 될 것이고, 그건 아무리 스스로에게 설명하며 떨쳐보려고 해도 피할 수 없는 일이었다.

"네가 여섯 살 때는, 그때 너의 모습을 다시 볼 수 없으면 어떡하나, 하는 생각만으로도 눈물이 나곤 했지. 그 여섯 살짜리 너를 다시 한번 볼 수 있다면 뭐든 할 수 있을 것 같았다"라고 그의 어머니는 말했다. 하지만 아무리 잡아두고 싶어도 모든 것은 흩어지게 마련이고, 그 뒤에 남은 게 뭐든 거기에 감사해야 하는 거라고. 그래서 그는 남은 것에 감사해보려고 노력했다. 아들을 위해서라도 말이다. 아들은 심약한 사람들이 으레 그렇듯, 동물들에 빠져들었고, 옆자리 남자는 이런저런 불쌍한 동물들을 구해, 집에 데려와달라는 아들의 요청에 셀 수 없을 정도로 머리가 아팠다. 개, 고양이, 고슴도치, 새, 한번은 여우에게 잡혀 반쯤 죽은 어린 양도 있었는데, 옆자리 남자는 그 양을 무릎 위에 놓고 밤새 따뜻한 우유를 숟가락으로 떠먹여야 했다. 그렇게 밤을 새우며, 그는 양이 살아나기를 간절히 바랐다. 어린 생명 그 자체를 위해서가 아니라, 자신이 아들과 관련해서 택한 외로운 길, 아주 정성껏 그리고 너그럽게 아들을 대하기로 한 그 길이 옳다는 확신을 얻고 싶었기 때문이었다. 만약 양이 살아났다면, 그건 아들을 포기하고 그냥 정신병원에 넣어버리려 했던 아이 엄마와 정반대로 행동하기로 한 남자의 결심에 대한 일종의 확신—세상이 주는 확신—이 될 수 있었을 것이다.

하지만 당연하게도, 그는 다음 날 아침에, 아들 타키스가 아직 자고 있는 시간에 그 양을 묻어주고 있었다. 그 일은, 아들을 가혹하게 대하지 않기로 한 그의 결심이 어리석었던 것 아닌가 하는, 수없이 많은 후회 가운데 한 사례에 불과했다. 세상은, 전처 같은 사람, 자신들에게 나쁜 영향을 미치는 것들은 버려버리는 사람들을 더 선호하는 것 같았다고, 그는 말했다. 이야기뿐이라고 해도, 나쁜 일들은 늘 되돌아와 그들 주위를 맴돌았다. 지금 그를 괴롭히는 일은, 지난주에 아들을 돌봐주기로 한 남자가 박사학위 논문을 쓰기 위해 자기 방에만 처박혀 지냈고, 덕분에 아들 타키스가 어둠을 틈타 집밖으로 나가서는, 섬의 우리 안에 갇혀 있는 동물들을 풀어주려고 시도한 사건이었다. 지역 사업가가 애완용으로 키우려고 데려온 동물들로, 그중에는 진귀한 야생동물들이 꽤 있어서, 타조, 라마, 맥*, 심지어 개만 한 조랑말 무리가 섬 이곳저곳을 돌아다닐 때도 있었다.

동물들의 주인은 섬에 새로 들어온 주민으로, 옆자리 남자의 집안에 대한 존경심 같은 건 없는 사람이었다. 그는 자신의 재산과 동물들을 건드린 것에 대해 매우 화가 나 있었는데, 그 남자가 보기에 타키스는 난동꾼이자 범죄자였고, 거기에 대해 옆자리 남자가 방어할 수 있는 여지는 많지 않았다. 알고

---

* 맥(貘): 중남미와 서남아시아에 사는 코가 뾰족한 돼지 같은 동물.

있겠지만, 자기 자식을 너그럽게 대할 수 있는 건 부모밖에 없다고, 그는 말했다. 그 자식들이 세상에서 모자란 인간으로 판정을 받으면, 다시 데리고 와야 한다. 물론 그는 그 점을 전부터 익히 알고 있었다. 정신이 온전치 못했던 그의 동생, 이제 70대 초반이 된 그 동생은 지금까지 자신이 태어난 집에서 한 발짝도 나가지 못했던 것이다.

그는 육지로 돌아가기 전에 한 번 더 수영을 하지 않겠냐고 했다. 나는 이번에는 두 보트가 보이는 곳을 벗어나지 않고 작은 만을 향해 헤엄쳐갔다. 아기 울음소리가 높은 바위들 사이로 울려퍼졌다. 아빠는 아기를 안은 채 갑판을 바쁘게 오가고, 엄마는 들고 있던 책으로 부채질을 하고, 세 아이는 그런 엄마의 발치에 서로 다리를 포개고 앉아 있었다. 그 보트에는 그늘을 만들기 위해 얇은 천을 둘러놓았는데, 이따금씩 미풍이 불면 천이 크게 부풀었다가 다시 자리를 잡았고, 그때마다 그 가족의 모습은 잠시 사라졌다가 다시 나타났다. 모두들 자기 자리를 지킨 채 아기가 울음을 그치기를, 그 순간에서 벗어나, 다시 세상이 원래대로 굴러가기를 기다리고 있는 것처럼 보였다.

작은 만 건너편에서는 옆자리 남자가 좁은 수로를 따라 곧장 헤엄쳐나갔다가 돌아왔다. 나는 그가 보트 뒤쪽의 작은 사다리를 오르는 모습을 지켜보았다. 멀리서, 그가 살이 많은 등을 수건으로 닦으며, 조금 미끄러지는 듯한 걸음걸이로 갑판 위를 오가고 있었다. 내가 있는 곳에서 몇 미터 떨어진 바위에, 검은색 가마우지 한 마리가 앉아서는, 꼼짝도 않고 바다를 내다보고 있었다. 아기가 울음을 멈췄고, 그러자마자 나머지 가족들은 서두르며, 마치 보석상자 안의 태엽 장치처럼 그 좁은 공간에서 서로의 위치를 바꾸었다. 아빠는 허리를 굽히고 아기를 요람에 눕혔고, 엄마는 자리에서 일어나 몸을 틀었고, 남자아이 둘과 여자아이 하나는 다리를 쭉 뻗으며 손을 모아 바람개비 모양을 만들었다. 아이들의 몸이 햇빛 아래 번들거리고 반짝였다.

나는 갑자기 물속에 혼자 있다는 사실이 두려워서 보트로 돌아왔다. 옆자리 남자는 물건을 정리하고, 장비함을 열고는 닻을 올릴 준비를 했다. 그는 나에게 지쳤을 테니 돌아가는 동안 벤치에 좀 누우라고 했다. 그가 몸을 가릴 숄을 줬고, 나는 하늘의 햇빛을 가리고 물이 튀지 않도록 머리 위까지 덮었다. 돌아오는 길에는 배가 시끄러운 엔진 소리를 내며 솟아오를 때에도 편안함을 느꼈고, 심지어 반쯤은 잠이 든 것 같기도 했다. 가끔씩 눈을 떴다가도 얼굴을 가린 낯선 천을 확인하고는 이내 다시 감았다. 내 몸이 어떤 공간에 들어서고 거기서는 내 인생에서 있었던 모든 일들이, 마치 거대한 폭발 때문에 사방으로 튀는 파편처럼, 조각조각 흩어져 떠다니는 것 같은 기분이었다.

아들들을 떠올리고는, 지금 그 아이들은 어디에 있을지 생각했다. 다른 보트에 있던 가족들의 모습, 보석상자 안의 태엽 장치처럼 아주 기계적으로, 하지만 동시에 우아하고 정확하게 움직이던 그 모습이 떠올랐다. 갑자기, 어린 시절 여름이면 온종일 시간을 보내곤 했던 해변에서 돌아올 때, 끝날 줄 모르던 구불구불한 길을 달리는 차의 뒷좌석에 누워 있었던 일이 생각났다. 우리 집과 해변 사이에 직선도로는 없었고, 그저 뱀처럼 구불구불하고 서로 뒤엉킨 시골길들만 있었다. 그 길들은 지도에서 보면 복잡하게 얽힌 혈관과 모세혈관처럼 보였는데, 덕분에 큰 방향만 맞으면 어느 길로 달리든 별 차이가 없었다. 하지만 아버지가 좋아하는 길이 있었는데, 당신 생각에는 그 길이 다른 길들보다 조금 더 곧은 길이라고 생각했기 때문이다. 그래서 우리는 늘 같은 길을 달리며, 다른 길들을 가로지르고, 이미 지나쳤거나 절대 갈 일이 없을 장소들이 적힌 안내판을 지나쳤다.

시간이 지나면서 아버지는 그 코스가 바꿀 수 없는 현실처럼 느껴졌던 모양이다. 혹시라도 모르는 마을을 지나치기라도 할 때면, 사실 그건 다른 길로 가는 것일 뿐 결과적으로는 아무 차이가 없었지만, 아버지에게는 길을 잘못 든 것처럼 느껴졌던 것이다. 우리 아이들은 흔들리는 차체 때문에 졸음기와 메스꺼움을 느끼며 뒷좌석에 누워 있었다. 가끔 눈을 뜨면 먼지 낀 차창 너머로 여름 풍경들이 스쳐 지나갔다. 너무 풍요롭고 너무 잘 익은 풍경이어서, 그 풍경이 깨지고 다시 겨울이 된다는 사실을 믿을 수가 없었다.

출렁이던 보트의 움직임이 느려지고 모터 소리도 잦아들었다. 내가 벤치에서 몸을 일으키자 옆자리 남자는 잠시 눈 좀 붙이셨냐고, 조심스럽게 물었다. 선착장에 가까워지고 있었다. 새하얀 보트들이 파란 바다를 배경으로 눈부시게 빛나고, 그 너머로 갈색 도로 풍경이 열기 속에 제멋대로 펼쳐져 있었다. 그 모든 것이 햇빛 아래 멈추지 않고 아래위로 흔들리는 것처럼 보였지만, 사실 움직이는 건 우리였다. 혹시 배가 고프면 바로 앞에 자신이 아는 수블라키* 가게가 있다고 옆자리 남자가 말했다.

"수블라키 드셔본 적 있습니까? 아주 간단한 음식인데 썩 괜찮습니다."

---

* 그리스식 꼬치 요리.

보트를 묶어두고 필요한 절차를 밟는 동안 잠시 기다리면 거기서 짧게 식사하고, 후에 아테네까지 태워주겠다고 그가 말했다.

5

저녁에는 도심에 있는 식당에서 옛 지인 파니오티스를 만났다. 그는 전화로 내게 길을 알려주며 다른 사람—여성 소설가인데 이름을 들어본 적이 있을 거라고 했다—도 합석할 거라고 전했다. 그녀가 함께 가고 싶다고 너무 조르는데 괜찮겠냐고, 그녀에게 상처를 주고 싶지 않다고 했다.

"내가 아테네에 너무 오래 있었나 봅니다."

그가 말했다.

그는 식당 위치를 아주 상세하게, 두 번씩이나 설명해주었고, 자기는 미팅이 잡혀 있다고, 그렇지만 않으면 직접 데리러 갔을 거라고 했다. 혼자 길을 찾게 하고 싶지는 않지만, 어쨌든 오는 길을 제대로 이해했기를 바란다고 했다. 그가 알려준 대로 신호등 수를 잘 세고, 여섯 번째 신호등과 일곱 번째 신호등 사이에서 오른쪽으로 꺾기만 하면, 식당을 못 찾는 일은 없을 것 같았다.

저녁이 되고 머리 위에 해가 사라지자, 공기는 일종의 점성

粘性을 띠는 것 같았다. 그 안에서 시간이 멈추고 도시의 미로 같은 골목들도, 더 이상 빛과 그늘로 나뉘지 않고, 오후의 바람에 흔들리지 않는 그 골목들도 꿈속의 장면처럼, 비범한 색조와 밀도를 지닌 분위기 속에 그대로 멈춘 것만 같았다. 어느 순간엔가 어둠이 내렸지만 그 어둠을 제외하고는, 그 저녁에는 이상하게 아무것도 움직이지 않는 느낌이었다. 공기가 시원해지지도 않았고, 조용해지거나, 사람들이 줄어들지도 않았다. 식당의 테라스에서는 말소리와 웃음소리가 끊임없이 쏟아져나왔고, 차들이 몰려들고, 빛들이 토해지듯 쏟아지고, 어린아이들은 자전거를 타고 침침한 가로등 아래 보도를 달렸다. 어두웠지만, 끝나지 않은 낮이었다. 비둘기들은 아직도 네온 불빛 아래 광장에서 소란을 떨고, 거리 모퉁이의 신문가판대는 여전히 열려 있고, 빵 가게 주변의 텅 빈 공기에는 여전히 빵 냄새가 섞여 있었다.

파니오티스가 말한 식당에서는, 두꺼운 트위드 재킷을 입은 뚱뚱한 남자가 모퉁이 테이블에 앉아, 포크와 나이프로 분홍색 수박을 섬세하게 작은 조각으로 자른 다음, 조심스럽게 입안에 넣고 있었다. 나는 기다렸다. 어두운 실내에는 곳곳에 유리를 비스듬히 붙여놓았고, 거기에 텅 빈 테이블과 의자들의 바다처럼 비치고 있었다. 근사한 곳은 아니라고, 나중에 도착한 파니오티스도 인정했다. 합석을 하고 싶다고 했던 안젤리키는 마음에 들어 하지 않겠지만, 적어도 그 식당에서는 이야기를 나눌 수 있고, 아는 사람이 나타나 이야기에 끼어들 가능성도 거의 없다고 그는 덧붙였다. 자신의 기분을 내가 이해할지 모르겠지만—이해 못 하기를 진심으로 바란다고, 그는 말했다—이제 그는 사교에는 아무런 관심이 없다고 했다. 사실 그는, 타인들이 점점 더 혼란스러워지고 있다고, 재미있는 사람들은 섬 같은 존재들이라고, 말했다.

"그런 사람들은 길거리나 파티에서 만날 수 있는 게 아니더란 말입니다. 그 사람들이 어디에 있는지 확인한 다음에 계획을 세워서 찾아가야 하는 거지요."

그는 한 번 안아보게 일어나보라고 내게 말했다. 자리에서 일어난 내가 테이블 옆으로 나오자 그는 내 눈을 가까이에서 들여다보았다. 마지막으로 만난 게 언제였는지 떠올려보는 중이라고, 기억하고 있냐고, 그가 내게 물었다. 3년은 더 된 것 같다고 내가 말했고, 그는 내 대답을 들으며 고개를 끄덕였다. 우리는 영국 기준으로는 더웠던 날에 얼스코트에 있는 식당에서 저녁을 먹었었는데, 무슨 이유에선가 남편과 우리 아이들도 함께였다. 우리 가족은 어딘가에 가는 중이었는데, 도서전 참가를 위해 런던에 와 있던 파니오티스를 만나려고 얼스

코트에 들른 거였다.

"내가 그 점심식사 자리에서 도망치듯 나왔지요. 내 인생이 실패했다는 기분이 듭디다. 가족과 함께 있는 당신이 너무 행복하고, 완벽해 보였으니까요. 세상은 이래야 한다, 라고 말하는 듯한 모습이었죠."

그가 말했다.

포옹을 할 때 그의 몸이 너무 가볍고, 연약하게 느껴졌다. 그는 닳아빠진 라일락색 셔츠와 주름진 청바지 차림이었다. 그가 포옹을 풀고 다시 나를 쳐다보았다. 파니오티스의 얼굴에는 만화 캐릭터 같은 면이 있었다. 모든 부분이 과장돼 있어서, 볼은 수척하고, 이마는 툭 튀어나왔고, 눈썹은 느낌표처럼 밖으로 펼쳐져 있고, 머리칼은 사방으로 뻗쳐 있었다. 파니오티스 본인이 아니라 파니오티스를 그린 그림을 앞에 놓고 있는 듯한 이상한 기분이었다. 편안하게 앉아 있을 때조차 그는 방금 놀랄 만한 이야기를 들은 사람이나, 방문을 열고 들어와 놀라운 것을 발견한 사람 같은 표정을 짓고 있었다. 새의 부리를 벌려놓은 것 같은 눈은 쉴 새 없이 변화무쌍하게 움직였는데, 종종 정말 튀어나올 것처럼 보일 때도 있었다. 언젠가는 자신이 목격한 것에 너무 놀라 그 얼굴에서 튀어나와 버릴 것만 같았다.

"그리고 이제 나는 무슨 일이 있었다는 걸 알게 되었습니다. 분명 말하지만, 그런 일이 있을 거라고는 예상하지 않았었는데 말이죠. 그날, 내가 당신 가족사진을 찍었는데 기억납니까?"

그가 말했다.

"네."

내가 대답했다. 나는 제발 그 사진은 보여주지 않았으면 좋겠다고 이야기했고, 그는 시무룩한 표정을 지어보였다.

"원하지 않는다면 뭐, 그래도 가지고는 왔어요. 여기 서류가방 안에 있습니다."

나는 그날 그가 찍은 사진이, 사실은 줄곧 마음에 걸렸다고 말했다. 그런 행동이 자연스러운 것은 아니라고, 적어도 나 자신은 아무렇지도 않게 할 수 있는 행동이 아니라고 생각했던 것이 기억났다. 그게 그와 나 사이의 차이였다. 그는 무언가를 관찰할 수 있는 위치에 있었던 반면 나는, 분명, 그 상황 안에 푹 빠져 있었던 것이다. 돌아보면 그 순간도 뭔가 예언적인 순간들 중 하나였던 것 같다고 말했다. 그리고 당연히, 그 상황에 빠져 있던 나로서는, 파니오티스가 그 만남 후에 자신의 인생이 실패했다는 느낌을 받았다는 것도 알아차리지 못했다. 산에 오르다 발을 헛디뎌 어딘가의 낭떠러지로 떨어지는 등산객을 산은 알아차리지 못하는 것과 마찬가지였다. 종종, 인생이란 그렇게 알아차리지 못하고 지나갔던 순간들에 대한 형벌의 연속일지도 모르겠다는 생각이 들곤 한다. 어떤 사람의 운명을 결정하는 것은 그가 알아차리지 못했던 일, 혹은 공감하지 못했던 일들일 거라고, 그가 모르는 것 혹은 이해하려고 애쓰지 않았던 것들을 언젠가는 억지로 알게 될 수밖에 없는 거라고 말이다. 내가 말을 하는 동안 파니오티스는 점점 더 놀란 표정이 되었다.

"그건 가톨릭 신자들만 받아들일 수 있는 끔찍한 생각이네요. 물론 그런 식으로, 잔인하지만 내 입장에서는 유쾌한 형벌을 받는 걸 보고 싶은 사람들이 꽤 많이 있다는 건 인정하지만, 당사자들은 죽는 날까지 그런 고통스러운 깨우침은 얻지 못할 게 확실합니다. 그 사람들은 틀림없이 그럴 거예요."

그는 그렇게 말하고 메뉴판을 들면서 손가락을 올려 종업원을 불렀다. 회색 수염을 풍성하게 기르고 흰색 앞치마를 두른 종업원이 거의 텅 비다시피 한 식당 안의 한쪽 모퉁이에서 꼼짝도 하지 않고 있었는데, 나는 알아보지 못했다. 종업원이 우리 테이블로 다가와 두꺼운 팔로 팔짱을 낀 채 파니오티스가 빠르게 내뱉는 주문에 따라 고개를 끄덕였다.

파니오티스는 고개를 내 쪽으로 돌리며 다시 이야기를 꺼냈다.

"그날 런던에서 출판사를 차리겠다는 작은 꿈은 거기까지, 그러니까 환상으로 남겠구나 하는 걸 깨달은 거죠. 그런데 그런 깨달음 후에 어땠냐 하면, 그 상황에 실망한 게 아니라, 환상 자체에 대해 놀랐던 거예요. 나이 쉰하나에 아직도 내가 순진하게 그런 실현 불가능한 희망을 품고 있었다는 게 믿기지 않았죠. 자기를 속이는 인간의 능력에는 한계가 없는 겁니다. 그리고, 만약 그렇다면, 완벽한 비관주의에 빠지지 않는 이상, 우리가 또 한 번 스스로를 속이고 있다는 건 또 어떻게 알 수 있겠습니까? 이 비극적인 나라에서 평생을 살아온 나로서는, 이제 속임수 같은 것에 넘어갈 일은 하나도 없다고 생각하지만, 불행하게도 당신이 지적했듯이, 우리는 우리가 보지 못하는 것, 우리가 당연하게 여기는 것에 속아 넘어가는 것이겠지요. 그리고, 당연하게 여기는 것들 역시, 그것들이 사라져버리기 전에는 그 존재를 알 수 없는 것이고요."

종업원이 접시들을 들고 다시 나타났고, 파니오티스는 마지막으로 실망스럽다는 손짓을 한 번 해보인 후에, 종업원이 접시를 놓을 수 있게 몸을 젖혀 의자에 등을 기댔다. 유리병에 연한 노란빛 와인이 담겨 나왔고, 줄기째 나온 올리브는 보기에는 쓸 것 같았지만 먹으면 달콤했고, 세심하게 다듬은 홍합

이 검은 껍질째 나왔다.

"안젤리키가 오기 전에 기운 차려야죠. 보면 알겠지만 안젤리키는 거물이 됐습니다. 소설이 유럽 여기저기서 상을 받으면서 이제는 문학계 명사로 통합니다—적어도 그녀 본인은 그렇게 생각하고 있습니다. 힘들었던 일은—그게 뭐였든—이제 지나갔고, 지금 그녀는 여성들이 겪는 고통의 대변인 역할을 자처하고 있죠. 꼭 그리스뿐 아니라, 그녀의 작품에 관심을 보이는 지역 전체에서 말입니다. 초청을 받으면 어디든 가죠."

파니오티스가 말했다.

그 소설은, 파니오티스에 따르면, 집안 문제 때문에 예술가로서의 삶을 망쳐버리는 여성 화가의 이야기라고 했다. 주인공의 남편이 외교관이어서, 그녀의 가족은 늘 살던 곳을 떠나 새로운 곳에 자리를 잡아야 했고, 이 여성 화가는 자신의 작품은 그저 장식용이고, 시간을 때우는 작업에 불과하다고 느끼게 된다. 반면 남편이 하는 일은 본인뿐 아니라, 세상이 중요시하는 일, 그러니까 사건에 이런저런 의견을 보태는 일이 아니라 사건 자체를 만들어내는 일로 여겨진다. 둘 사이에 말다툼이 있을 때면—안젤리키의 소설인 만큼 말다툼이 잦았다—언제나 남편의 요구가 그녀의 요구보다 우선시되었다. 결국 그녀의 작품은 점점 기계적이 되고, 어떤 흉내일 뿐 열정은 느꺼지지 않는 작품이 되지만, 자신을 표현하고 싶은 그녀의 갈망은 여전하다.

그녀는 당시 살고 있던 베를린에서 젊은 화가를 한 명 만나게 된다. 그가 그림뿐 아니라 나머지 모든 것에 대한 그녀의 열정에 다시 불을 붙이지만, 문제는, 그녀가 그 젊은이를 만나기에는 너무 나이가 들었고, 뿐만 아니라 그녀 본인이 비참한 죄책감을 느끼게 된다는 점이다. 특히 아이들, 뭔가 잘못됐음을 감지하고 불만을 쏟아내기 시작하는 아이들에 대한 죄책감이었다. 대부분의 경우 그녀는 남편에게 화를 낸다. 자신을 그런 상황으로 몰아넣은 것에 대해서, 먼저 자신의 열정을 잃어버리게 만든 후에 그 결과에 대해 온전히 그녀가 책임지게 내버려둔 것에 대해서 말이다. 젊은 화가는 여전히 그녀로 하여금 자신이 늙었다는 느낌을 들게 했다. 그가 즐기는 밤샘 파티, 즐길 때 하는 약들, 그리고 경험이 그녀의 몸에 남긴 흔적들을 보며 놀라는 모습 등이 모두 그러했다. 그녀에게는 대화 상대, 그런 이야기를 털어놓을 상대도 없었다.

"얼마나 외로운 자리입니까. 그게 제목입니다. 「외로운 자리」요. 나는 글쓰기 자리에 회화를 넣은 것에 대해 안젤리키와 논쟁을 벌였죠. 마치 그 둘이 서로 대체 가능한 것처럼 다룬 것에 대해서 말입니다. 그 소설은 본인 이야기가 틀림없는

데, 안젤리키는 그림에 대해서는 아무것도 모르거든요. 내 경험에 따르면 화가들은 작가들보다 관습에 훨씬 덜 얽매이는 사람들입니다. 작가들은 짐승들 털 속에 숨어지내는 진드기처럼, 부르주아의 삶 속에 숨어지내야 할 필요가 있죠. 더 깊이 숨어지낼수록 좋습니다. 나는 그녀의 소설 속 화가가 예술작품 같은 독일식 부엌에서 아이들 도시락을 싸면서, 가죽 재킷 차림의 근육질 양성애자 젊은이와 섹스를 하는 환상에 빠지는 장면을 인정할 수 없습니다."

파니오티스가 능글맞게 웃으며 말했다.

나는 그가 런던에서 출판사에 대한 믿음을 잃어버리게 된 계기가 무엇이었는지 물었다. 당시 그 출판사는 신생 회사였는데, 얼마 후―내가 듣기로는―큰 회사에 넘어갔고, 그 결과 파니오티스는 현재 자기 회사의 경영인이 아니라 직원으로서 편집 일을 하고 있는 상황이었다.

"모든 영국적인 것에 대한 저의 존경심이 보상을 받지 못했다고 할까요."

잠시 침묵 후에 그가 대답했다. 슬픔이 가득한 눈이 커지며 불안하게 흔들렸다.

"이쪽 상황이 어려워지기 시작하던 시점이었습니다. 이렇게까지 나빠질 거라고는 아무도 상상하지 못했지만요."

그 출판사는 그리스에 잘 알려지지 않은 영어권 작가의 작품을 번역해서 출간하는 작업만 하려고 세운 회사였다. 상업적인 출판사에서는 거들떠보지 않았지만 파니오티스가 깊이 존경하는, 그래서 자기 나라 사람들에게 소개해야겠다고 마음먹은 작가들의 작품 말이다. 하지만 어느 시점엔가 그는 작가들에게 선인세를 지급할 수 없게 되었고, 대부분은 비용을 아끼기 위해 번역도 본인이 직접 해야 했다. 그는 런던에서 자신에 대한 험담이 돌고 있다는 것을 알게 되었다. 심지어 해당 작가들이 돈을 주지 않는다고 불평을 했는데, 사실 그 돈이라는 것이, 엄격히 말하자면, 아직 들어오지도 않은 돈이었다. 모든 사람이 그를 함부로 대했고, 몇몇은 소송을 걸겠다고 협박까지 했다. 가장 나빴던 것은, 그가 우리 시대의 예술가라고 칭송했던 작가들이 사실은 냉정하고 인정 없는 사람들, 자기 과시와, 무엇보다도 돈밖에 모르는 사람들인 것 같다는 느낌이었다.

그는 돈을 지급하면 출판사가 제대로 시작해보기도 전에 망할 수밖에 없다고 밝혔고, 실제로 그렇게 되었다. 그때 그 작가들은 지금 그가 일하고 있는 회사, 베스트셀러를 내는 일에만 관심이 있는 그 회사에서 차례차례 거절을 당하고 있다.

"그래서 제가 배운 게 있습니다. 무언가를 개선시킨다는 건 불가능하다는 사실을요. 그렇게 된 데에는 나쁜 사람들뿐 아니라 좋은 사람들의 책임도 있는 겁니다. 개선이라는 건 그저 개인적인 환상일 뿐입니다. 그것도 나름대로는 참 외로운 일이죠. 안젤리키의 소설 제목 「외로운 자리」처럼요. 우리 모두 거기에 중독돼 있는 거죠."

그는 말을 마치고는, 떨리는 손으로 홍합 살을 껍데기에서 떼어내 입으로 가져갔다.

"무언가 개선되는 것에 관한 이야기에 말입니다. 중독되었기 때문에 삶에 대한 우리의 감각이 그 이야기에 깊이 휘둘리는 거예요. 심지어 소설도 거기에 영향을 받는데, 이제 그 소설이 다시 우리에게 영향을 미치고 있어서, 우리는 우리의 삶이 책에서 기대했던 대로 풀리기를 바랍니다. 하지만 점점 더 나아지는 삶에 대한 이런 감각을 나는 더 이상 바라지 않습니다."

하지만 결혼 생활에서는 그런 진보의 원칙이 늘 작동하고 있다는 것을 그는 깨달았다. 집, 재산, 차를 마련하고, 사회적 지위가 높아지고, 여행을 자주 가고, 지인들의 범위가 넓어지는 일 등등. 아이가 생기는 일은 그 미친 여정에서 강제로라도 잠시 쉬어야 하는 지점처럼 느껴졌다. 그리고 더 이상 보태거나 개선해야 할 것이 없어진 지금도, 달성할 목표나 지나야 할 단계라는 것이 없어진 지금도 그 여정은 저절로 궤도를 따라 진행되는 것임을 그는 알게 되었다. 그와 아내는 아주 허전하고, 어딘가 탈이 난 것 같은 느낌이 들었다. 실상 그것은, 긴 항해 후에 육지에 발을 디딘 선원들처럼, 쉴 새 없이 달려온 후에 잠시 멈춰섰을 때의 느낌일 뿐이었지만, 두 사람에게는 서로가 서로를 더 이상 사랑하지 않는 것 같은 느낌으로 다가왔다.

"그때 둘 사이에 평화를 되찾을 만큼 사려가 깊었더라면 우리가 더 이상 열렬히 사랑하는 사이는 아니지만, 그럼에도 서로에게 나쁜 뜻은 없다는 것을 솔직하게 인정했더라면 말입니다."

그의 눈이 다시 한번 커졌다.

"그랬더라면 상대뿐 아니라 자기 자신을 제대로 사랑하는 법을 배웠겠지요. 하지만 우리는 그러는 대신 그것이 더 나아질 수 있는 또 한 번의 기회라고 생각했던 겁니다. 여정이 다시 한번 펼쳐졌지만, 이번에는 파괴와 전쟁으로 가는 여정이었고, 우리는 둘 다 그 여정에서도 이전과 마찬가지로 상당한 열정과 소질을 보였죠. 요즘은 아주 단순하게 살고 있습니다. 아침에 해가 뜰 무렵에 차를 타고 20분쯤 달려 아테네 외곽으로 갑니다. 거기 제가 아는 작은 만을 헤엄쳐서 왕복하죠. 저녁에는 발코니에 앉아서 글을 씁니다."

그는 잠시 눈을 감고 미소를 지어보였다. 무슨 글을 쓰고 있냐고 내가 묻자 그의 미소가 더 커졌다.

"어린 시절에 대해서요. 어린 시절에는 아주 행복했습니다. 얼마 전부터, 내가 원하는 건 그 어린 시절을 하나씩 하나씩, 아주 세세한 부분까지 떠올리는 일밖에 없다는 걸 알게 됐죠. 행복을 느낄 수 있는 세상은 완전히 사라져버렸습니다. 저 개인뿐 아니라 그리스 전체가 그렇게 됐어요. 인정하든 인정하지 않든 상관없이, 그리스는 이제 무릎을 꿇고 몹시 괴로워하며 서서히 죽어가는 나라가 되어버렸으니까요. 내 경우만 놓고 보자면, 가끔은 그 행복했던 어린 시절에 고통에 대해서도 배웠어야 했던 것 아닌가 하는 생각이 듭니다. 나는 고통이 어디에서 오는지, 어떻게 오는지를 아주 늦게서야 알게 되었던 거예요. 고통을 피하는 법을 배우는 데 아주 오래 걸렸습니다. 며칠 전 신문에서 어떤 소년에 관한 이야기를 읽었는데요, 이 친구가 정신에 조금 문제가 있어서 몸을 함부로 다루고, 늘 부상을 달고 산다는 거예요. 손을 불에 집어넣고, 벽에 몸을 부딪치고, 나무에 올라가서는 그대로 떨어지는 일이 끊이지 않는 거죠. 몸의 거의 모든 뼈가 한 번씩 부러졌고, 당연히 온몸이 상처와 멍투성이입니다. 기자가 소년의 불쌍한 부모에게 어떻게 된 거냐고 물었더니 그 부모는, 아이가 도무지 겁이 없다는 겁니다. 하지만 제가 보기에는 그 반대예요. 아이는 겁이 너무 많은 겁니다. 그래서 그 친구는 두려워하는 일을 자기 쪽에서 먼저 해버리는 거죠. 예정대로 닥칠 것이 너무 두렵기 때문에요. 내가 어린 시절에 고통에 대해서 알게 되었더라면, 아마 똑같은 반응을 보였을 겁니다.『오디세이』에 등장하는 엘페노르 아시죠. 너무 행복한 나머지 키르케의 집에서 사다리를 타고 내려와야 한다는 걸 잊어버리고 그대로 지붕에서 떨어져 죽은 오디세우스의 동료 말입니다. 나중에 하데스에서 그를 다시 만난 오디세우스가 묻죠. 왜 그렇게 어리석게 죽었냐고요. 나는 늘 그 부분이 아주 매력적인 이야기라고 생각했습니다."

그가 대답했다.

파니오티스는 미소를 지어보였다.

안젤리키임에 틀림없는 여성이—다른 손님은 없었고, 그 사이에 아무도 식당에 들어오지 않았다—식당에 들어와 종업원에게 말을 걸었다. 대화는 이유 없이 길게 이어졌다. 두 사람은 잠시 밖으로 나갔다가 들어와서 더욱 열성적으로 이야기를 나누었다. 그녀가 머리를 움직일 때마다 섬세하게 자른 황갈색 머리칼이 휙휙 출렁였고, 발을 구르는 조랑말처럼 가만히 있지 못하고 한쪽 발에서 다른 쪽 발로 중심을 옮길 때마다 근사한 회색 원피스—얇은 실크 소재였다—도 따라서 출렁거렸다. 그녀는 놀랄 만큼 굽이 높은 하이힐을 신고, 옷에 맞춘 가방을 들고 있었다. 종업원이 가리키는 쪽—그리고 그 손길을 따라 우리가 앉은 테이블 쪽—으로 고개를 돌릴 때 얼굴에 드러났던 몹시 불안해하는 표정이 아니었다면, 우아함이 그대로 그림이 되어 나타난 것만 같은 차림새였다. 보는 사람마저도 불안하게 하는 표정이었다.

파니오티스의 예상대로, 안젤리키는 그가 고른 식당을 못마땅해했다. 처음에 식당에 들어왔을 때는 그가 알려준 거리 이름을 종업원에게 물어보려고 들어온 거였다. 종업원이 밖으로 데리고 나가서 표지판을 보여주었음에도, 그녀는 같은 이름의 좀더 적당한 식당이 틀림없이 어딘가에 있을 거라고 생각했다.

"내가 당신을 위해 특별히 고른 식당입니다. 주방장이 당신 고향 출신이에요. 당신이 좋아하는 발틱 요리들이 메뉴에 있습니다."

파니오티스가 눈에 힘을 주며 말했다.

"이 사람이 이래요."

안젤리키가 매니큐어를 바른 손으로 내 팔을 살짝 건드리며 그렇게 말하고 나서, 빠른 그리스어로 파니오티스에게 불평을 쏟아냈다. 끝없이 쏟아지는 장황한 연설은 그가 미안하다는 말과 함께 자리에서 일어나 화장실에 갈 때까지 이어졌다.

"미안해요, 더 일찍 왔어야 하는데."

안젤리키는 숨도 돌리지 않고 말을 이었다.

"모임이 하나 있었는데, 마치고 집에 가서 아들 재우고 오는 바람에—요즘 책 홍보 행사를 많이 다녀서 자주 못 봤거든요. 이번에는 폴란드였죠."

그녀는 내가 묻기도 전에 덧붙였다.

"주로 바르샤바였지만, 다른 도시들도 갔어요."

그녀는 나도 폴란드에 가본 적이 있는지 물었고, 내가 없다고 대답하자, 슬프다는 듯이 고개를 끄덕였다.

"거기 출판사들이 작가들을 많이 초청할 여유는 없더라고요. 안 된 일이죠. 이곳 사람들보다 폴란드 사람들에게 작가가 더 많이 필요한데 말이에요. 지난해에, 처음으로 이곳저곳 많이 다녔는데, 제 기준으로만 말하자면 폴란드 여행에서 가장 크게 영향을 받은 것 같아요. 거기서는 제 책이 그저 중산층의 오락거리가 아니라, 뭔가 꼭 필요한 것, 거의 구명 밧줄 같은 역할을 하고 있는 걸 봤거든요. 대부분 여성들에게요, 일상에서 외로움을 느끼는 여성들이오."

그녀가 말했다.

안젤리키는 와인이 든 유리병을 들어 우울하다는 듯이 자신의 잔에는 한 스푼 정도만 따르고, 내 잔에는 넘치도록 따라주었다.

"제 남편이 외교관이거든요. 그래서 많이 옮겨 다녔죠. 주로, 그이 일 때문에요. 그런데 제 일로 여행을 다니는 건 완전히 느낌이 다르더라고요. 그것도 혼자서 말이에요. 저는 가끔씩 무서움을 타곤 하는데, 심지어 익숙한 곳에서도 그렇거든요. 그래서 폴란드에서 아주 긴장을 많이 했어요. 거기는 제가 알아볼 수 있는 게—언어까지 포함해서—거의 없었으니까요. 하지만 그 긴장감의 바탕에, 우선은, 제가 혼자 있는 것에 익숙하지 않다는 단순한 사실이 있었던 거예요. 예를 들어 베를린에서 6년이나 살았지만, 작가로서 혼자 그 도시를 갔더니 완전히 낯선 도시로 보이더라고요. 아마 부분적으로는 제가 그 도시의 다른 모습을 보았기 때문이겠지만—이전에 살 때는 전혀 알아보지 못했던 출판 문화 같은 거요—다른 한편으로는, 제가 남편 없이 혼자 갔기 때문에, 완전히 다른 방식으로, 저의 실제 모습을 느낄 수 있었기 때문이에요."

그녀가 말했다.

나는 결혼 생활에서, 자신의 실제 모습을 알아보는 것, 혹은 자신의 옛날 모습과, 다른 사람을 통해 변화한 자신의 현재 모습을 제대로 구분하는 것이 가능한지 모르겠다고 대답했다. 나는 '진정한' 자신이라는 개념 자체가 환상이라고 생각했다. 그러니까, 자신 안에 어떤 독립된, 주체적인 자아가 있는 것 같지만, 그런 자아란 실제로는 존재하지 않는 거라고.

"저희 어머니가 옛날에 이렇게 말씀하셨어요. 우리가 얼른 학교에 가버리고 집이 비었으면 좋겠다고 생각했는데, 정작 우리가 가고 나면 혼자서 뭘 해야 할지 몰라서 얼른 우리가 돌아왔으면 하고 바랐다고요. 심지어 지금도, 그러니까 당신 자녀들이 성인이 된 지금도 우리가 찾아뵐 때면 얼른 가보라고, 마치 우리가 당신 댁에 있는 동안 사고라도 날 것처럼 돌아가라고 재촉하시죠. 하지만 제가 장담하는데, 어머니는 지금도 우리가 집을 나선 후에는 똑같은 상실감을 느끼고, 당신이 바라던 게 뭐였는지, 뭐 때문에 우리를 그렇게 돌려보내려 했는지 이유를 모르실 거예요."

내가 말했다.

안젤리키가 우아한 은색 가방 안에서 노트와 연필을 꺼냈다.

"미안해요. 좀 받아 적으려고요."

그녀가 말했다. 그녀는 잠시 메모를 하다가 고개를 들고 나를 보며 물었다.

"뒷부분 이야기 한 번 더 해주실래요?"

그녀의 수첩은 아주 깔끔했다. 그녀의 다른 외모와 마찬가지로 수첩 안의 메모도 줄을 맞춰 가지런히 적혀 있었다. 연필도 은으로 만든 것 같았는데, 교체할 수 있는 심을 단단히 틀에 끼워놓았다.

"솔직히 폴란드에서 독자들의 반응에 놀랐어요. 정말 많이 놀랐어요. 아시겠지만, 폴란드 여성들이 정치에 아주 관심이 많더라고요. 홍보 행사 참석자의 90퍼센트가 여성이었죠. 아주 말이 많더라고요. 물론, 그리스 여자들도 말이 많지만."

메모를 마친 그녀가 말했다.

"하지만 그리스 여성들이 훨씬 옷을 잘 입죠."

돌아온 파니오티스가 말했다. 놀랍게도 안젤리키는 그의 농담을 진지하게 받아들이는 것 같았다.

"그렇죠. 그리스 여성들은 아름다워 보이기를 좋아하니까요. 그런데 폴란드에서는 그게 약점이 될 수도 있겠다는 생각이 들었어요. 거기 여성들은 아주 창백하고 진지했어요. 넓고, 특징 없고, 무표정한 얼굴에, 피부가 안 좋았는데, 그건 아마 날씨와 식단 탓이겠죠. 음식이 정말 지독하더라고요. 여성들의 치아 상태도 좋지 않았어요."

그녀가 말했다. 그녀는 살짝 인상을 찌푸리며 말을 이었다.

"하지만 그 진지함만큼은 존경스러웠죠. 자신들의 삶이 처한 현실에 흐트러지지 않은 사람들 같았어요. 단 한 번도 흐트러지지 않았던 사람들. 바르샤바에서 한 여기자와 시간을 많이 보냈는데, 저랑 비슷한 나이에, 아이도 있는 것 같았어요. 너무 마르고, 특징이 없고, 단단해 보여서 여자라고 믿기 어려웠어요. 쥐색 직모 머리를 늘 뒤로 묶고 있고, 빙산처럼 하얗고 각진 얼굴에, 작업복 청바지를 입고 커다랗고 투박한 신발을 신고 다녔죠. 고드름처럼 분명하고, 예리하고, 아름다운 사람이었어요. 그녀와 그녀의 남편은 정확히 6개월씩 돌아가면서 일과 육아를 교대로 하고 있다고 했는데, 종종 남편이 불평할 때도 있지만 지금까지는 약속대로 하고 있다고 하고요. 출장이 잦은 편인데, 출장을 가면 아이들이 자기 사진을 베개 밑에 놓고 잔다고 고백하듯이 자랑했어요. 제가 웃었죠. 우리 아들은 제 사진을 베개 밑에 놓고 자느니 차라리 죽어버릴 거라고 말해줬어요. 올가가 너무 놀란 표정을 보이기에, 저는 갑자기 성정치 담론에 스민 냉소주의가 우리 아이들에게까지 영향을 미치고 있는 게 아닌가 하는 생각이 들었어요."

안젤리키의 얼굴에는 어떤 부드러움, 거의 흐릿하다고 할 만한 어떤 느낌이 있어서, 그게 매력적이면서 동시에 그 느낌 때문에 걱정으로 초췌해진 것 같은 인상을 풍겼다. 그 부드러운 얼굴에는 뭐든 흔적을 남길 것만 같았다. 이목구비는 작고 어린이 같은 특징이 있었지만, 피부는 걱정이 많은 사람처럼 주름져서, 덕분에 인상을 쓰고 있는 순진한 아이 같은 표정이었다. 자기 마음대로 할 수 없는 상황에 맞닥뜨린 예쁜 여자아이 같은 인상이랄까.

"그 여기자, 이미 말했듯이 이름이 올가였는데, 그 여기자와 이야기를 나누면서 나라는 존재 전체가—심지어 페미니즘까지—어떤 타협이 아닐까 하는 생각이 들더라고요. 거기에 진지함이 빠져 있는 거죠. 심지어 글쓰기도 일종의 취미처럼만 느껴지는 것 같기도 하고요. 나도 그녀처럼 되기 위해 용기를 낼 수 있을까, 하는 생각이 들었어요. 그녀의 삶에는 즐거움이란 거의 없고, 아름다움도 없었거든요—그쪽 세계의 외적인 추함은 정말 놀랄 정도였어요—그래서 같은 상황이라면 나는 이것저것 돌볼 에너지가 있을까 싶었죠. 바로 그런 이유 때문에, 제 낭독회에 그렇게 많은 여성이 참여한 걸 보고 놀랐던 거예요—제 작품이 저보다도 그 사람들한테 더 중요한 것처럼 보이더라고요."

종업원이 주문을 받으러 왔다. 주문 과정은 아주 길었다. 안젤리키는 메뉴에 있는 모든 요리에 대해 토론을 벌이는 것 같았다. 그녀가 메뉴를 차례대로 훑으며 수도 없이 질문을 하면 종업원은 진지하게, 때로는 아주 긴 설명을 하곤 했는데, 한순간도 짜증내는 기색이 없었다. 파니오티스는 옆에 앉아서 눈을 굴리며 몇몇 요리에 대해 조언을 했는데, 덕분에 주문 과정만 더 길어질 뿐이었다. 마침내 결론이 나오고 종업원이 무거운 몸을 천천히 움직이며 돌아갔다. 하지만 안젤리키가 생각이 바뀐 듯, 숨을 들이마시며 손가락을 들어 종업원을 다시 불렀다. 다시 돌아간 종업원이 식당 한쪽 구석의 마호가니 미늘문 너머로 사라진 후에 그녀는 의사가 특별히 정해준 식단이 있다고 내게 말했다. 베를린에서 그리스로 돌아온 후에 몸이 안 좋아진 것이었다.

그녀는 극심한 무력감과 슬픔을—이 점에 대해서도 그녀는 아무 거리낌 없이 인정했다—느꼈는데 짐작하기로는, 오랫동안 이어진 해외생활에서 신체적으로나 정신적으로 피로가 쌓인 결과인 것 같았다. 그녀는 쓸모없는 사람이 된 것 같은 기분으로 여섯 달을 누워서만 지냈다. 그 시간 동안, 남편과 아들이 그녀 없이도 상상했던 것보다 훨씬 잘 해나가고 있다는 것을 알게 되었고, 자리에서 일어나 다시 일상으로 돌아왔을 때는 집안에서 자신의 역할이 줄어 있는 것을 발견했다.

남편과 아들은 이전이라면 그녀가 했을 집안일들을 직접
하는 것에—혹은 그녀의 표현에 따르면 하지 않고 내버려두
는 것에—익숙해져 있었고, 그 사이 새로운 습관도 생긴 것 같
았는데, 그녀는 그 습관들이 마음에 들지 않았다. 하지만 그
순간, 그녀는 자신에게 선택의 기회가 생겼음을 알아차렸고,
과거의 자기 모습에서 벗어나고 싶다면 바로 그때가 기회임
을 알게 되었다. 어떤 여성들은 가족들이 자신을 더 이상 필요
로 하지 않는다는 걸 알게 되면 커다란 두려움을 느끼기도 하
지만, 그녀의 표현에 따르면, 자신에게는 반대의 효과를 가지
고 왔다고 했다. 뿐만 아니라 아팠던 시간 동안 자신의 삶과,
그 삶 속에 있었던 사람들을 아주 객관적으로 볼 수 있었다고
했다.

그녀는 스스로 생각했던 것만큼 주변사람들에게 얽매여 있
지 않다는 것, 특히 아들에 대해서 그렇다는 것을 깨달았다.
아들과 관련한 일에, 그러니까 아들이 태어난 직후부터, 고통
스러울 정도로 몰두했는데, 유난히 예민하고 다치기 쉬운 아
이라고 생각했기 때문에—이제야 깨달았지만—단 한순간도
혼자 내버려둘 수 없었다. 아프고 나서 돌아와 보니, 아들이
낯설게 느껴졌다고까지는 할 수 없지만, 아들과 관련된 모든
일들이 고통스럽게 느껴지지는 않았다. 물론 그녀는 여전히

아들을 사랑하지만, 이제 아들이나 아들의 삶을 자신이 완벽하게 해결해줘야 한다는 생각은 들지 않았다.

"많은 여성에게 자식을 낳는다는 건 그들의 삶에서 가장 핵심적인 생산 경험이겠죠. 하지만 아이는, 엄마의 절대적인 희생이 없는 한 그렇게 창조물로만 머무르지는 않을 거예요. 제 희생도 절대적인 것은 아니었고, 요즘 엄마들은 그렇게 해야 한다고 생각하지도 않지만요. 제 어머니는 저를 완전히 무비판적으로 받아주셨는데요. 그 결과 저는 삶을 마주할 준비가 되어 있지 않은 상태에서 성인이 되었어요. 다른 사람들에게는 제가 어머니에게 그랬던 것만큼 중요한 사람이 아니었는데, 저는 중요한 사람으로 취급받는 데 익숙해져 있었으니까요. 그러던 중에 저를 너무 소중하게 생각해서 저와 결혼하고 싶다는 남자를 만났고, 그때는 받아들이는 게 옳아 보였죠. 하지만 아이를 갖게 되자 그 '소중함'에 대한 느낌이 되살아나는 거예요."

그녀가 말했다. 그녀는 점점 더 열성적으로 이야기하고 있었다.

"그러던 어느 날 그 모든 것—가정, 남편, 아이들—이 결국에는 중요한 것이 아니었음을 깨닫는 거죠. 사실 정반대였던 거예요. 저는 노예가 되어 있고, 지워져버린 거죠."

그녀는 과장된 자세로 말을 마쳤다. 고개를 들고, 손은 테이블에 놓인 식기들 옆에 가지런히 놓여 있었다. 그녀가 조용히 말을 이었다.

"유일한 희망은 자녀나 남편이 아주 중요한 사람이라고 스스로 생각하고, 거기서 삶을 계속 유지할 수 있는 힘을 얻는 거지만, 사실, 시몬 드 보부아르가 지적했듯이, 그런 여성은 기생충에 불과해요. 남편에게 붙어사는 기생충, 자식에게 붙어사는 기생충."

잠시 후 그녀가 말을 이었다.

"베를린에서 아들이 아주 비싼 사립학교에 다녔거든요. 대사관에서 학비를 지원해주는 학교였는데, 거기서 부자들이나 연줄이 좋은 사람들을 아주 많이 만났어요. 거기 여자들은 평생 한 번도 알고 지낸 적 없는 사람들이었어요. 거의 모든 사람이 전문직—의사, 변호사, 회계사 등—이었고, 대부분 자식도 많아서 대여섯 명씩 낳았어요. 그 많은 자식을 놀랄 만큼 부지런하고 열성적인 방식으로 돌봤는데, 그 직업만으로도 일이 힘들었을 것 같은데, 거기에다 마치 잘 나가는 회사를 운영하는 것처럼 가족들을 보살피고 있더라고요. 뿐만 아니라, 그 여자들은 자기 관리나 꾸미는 일도 엄청 잘해서, 매일 운동하고, 자선 마라톤에 참가해서 경주견들처럼 날씬하고 탄탄

하거든요. 그 근육질 몸매가 묘하게 중성적이긴 하지만, 옷은 또 제일 비싸고 우아한 것들만 입죠. 그 여자들은 교회에 나가고, 학교 파티에서 케이크를 만들고, 토론대회에서 사회를 보고, 디너파티를 열어서 여섯 단계의 코스 요리를 대접하고, 최신 소설은 빠뜨리지 않고 읽고, 음악회에 가고, 주말에는 테니스나 배구를 하는 거예요.

그런 여자는 한 명만 있어도 충분할 것 같은데, 베를린에서는 수도 없이 만났거든요. 그런데 재미있는 건, 그 여자들 이름이 하나도 기억나지 않는다는 거예요. 남편들 이름도 마찬가지고요. 사실 그 여자들이나 가족들 얼굴도 하나도 기억이 안 나는데, 아이들 중에 딱 한 명만 기억이 나요. 우리 아들 또래의 남학생이었는데, 장애가 아주 심해서 전동 휠체어를 타고 다녔거든요. 볼을 대고 머리를 받칠 수 있는—그렇게 받쳐주지 않으면 머리가 그대로 앞으로 꺾일 것 같았어요—그런 휠체어요."

그녀는 말을 멈추고, 마치 그 남학생의 얼굴이 다시 눈앞에 나타난 것처럼 잠시 곤란해하는 것 같더니, 말을 이었다.

"그 학생 엄마는 기억이 안 나요. 늘 불평을 달고 살았는데, 그와 대조적으로 아들의 상태를 더 낫게 만들 수 있게 하는 모금 활동에는 아주 열성적이었죠. 물론 다른 일들을 하면서 말이에요. 가끔은 제가 베를린에서 돌아와 느꼈던 피로감이 사실은, 그 여성들 모두가 느끼고 있던 집단적 피로감이 아니었을까 하는 생각도 들어요. 그 여자들 본인은 피로감을 느끼기를 거부했기 때문에 저한테 떠넘긴 게 아닐까 하고요. 그 여자들은 늘 달리고 있었어요. 어디서든요. 일하러 갈 때나 집으로 돌아올 때, 슈퍼마켓에 갈 때, 공원에서 여럿이 떼 지어 달릴 때—그럴 때도 가만히 서 있는 사람들처럼 편안하게 서로 이야기하고 그랬어요. 신호등 같은 데 걸려서 달리기를 멈춰야 할 때면, 새하얗고 커다란 운동화를 신은 채 제자리에서 계속 뛰다가, 신호가 바뀌면 다시 앞으로 나아가는 거예요. 달리기를 하지 않을 때면 고무 밑창을 댄 굽 없는 신발을 신었는데, 아주 실용적이면서 아주 못생긴 신발이죠. 그 여자들 몸에서 제일 덜 우아한 게 바로 그 신발이었어요. 나는 그게 그 여자들이 지닌 신비한 특징의 핵심이라고 생각했어요. 그건 정말 허영심이라곤 하나도 없는 여자들의 신발이었거든요."

그녀가 은빛 하이힐을 신은 발을 테이블 밑에서 꺼내 보여주며 말을 이었다.

"저 자신으로 말하자면, 그리스로 돌아온 후에 예쁜 신발에 빠졌거든. 그건 아마 제가 가만히 자리를 지키는 일의 가치를 알아보기 시작해서일 거예요. 그리고 제 소설 속 인물들에게 이런 신발은 금지된 것을 상징하죠. 여주인공이 절대 신을 일이 없는 물건이에요. 뿐만 아니라, 다른 여성들이 이런 신발을 신고 있으면 그녀는 슬퍼집니다. 그때까지 그녀는 그런 신발을 신는 여인들이 안됐다고 생각해서 그랬는데, 사실은, 정말 솔직히 생각해보면, 그녀 자신이 그런 신발이 상징하는 어떤 여성성으로부터 배제되고, 그것을 박탈당했다고 느끼기 때문이었던 거예요. 심지어 그녀는, 자신이 여성이 아닌 것 같다는 느낌까지 드는데, 하지만 여성이 아니라면 그녀는 뭘까요? 그녀는 여성성의 위기를 겪고, 그건 창작자로서의 위기이기도 하지만 그녀 본인은 그 둘을 늘 분리시키려고 애썼어요. 그 둘은 함께 갈 수 없는 거라고, 어느 한쪽을 택하면 다른 쪽을 포기할 수밖에 없다고 믿으면서 말이죠. 그녀는 창밖으로, 달리기를 하고 있는 여성들을 봐요. 늘 달리고 있는 여성들이오. 그리고 자문하죠. 그 여자들은 무언가를 향해 달리고 있는지, 아니면 무언가로부터 달아나고 있는지요. 충분히 오래 관찰하면, 그 여성들은 그저 원을 그리며 돌고 있다는 걸 알게 되는 거예요."

종업원이 엄청나게 큰 쟁반을 들고 다가왔다. 그는 요리를 하나씩 테이블에 내려놓았다. 그렇게 까다롭게 주문을 해놓고도, 안젤리키는 아주 적은 양만 먹었는데, 숟가락으로 음식을 뜰 때마다 인상을 찌푸려 이마에 주름이 잡혔다. 파니오티스는 내 접시에 음식을 가지런히 옮기면서 설명해주었다. 그는 딸이 미국으로 떠나기 전날 저녁에 이 식당에 왔었는데, 그때도 역시 아는 사람들과 마주쳐 방해받고 싶지 않아서 그랬다고 했다. 그때만 해도 아테네에 아는 사람이 아주 많았다고. 음식을 먹으며 테살로니키 북쪽 해안에서 함께 보냈던 휴가를 떠올렸다고 했다. 그때 주문한 요리들이 그쪽 요리들이었다. 파니오티스는 숟가락을 들고 안젤리키에게 좀더 먹으라고 했지만, 그녀는 눈을 반쯤 감은 채, 마치 차분히 유혹에 맞서는 성인聖人처럼 고개를 저었다.

"당신도, 너무 적게 드시네요."

그가 나를 돌아보며 말했다. 나는 점심에 수블라키를 먹었다고 설명했다. 파니오티스가 인상을 찌푸리고, 안젤리키도 코를 찡긋했다.

"수블라키는 너무 기름기가 많아요. 그리스 사람들은 게으른데다가 그런 걸 먹어서 살이 찌는 거예요."

그녀가 말했다.

나는 딸과 함께 북부 지방으로 휴가를 갔던 게 언제였냐고 파니오티스에게 물었다. 아내와 이혼한 직후였다고 했다. 사실, 그가 아이들만 데리고 어디로 떠난 것은 그때가 처음이었다. 차 안에서, 아테네를 벗어나 구릉 지대를 지날 때, 뒷좌석에 앉은 아이들을 거울로 훔쳐보며, 마치 자신이 그 아이들을 납치하고 있는 것 같은 기분이 들었다고 했다. 아이들이 언제든, 자신의 범죄를 알아차리고 당장 아테네에 있는 엄마에게 돌아가자고 말할 것 같았는데, 그러지 않았다. 사실, 아이들은 차를 타고 가는 긴 시간 동안 엄마 아빠의 상황에 대해서는 한마디도 하지 않았다. 파니오티스는 그 긴 시간 동안 자신이 믿었던 모든 것, 알고 있던 모든 것, 친숙했던 모든 것으로부터 점점 더 멀어지고 있는 것 같은 기분이 들었다. 무엇보다도 아내와 함께 만들어왔던 가정이라는 어떤 안정감으로부터 멀어지고 있었다. 그런 안정감은 더 이상 없었다. 그런 상실의 풍경에서 지리적으로 멀어지고 있다는 느낌을 견딜 수가 없었다.

그가 말했다.

"마치 가끔씩, 사람들이 사랑하는 누군가가 죽음을 맞이한 곳에서 멀어지는 것을 견딜 수 없어 하는 것처럼 말입니다. 아이들이 집에 돌아가자고 말해주기를 기다렸어요. 하지만 정작 집에 가고 싶었던 사람은 나였단 말입니다. 그 차 안에서 깨달았죠. 아이들 입장에서 보면 집에 있는 거나 마찬가지였다고요. 적어도 부분적으로는, 나랑 함께 있었으니까요. 그게 가장 쓸쓸한 깨달음이었습니다."

그가 말했다.

여정을 잠시 멈추고 하룻밤 묵어가기로 한 호텔에 도착했지만 기분이 나아지지는 않았다. 호텔은 지저분하고 바람이 부는 해변의 최악의 장소에 있었다. 거대한 아파트 단지를 짓다가 중간에 방치해두어서 어디를 봐도 모래와 시멘트, 경량 콘크리트 벽돌이 산더미처럼 쌓여 있었고, 작업 도중에 멈춰버린 것 같은 중장비들도 그대로 버려져 있었다. 흙을 반쯤 뜨다 만 것 같은 포클레인, 포크로 받침대를 허공에 들어올린 채 멈춘 지게차 같은 것들이 침전물에 묻혀 익사한 선사시대의 괴물들처럼 보였다. 짓다 만 건물들, 아직 마감재 흔적이 생생한, 낙태한 태아 같은 그 건물들은, 유령이 나올 것 같은 광기를 뿜으며 유리도 끼우지 않은 창을 통해 바다를 내다보고 있었다.

호텔은 지저분하고 모기가 들끓었으며, 시트에는 시멘트 부스러기가 떨어져 있었다. 파니오티스는 아이들이 조잡한 나일론 커버를 씌운 못생긴 철제 침대 위에서 구르며 좋아하는 것을 보고 크게 놀랐다. 그때까지 가끔은 일부러 좋은 호텔을 예약하기도 했지만, 주로 운이 좋았던 덕분에 그와 아내는 아이들을 근사하고 편안한 곳으로만 데리고 다녔기 때문이었다. 앞으로는 그동안 그랬던 것만큼 운이 좋지는 않을 거라는 확신과 함께, 아이들이 안됐다는 생각에 끔찍한 기분이 들었다. 그는 셋이서 함께 잘 수 있는 방을 예약했고, 아이들이 잘 때까지 옆에 있어주었지만, 정작 본인은, 두 아이 사이에 누워서 오랫동안 잠들 수 없었다.

"그날 밤이, 내 인생에서 시간이 가장 안 가던 밤이었습니다. 그래도 어떻게 아침이 왔는데, 날씨가 나빴어요. 부활절 무렵에 그쪽 해안 날씨가 종종 그렇습니다. 비가 아주 많이 내리고 해안에 바람이 불었죠. 호텔 밖으로 보이는 바다에 포말이 일어서 휘날리는데, 마치 유령이 바다를 지나오는 것 같았어요. 호텔에 꼼짝 않고 있어야 했는데, 나는 그곳을 떠나기로 마음먹고 아이들을 차에 태운 다음, 자동차 지붕을 때리는 빗소리를 들으며 출발했습니다. 어디로 가고 있는지 앞이 보이지 않을 지경이었죠. 어느 지점에선가 길이 말 그대로 진흙탕이 돼서 차를 해안가의 언덕 위로 올려놓고 보니, 정말 그대로 휩쓸려 가버릴 정도로 위험한 거예요.

거기다가 아이들이 밤새 모기에 너무 많이 물려서 여기저기 긁기 시작했는데, 물린 곳 중에 몇 군데는 감염이 된 것 같더라고요. 그래서 약국을 찾아야 했는데, 비 때문에 난리를 치다가 내가 길을 잘못 든 겁니다. 고속도로에 올라타기는커녕 점점 더 가파른 길로 접어들더니 더 외진 언덕으로 들어가는 거예요. 결국은 진짜로 산악지대 한가운데로 들어가 버렸는데, 자동차 양옆으로 빗줄기가 쏟아지고, 산봉우리 너머로 엄청난 비구름이 몰려오고 있었죠. 폭풍우 때문에 염소와 산돼지 떼가 미친 듯이 뛰어다녔고, 가끔은 녀석들이 우리 차 바로 앞으로 몰려오기도 했습니다. 강둑이 터지면서 물이 도로로 흘러내리고 있었고, 살짝 열려 있던 창문 틈으로 물이 새어 들어오면서 아이들이 비명을 질렀어요.

그때쯤엔 하늘도 깜깜했는데, 아직 오전이었지만 벌써 밤이 된 것만 같았습니다. 그러던 중에 갑자기 저 앞에, 빗줄기 사이로, 불빛이 있는 건물이 하나 보이는 거예요. 놀랍게도, 산장이었습니다. 도로 바로 옆에 있었죠. 우리는 곧바로 차를 세우고, 머리 위로 외투를 뒤집어쓴 채 그 낮은 석조 건물 진입로를 가로질러 가서, 현관문을 열었습니다. 산장은 꽤 괜찮은 곳이었고, 사실, 안에 있는 사람들이 보기에는 우리가 꽤 이상하게 보였을 겁니다. 아이들은 모기 물린 자리를 긁어서 피를 흘리고 있었고, 셋 다 흠뻑 젖어서 칠칠치 못한 모양새였을 테니까요.

산장의 큰 방은 걸스카우트 단원들로 가득했는데, 적어도 30명은 되는 것 같았습니다. 모두들 남색 스커트와 블라우스에 역시 남색 베레모, 노란색 니트 타이로 된 단복을 입고 합창을 하고 있더라고요. 프랑스어로 된 노래였고, 작은 악기를 연주하는 단원도 한두 명 있었죠. 그 비현실적인 장면이 내가 보기에는 전혀 낯설지 않았던 거예요. 끔찍한 바닷가 호텔과 폭풍우와 미친 염소 떼를 겪고 난 참이었으니까요. 그 휴가에서 내게 생긴 변화 중에 하나는, 그 이후로도 달라지지 않은 것 같은데, 처음으로, 내가 보고 있는 것은 실제로 있는 것임을 자각하기 시작했다는 겁니다. 내가 그걸 기대했든 기대하지 않았든 상관없이 말이죠.

지금 옛날을 되돌아보면, 특히 결혼 시절을 되돌아보면, 나와 아내는 선입견이라는 아주 긴 렌즈를 통해 세상을 바라봤던 것 같아요. 그 선입견 때문에 우리는 주변과 건널 수 없는 거리를 유지하며 살았던 겁니다. 그런 거리가 일종의 안전판 역할을 해주었겠지만, 그만큼 환상이 들어설 여지도 생겼던 거죠. 내 생각에 우리는, 우리가 보는 대상들의 진짜 모습을 단 한 번도 알아보지 못했습니다. 덕분에 그것들에게 영향을 받을 위험도 없었겠지만요. 우리는 대상들이나 사람들, 혹은 장소들을 볼 때, 배를 탄 상태에서 지나가는 육지를 바라보는 사람들처럼 엿보기만 했던 거예요. 그런 대상들의 문제를 발견한다고 해도, 혹은 그쪽에서 우리 문제를 발견한다고 해도,

양쪽 모두 할 수 있는 일은 아무것도 없었던 겁니다."

그가 말했다.

"아마 이런 종류의 이야기를 하고 싶었던 것 같은데, 갑자기 아내에게 말을 해야만 할 것 같았습니다. 산장 주인에게 전화를 좀 쓸 수 있냐고 물었죠. 그 사이 걸스카우트 단원들은—프랑스에서는 흔히 볼 수 있는 종교단체 단원들이었는데, 그 지역을 도보 순례하는 중이었습니다—커다란 나무 테이블에 둘러앉아 신나서 노래를 다시 불렀고, 밖에는 비가 쏟아지듯 내리고 있었습니다. 산장의 여주인은 전화기가 있는 곳으로 나를 안내해주고는, 우리 아이들에게 핫 초콜릿이라도 좀 만들어주겠다고 했어요. 뿐만 아니라, 고맙게도 아이들이 바를 살균 연고까지 챙겨줬죠.

전화박스에서 아테네에 있는 아내의 새 아파트에 전화를 걸었는데, 놀랍게도 어떤 남자가 받았습니다. 잠시 후 아내 크리스타가 바꿔 받았고, 나는 우리가 겪었던 고생을 모두 이야기했어요. 산 중턱 어딘가에서 길을 잃었다고, 끔찍한 폭풍우를 만났다고, 아이들이 겁을 먹었고 모기에도 잔뜩 물렸다고, 그리고 나는 이런 위기를 헤쳐나갈 능력이 없는 것 같다고 했죠. 하지만 아내는 동정이나 걱정 섞인 반응은 보이지 않고, 아무 말이 없었습니다. 그 침묵은 불과 몇 초밖에 되지 않았지만, 그 시간 동안, 아내가 제때 반응하지 못하고, 우리 사이에 평생 지속돼온 동반자 관계에서 자신의 역할을 찾지 못했던 그 시간 동안, 나는 알게 되었죠. 나와 아내는 더 이상 부부가 아님을, 우리가 한데 뒤엉켜 싸웠던 그 다툼은 오랫동안 함께 만들어온 어떤 관계의 다른 형태가 아니라, 훨씬 더 사악한 것임을 완벽히, 그리고 이론의 여지없이 이해했던 겁니다. 그건 파괴, 소멸, 그리고 무無를 바라는 다툼이었던 거죠. 그 관계가 원하는 건 침묵이었습니다. 그리고 나와 아내가 했던 대화 역시 그 침묵을 향해 다가가고 있음을 나는 깨달았습니다. 중간중간에 아내가 '어떻게든 할 수 있을 거야' 같은 말을 하며 그 침묵을 깨뜨리기도 했지만, 결국에는 다시 침묵이 찾아왔죠. 그리고 잠시 후, 우리 대화는 끝났습니다."

그가 이어서 말했다.

"통화를 마치고 다시 아이들 있는 곳으로 왔죠. 너무 불안해서, 거의 현기증이 날 것 같았습니다. 테이블 모서리를 아주 오랫동안 짚고 있었던 게 기억나네요. 그러는 내내 걸스카우트 단원들은 노래를 불렀습니다. 그런데 잠시 후에, 등 뒤로 희미하게 온기가 느껴지는 것 같아 돌아봤더니, 납으로 격자를 만들어 붙인 창으로 예쁘고 노란 햇빛이 비치고 있는 거예요. 걸스카우트 단원들은 자리에서 일어나 악기를 들고 사라졌습니다.

폭풍우가 지나갔고, 산장 주인이 햇빛이 들어올 수 있게 문을 열었습니다. 우리 모두 물기를 머금은 채 반짝이는 바깥세상으로 나왔죠. 나는 아이들과 함께 부들부들 떨며 우리 차 옆에 서서, 걸스카우트 단원들이 휘파람을 불며 길을 내려가는 것을 지켜봤습니다. 더 이상 보이지 않을 때까지요. 그 광경을 보며 가장 놀랐던 건, 걸스카우트 단원들은 자신들이 길을 잃었다고 생각하지 않았다는 점입니다. 뿐만 아니라 갑작스런 날씨 변화나 산 자체의 변덕스러운 특징에도 전혀 겁을 먹지 않았다는 거죠. 단원들은 그 어떤 것도 개인적인 것으로 받아들이지 않았습니다. 그게 나와 그들의 차이였고, 당시에는, 그게 세상에서 가장 중요한 차이였습니다."

파니오티스가 계속 말했다.

"이 식당에서 마지막 밤을 보내면서 딸아이가, 그날 오후에 산책했던 이야기를 하더군요. 자기는 호텔이나 폭풍우, 심지어 걸스카우트까지 하나도 기억이 안 나는데, 그날 오후 루시오스 협곡까지 걸어서 내려갔던 건 기억이 난다고요. 협곡으로 내려가는 안내판을 보고 한 번 가보기로 결정을 했죠. 협곡을 따라가면 내가 이전부터 가보고 싶었던 수도원이 하나 있었거든요. 그래서 차를 길 옆에 세워두고 아이들과 함께 협곡으로 내려갔죠. 딸은 무서운 속도로 떨어지는 폭포 옆으로, 햇빛을 받으며 내려가던 그 길을 기억하고 있었습니다. 가는 길에 야생 난초를 꺾었던 것도요. 수도원은 예사롭지 않은 골짜기에 자리 잡고 있었는데, 입장하기 전에 딸은 입구 옆에 놓인 바구니에 따로 보관 중인 긴 치마를 입어야 했습니다. 낡은 커튼으로 만든 못생긴 치마였죠. 그날 있었던 일 중에 상처가 되었던 일이 있다면, 그 냄새 나는 끔찍한 치마를 입어야 했던 일밖에 없다고 하더라고요. 다시 올라오는 길에는 햇볕이 너무 뜨거웠고, 모기 물린 자리가 견딜 수 없을 만큼 가려웠어요. 그래서 우리 셋은 옷을 벗고 폭포 옆의 깊은 웅덩이에 뛰어들었습니다. 길에서 가까운 곳이라 지나가던 사람들 눈에 띌 수도 있었는데 말이죠. 물이 얼마나 차갑던지요. 그리고 얼마나 깊고, 상쾌하고, 깨끗하던지요. 우리는 그렇게 한없이 떠다녔습니다. 얼굴로 햇빛을 받고, 몸은 물 아래로 뻗은 세 개의 뿌리 같았죠. 지금도 그 광경이 선합니다."

파니오티스가 말했다.

"그건 너무 밀도가 높은 순간들, 그 후로도 어떤 식으로든 계속 그 안에 살게 될 것 같은 그런 순간들이었어요. 다른 건 다 잊어버리더라도 말입니다. 그렇다고 그런 순간들에 딱히 무슨 이야기가 있는 것도 아니거든요.

이야기 안에서 그 순간들이 어떤 위치인지는 방금 내가 말한 대로입니다. 이야기 안에서 위치는 방금 말씀드린 그대로지만, 폭포 아래 웅덩이에서 보냈던 그 시간은 어디에도 속하지 않습니다. 그건 이어지는 사건들 사이에 있는 게 아니라, 그 자체일 뿐이었죠. 어떻게 보면, 전에 가족으로 살 때는 아무것도 그 자체이지 않았습니다. 왜냐하면 어떤 사건이든 다음 사건으로 이어지고, 또 다음 사건으로 이어져서, 결국 그것들이 모여 우리가 누구인가 하는 이야기를 만들어내니까요. 아내와 내가 이혼을 하고 나니, 사건들은 더 이상 그런 식으로 모이지 않았습니다. 비록 내가 그 후 몇 년간은 이전처럼 하나로 모아보려고 애썼지만 말이에요. 그런데 그 웅덩이에서의 시간에는 이어지는 이야기가 없었고, 앞으로도 없겠죠. 그리고 딸아이는 미국으로 가버렸고요.

아들은 그보다 먼저 떠났거든요. 둘 다 부모로부터 최대한 멀리 떨어진 곳으로 간 겁니다. 물론 그건 슬프죠. 하지만 아이들이 옳은 선택을 한 거라고 하지 않을 수 없겠네요."

파니오티스가 말했다.

"파니오티스, 무슨 말을 하는 거예요? 지금 자녀분들이 부모가 이혼했기 때문에 이민을 간 거라는 이야기예요? 이봐요, 지금 본인이 너무 중요한 사람이라고 착각하는 것 같아요. 아이들이 떠나든 그대로 머무르든, 그건 자기들 야망 때문에 그런 거예요. 아이들의 인생은 아이들 것이니까요. 우리 부모들은 말이라도 한 번 잘못하면 그게 아이들에게 영원히 상처로 남을 거라고 생각하는데, 그건 말도 안 되는 이야기예요. 그리고 그것과 상관없이, 왜 아이들의 인생이 완벽해야 하죠? 그런 완벽함에 대한 생각이 우리를 갉아먹는 건데, 따지고 보면 그 뿌리는 아마 우리 욕심에 있을 거예요. 예를 들어 우리 친정엄마는 외동으로 태어나는 게 가장 큰 불행이라고 생각하시는 분이거든요. 우리 아들 밑으로 동생이 없을 거라는 사실을 받아들이지 못하세요. 게다가 제가 그 일로 왈가왈부하는 게 싫어서, 하나만 낳기로 결정한 거라는 말씀을 안 드렸거든요. 그랬더니 엄마가 항상 어디서 기적을 만든다는 이런저런 의사들 이야기를 듣고 와서 말을 하는 거예요. 얼마 전에는 쉰셋에 아이를 낳았다는 그리스 여자에 관한 신문 기사를 오려서 보냈더라고요. '희망을 버리면 안 된다'라고 적은 쪽지도 함께요.

그런가 하면 제 남편 같은 경우는 우리 아들이 외아들로 자라는 게 아무 문제 없다고 생각해요. 본인도 외아들이었으니까요. 그리고 저로 말하자면, 아이가 하나 더 생기면 완전 재앙일 거예요. 저는 완전히 가라앉고 말겠죠. 다른 많은 여성들처럼요. 왜 친정엄마는 제가 그렇게 가라앉기를 바라는 걸까, 자문해본 적이 있어요. 저한테는 해야 할 중요한 일이 있고, 아이를 가지는 게 최우선 관심사도 아닌데다가, 말씀드렸듯이, 그건 거의 재앙에 가까운 일이 될 텐데 말이에요. 제가 얻은 대답은, 엄마의 욕심은 제가 아니라 엄마 본인과 관련된 거라는 사실이었어요. 제가 자식을 여섯 명쯤 낳지 못해서 제 인생이 실패했다고 느끼기를 바라시는 건 아니겠죠. 하지만 엄마의 행동을 보면 그런 생각을 하지 않을 수가 없어요."

안젤리키가 탄식하듯 말했다.

"인생에서 숨 막히는 부분은 종종 부모들의 욕심이 투사된 부분들인 경우가 많죠. 아내나 엄마로서 여성의 존재는 종종 아무런 의심 없이 받아들여지잖아요. 마치 우리가 우리 바깥의 어떤 힘에 의해 떠밀려가는 것처럼요. 반면에 여성의 창의력은요, 여성들 스스로 의심하고, 늘 다른 일들을 위해 희생하는—예를 들어, 그 여성이 남편이나 자녀들을 희생할 생각을 하지 않는 이상 그렇잖아요—그 능력은 그녀 본인의 생각이고, 본인의 내적인 강박이죠. 저는 폴란드에서요, 인생에 대해 감상적으로 접근하지 않겠다고 맹세했어요. 제 소설에서 아쉬운 부분이 있다면, 인물들이 처한 물질적 환경이 너무 안락하다는 거예요. 그렇지 않았더라면 좀더 무게 있는 작품이 됐을 거라고 믿어요. 올가와 함께 시간을 보내면서, 몇 가지 점이 분명히 보이더라고요. 물이 빠지면서 물속에 있던 것들이 분명히 드러나는 것처럼요.

인생을 낭만적으로 보는 시각에서는—심지어 사랑 자체에 대한 생각까지도—물질적인 요소들이 너무 큰 비중을 차지한다는 걸 깨달았죠. 그런 것들이 사라지고 나면, 어떤 감정들은 좀 약해지고 다른 감정들이 두드러질 거예요. 저는 올가의 강인한 삶에 아주 많이 끌렸습니다. 올가가 살고 있는 삶의 강인한 면모에요. 그녀가 남편과의 관계를 말할 때, 그건 마치 엔진의 부품에 대해 이야기하는 것 같았거든요. 어떻게 하면 작동하고, 어떻게 하면 작동을 안 하는지 설명하면서요. 거기에 낭만 같은 건 없었죠. 가려놓고 일부러 보지 않는 부분 같은 것도 없었어요. 그랬기 때문에 남편에 대해서는 전혀 질투를 느끼지 않았는데, 아이들 이야기를 할 때는요, 아이들이 엄마 사진을 베개 밑에 넣고 잔다고 할 때는, 제가 속으로 화를 내고 있더라고요. 마치 저희 엄마가 저희 언니나 남자 형제들에게 관심을 기울일 때 화를 냈던 것처럼요. 저는 올가의 아이들에게 질투를 했던 거예요. 그 아이들이 그런 식으로 엄마를 사랑하지 않기를, 그런 식으로 엄마에게 권력을 행사하지 않기를 바랐으니까요.

그러고 나니 올가의 남편, 엔진 취급을 받는 남편이 안됐다는 생각이 들었는데, 그녀가 이야기하기를, 남편이 얼마 동안 나가서 혼자 지냈던 적이 있다는 거예요. 가족을 떠나서, 그렇게 감정이 메마른 환경을 견딜 수가 없어서, 혼자 아파트를 빌려서 지낸 적이 있다고요. 남편이 돌아왔을 때는, 다시 이전처럼 지냈다고 하더군요. 그녀를 떠난 것에 대해서, 그녀에게만 아이들을 맡기고 가버린 것에 대해서 화가 나지 않았냐고 제가 물었죠. 아니라고 하더군요. 반대로, 다시 돌아와서 기뻤다고 했어요. 그녀는 '우리는 서로에게 완전히 솔직하니까요. 그래서 남편이 돌아왔을 때는, 이 사람이 상황을 있는 그대로 받아들였구나 싶었어요, 저는 그렇게 생각하려고 했습니다'라고 말했죠."

안젤리키가 말을 이었다.

"그런 결혼 생활은 어떤 거였을까요? 아무도 약속이나 사과 같은 것을 하지 않아도 되고, 상대를 위해 꽃을 사거나 특별한 요리를 해주지 않아도 되고, 상대의 기분을 북돋아주기 위해 식탁에 초를 켜거나, 자신의 문제를 해결하기 위해 휴가를 예약하지 않아도 되는 그런 결혼 생활이오. 그런 것 없이, 아주 솔직하게 다 드러내놓고 함께 지내는 결혼 생활 말이에요. 그런데도 저는 자꾸 그 사진 이야기가 마음에 걸렸던 거예요. 아이들이 베개 밑에 두고 잔다는 그 사진이오. 왜냐하면, 그건 올가 같은 여자도 감정과 관련해서 죄의식을 지니고 있다는, 비록 부모와 자식 간의 낭만적인 관계라고 해도, 그녀가 낭만적인 관계를 유지할 수 있다는 뜻이니까요. 그리고 자식과 관련해서 낭만적일 수 있다면, 다른 것들에 관해서도 그렇게 못할 이유가 없잖아요? 나는 그녀의 아이들에게, 만나본 적도 없는 그 아이들에게 질투가 난다고 솔직히 말했죠.

그녀가 이렇게 대답하더군요. '당연하죠, 안젤리키, 당신은 아직 완전히 성장하지 않았으니까요. 그래서 작가를 하실 수 있는 거잖아요. 제 말 믿으세요.' 올가가 그렇게 말했어요. '아주 운이 좋으신 거예요. 남편이 돌아왔을 때 저희 딸이 그 사이에 성장했다는 걸 알았어요. 아빠가 없는 동안, 남자에 대해서 아주 반감이 많이 생겼더라고요.' 올가는 딸과 함께 바르샤바에 있는 미술관에 갔던 이야기를 해줬어요. 살로메가 세례 요한의 잘린 머리를 들고 있는 그림을 보면서 딸이 환호를 했다고 하더군요. 또 한 번은, 딸이 남자들에 대해서 아주 차별적인 말을 해서 야단을 쳤는데, 딸은 도대체 남자라는 종이 왜 있어야 하는 건지 모르겠다고 대답했대요. 남자들은 없어도 될 것 같다고, 엄마와 자녀들만 있으면 될 것 같다고요.

올가는 딸이 세상을 그렇게 바라보는 데는 부분적으로는

자기 책임도 있다고 결론을 내렸지만, 본인은 남편이 그랬던 것처럼 아이들을 버리고 나갔던 적이 한 번도 없었다는 것도 분명한 사실이잖아요. 물론 남편도 아이들을 사랑했다는 건 의심의 여지가 없지만요. 그녀는 그저 그렇게 할 수가 없었던 것뿐이에요. 그 차이가 생물학적인 사실 때문인지, 아니면 그저 상황에 따른 결과인지는 모르지만, 어쨌든 그 사실도 무시할 수는 없죠. 올가는 '그런 상황이 닥치면 당신도 똑같이 했을 거예요'라고 하더군요."

안젤리키는 잠시 쉬었다가 말을 이었다.

"저는 우리 아들은 반대로, 저보다는 남편에게 더 소속감을 느낄 거라고 이야기했어요. 하지만 올가는 그럴 리가 없다고, 제가 남성의 권위를 유난히 존중하는 사람이 아닌 이상 불가능하다고 하더군요. 저는 웃음을 터뜨렸죠. 하고 많은 사람들 중에, 제가 남성의 권위를 필요 이상으로 존중하는 사람이라니요! 그런데 나중에 그 말에 대해서 아주 많이 생각을 해봤어요."

안젤리키가 계속 말했다.

"제 소설에서 주인공은, 분명한 이유가 있어서 그렇기는 하지만, 한편으로는 자유를 얻고 싶어 하면서도 다른 한편으로는 아이들에 대해 죄책감을 가지고 있거든요. 그녀가 바라는

153

건 충실한 삶, 어느 쪽을 바라보든 두 세계가 충돌하는 삶이
영원히 이어지는 것이 아니라, 온전히 일체가 되는 삶이에요.
한 가지 해결책은, 물론, 자신의 열정을 아이들을 향해 쏟아붓
는 것이죠. 그러면 아무도 다치지 않으니까. 그래서 결국 그녀
는 그런 선택을 합니다. 하지만 제 개인적인 생각은 달라요."

안젤리키는 멋진 회색 소매를 바로 잡으며 말했다.

종업원이 우리 테이블 주위를 어슬렁거렸다. 식당은 이제
문 닫을 준비를 하고 있었다. 안젤리키는 자리에서 일어나 은
색 시계를 보며 너무 즐거워서 시간 가는 줄도 몰랐다고, 다음
날 텔레비전 인터뷰가 있어서 일찍 일어나야 한다고 했다.

"만나서 정말 즐거웠어요."

그녀가 내게 악수를 청하며 말했다.

"파니오티스 씨는 두 분이서만 만나고 싶었겠지만, 제가 당
신이 왔다고 해서 억지로 끼워달라고 한 거예요. 함께 나눈 대
화는 소중히 간직하겠습니다."

그녀가 내 손가락 끝을 쥐며 덧붙였다.

"다음에 만나서 계속 이야기해요. 여자 대 여자로요. 제가
런던으로 갈게요."

그녀는 가방을 열고 연락처가 적힌 명함을 꺼내서 내게 건
넨 다음, 원피스를 펄럭이고 하이힐을 반짝이며 나갔다. 창밖

으로 지나치는 그녀와 얼굴이 마주쳤다. 찌푸린 듯 낯선 주름이 잡힌 얼굴로 걸어가던 그녀는 나와 눈이 마주치자 환하게 웃으며 창밖에서 손을 들어 인사했다.

"괜찮으시면 아파트까지 바래다드리겠습니다."

파니오티스가 말했다.

식당에서 나왔을 때 밖은 이미 어두웠다. 대로로 이어지는 골목길의 뜨거운 도로에는 흔들리는 불빛과 끊이지 않는 자동차 소리뿐이었다. 그는 안젤리키가 자신에게 화가 나 있다고 했다. 파니오티스가 편집한 그리스 문학 선집에서 그녀의 작품이 빠졌기 때문이다.

"허영은 우리 문화의 저주죠. 아니면 내가 예술가 역시 한 인간일 뿐이라는 걸 죽어도 못 받아들이기 때문인지도 모르고요."

그가 말했다.

나는 안젤리키가 마음에 든다고, 사실은 이전에 만난 적이 있는데 본인은 잊어버린 것 같다고 했다. 몇 년 전 아테네에서 열린 내 책 낭독회에 그녀와 남편이 함께 왔었다고 말하자, 파니오티스는 웃음을 터뜨리며 말했다.

"그건 안젤리키의 또 다른 모습이네요. 이제는 더 이상 존재하지 않는, 그녀의 개인사에서 삭제되어버린 모습이에요.

유명 작가 안젤리키, 국제적으로 알려진 페미니스트 안젤리키는 당신을 만난 적이 없는 겁니다."

아파트 입구에 이르자 파니오티스는 불 꺼진 카페 창에 붙은 실물보다 큰 사진을 바라봤다. 사진 속 여인은 여전히 웃고 있었고, 남자는 잘생긴 얼굴에 겸손한 표정을 지은 채 그녀에게 윙크를 하고 있었다.

"적어도 저 사람들은 행복하네요."

그가 말했다.

그는 서류가방을 열고 봉투 하나를 꺼내더니 내 손에 쥐어주었다.

"어쨌든 진실은 남는 겁니다. 무슨 일이 있어도, 두려워하지 말고 진실을 마주하세요."

6

알 수 없는 모임이었다―라이언이 말한 것처럼, 뒤죽박죽 섞인 모임.

"데미스 루소스* 머리에 얼굴에는 아직 솜털이 있는 친구만 조심하면 됩니다. 도무지 입을 다물지 못하니까"라고 그는 말했다.

강의실은 작고 어두웠지만, 콜로나키 광장 쪽으로 커다란 창이 있었다. 콘크리트 울타리를 두른 광장에는 낙서로 가득한 콘크리트 화단이 있고, 거기 플라타너스 나무 아래 벤치에서 사람들이 신문을 읽고 있었다. 그늘이 없는 뜨거운 곳에는 오전 10시만 돼도 이미 사람들이 없었다. 비둘기들이 둥글게 내려앉아, 고개를 숙이고 바닥을 쪼면서 초라한 몰골로 떼 지어 보도를 따라 움직이고 있었다.

수강생들은 창문을 열어야 할지 말아야 할지를 놓고 이야

---

* 그리스의 남자 가수로 검은 머리를 길게 길렀다.

기하고 있었다. 강의실은 섬뜩할 정도로 추웠는데, 아무도 에어컨을 조절하는 방법을 몰랐던 것이다. 강의실 문 역시 닫아야 할지 열어둬야 할지 정하지 못했고, 벽에 잡음뿐인 사각형의 빈 화면을 비추고 있는 컴퓨터도 강의에 필요한 것인지, 아니면 그냥 꺼도 되는 것인지 정하지 못하고 있었다. 라이언이 말했던 수강생은 얼른 알아볼 수 있었는데, 그는 구불구불하고 헝클어진 검은 머리를 어깨까지 길렀고, 윗입술 위에 이제 막 자라기 시작한 옅은 색 콧수염도 있었다. 그를 제외한 나머지 수강생들에 대해서는 어떤 특징을 찾아내기가 어려웠다. 남녀가 반반씩 섞여 있었는데, 나이나 옷차림, 사회적 지위 등에서 그 어떤 공통점도 없는 것 같았다. 그런 사람들이 작은 테이블을 모아서 만든 커다란 흰색 포마이카 테이블 둘레에 앉아 있었다.

그 익명의 방에는 어떤 불확실한 분위기, 거의 불편하다고 할 수 있을 분위기가 있었다. 나는 그 사람들이 내게서 뭔가를 바라고 있다는 사실을 떠올렸다. 그 사람들은 나에 대해서 모르고, 서로에 대해서도 모르지만, 모두 자신을 알아봐줬으면 한다는 목적을 가지고 거기 모여 있었다.

결국 창문을 열고 강의실 문은 닫기로 하고, 각각 가장 가까운 자리에 앉은 사람이 그렇게 했다. 라이언이 말했던 남자

수강생은 방의 온도를 높이기 위해 창문을 여는 것이 이상하다고 했다. 하지만 과학 덕분에 현실이 전도되는 경우가 종종 있는데, 그런 것들 중 몇몇은 유용하기도 한 것 같다고 덧붙였다.

"편리한 도구들 때문에 생기는 불편함을 받아들여야겠죠. 사랑하는 사람들의 결점을 받아들이는 것처럼 말이에요. 완벽한 건 없으니까요. 우리 그리스 사람들은 에어컨이 건강에 아주 안 좋다고 믿거든요. 그래서 지금은 사무실이나 공공기관에서 에어컨을 끄는 게 유행이에요. 자연으로 돌아가자는 생각인데, 그것 자체가 이미 일종의 완벽주의이기도 하잖아요. 그래서 결국 모두가 덥게 지내야 하는데, 그럼 또다시 에어컨을 켤 수밖에 없겠죠."

그는 즐겁다는 듯이 결론을 지었다.

나는 종이와 펜을 꺼내 우리가 앉은 테이블 모양의 사각형을 그리고 수강생들의 이름을 물었다. 모두 10명이었는데, 사각형 위에 그들의 위치에 맞게 이름을 받아 적었다. 그런 다음, 강의실에 오기까지 있었던 일들을 차례대로 이야기해보자고 했다. 분위기가 바뀌며 긴 침묵이 이어졌다. 수강생들은 목을 가다듬고, 앞에 놓인 종이를 정리하고, 멍하니 허공을 응시했다. 잠시 후 한 여성이, 내가 종이에 받아 적은 바에 따르면 이름은 실비아였는데, 이야기를 시작했다. 그녀는 입을 열기 전에 주변을 살피며 다른 사람들이 아무도 먼저 이야기를 하지 않으려 한다는 것을 확인했는데, 체념한 듯 살짝 미소를 짓는 것을 볼 때, 그렇게 본인이 먼저 나서는 경우가 종종 있었던 모양이었다.

"기차에서 내릴 때요. 승강장에 어떤 남자가 흰색 개를 어깨에 얹고 있었어요. 남자는 키가 아주 크고 피부색도 짙었는데, 개가 정말 예뻤어요. 털이 곱슬곱슬하고 눈처럼 새하얀 녀석인데, 그렇게 남자 어깨 위에 앉아서 주변을 살피고 있더라고요."

그녀가 말했다.

다시 침묵이 이어지다가 잠시 후, 줄무늬 정장 차림의 아주 단정하고 왜소해 보이는 남자가—이름표에 따르면 테오였다—손을 들고 이야기했다.

"오늘 아침, 지하철을 타러 가는 길에 아파트 건너편에 있는 광장을 건너는데요, 광장의 낮은 콘크리트 담장에 여자 핸드백이 놓여 있는 걸 발견했습니다. 아주 크고 비싸 보이는 핸드백이었어요. 반짝반짝 광이 나는 검은색 가죽에 윗부분에는 금색 버클이 달려 있었죠. 거기 담 위에 아주 잘 보이는 곳에 떡하니 놓여 있었습니다. 주인이 있나 싶어서 주변을 살펴봤지만, 광장에는 아무도 없더군요. 그래서 혹시 그게 소매치기 당한 물건이 아닐까, 도둑들이 내용물을 비운 다음에 그렇게 놓고 간 건 아닐까 하는 생각이 들었습니다. 하지만 가까이 가서 보니—버클이 열려 있고 입구 부분이 활짝 젖혀 있어서 손을 대지 않고도 볼 수 있었습니다—내용물들이 그대로 있는 거예요. 가죽 지갑, 열쇠고리, 콤팩트와 립스틱은 물론, 일과 중에 간식으로 먹을 생각이었는지, 사과 한 알까지 그대로 있었습니다. 그 자리에 서서 꽤 오랫동안 누가 오기만을 기다렸는데, 아무도 안 나타나서 그대로 지하철역으로 갔습니다. 더 있으면 지각을 할 것 같았으니까요. 그런데 역으로 걸어가는 동안, 핸드백을 경찰서에 가져다주는 게 나을 뻔했다는 생각이 들더군요."

테오는 거기까지 이야기했고, 그걸로 이야기는 끝인 것 같았다. 다른 수강생들이 일제히 그에게 질문을 쏟아냈다. 경찰서에 가져다주는 게 나았다고 생각했다면 왜 돌아가서 그렇게 하지 않았냐, 지각할 것이 걱정됐다면 그냥 가까운 상점이나 심지어 신문가판대에라도 맡길 수 있지 않았겠느냐, 그것도 안 되면 지나가는 다른 사람에게 알려줄 수도 있지 않았느냐, 그 핸드백을 가지고 와서 여유 있는 시간에 경찰서에 전화를 걸어서 신고할 수도 있지 않느냐, 그냥 거기 누가 훔쳐가도 모르게 두고 오는 것보다는 나았을 것이다. 테오는 작고 깔끔한 얼굴에 사람 좋은 표정을 띠고 팔짱을 낀 채, 취조하듯 쏟아지는 질문을 가만히 듣고 있었다. 그리고 한참 후에, 질문이 더 이상 나오지 않자, 다시 이야기를 시작했다.

"그렇게 광장을 반쯤 지났을 때 뒤를 돌아봤더니, 그게 막 경찰에 신고해야겠다는 생각이 들었을 때였거든요. 마침 젊은 경찰관이 눈에 띄었습니다. 딱 저랑 그 핸드백 중간 지점에서 말이에요. 핸드백은 그때까지도 그 자리에 그대로 놓여 있더군요. 경찰관은 통행로를 따라 걸어오고 있었는데 그 끝에서 길이 양쪽으로 갈라집니다. 오른쪽으로 돌면 저랑 마주치게 될 테고, 왼쪽으로 돌면 곧장 핸드백이 놓인 곳으로 가게 되는 거예요. 만약 경찰관이 오른쪽으로 돌면, 저로서는 핸드백 이야기를 할 수밖에 없었을 테고, 그다음엔 이런저런 서류 작성으로 번거로워지기도 했겠죠. 하지만 운이 좋았습니다. 경찰관이 왼쪽으로 꺾었습니다. 저는 그 자리에 서서 그 친구가 핸드백을 발견하고, 제가 했던 것과 똑같이 주변에 주인이 없나 살피고 내용물을 살펴보는 것을 지켜봤죠. 잠시 후 경찰관이 핸드백을 집어들고 갔습니다."

수강생들은 여전히 사람 좋은 미소를 지어보이는 테오를 향해 진심으로 박수를 쳐주었다.

"재미있네요."

긴 머리 남자 수강생—이름표에 따르면 게오르규였다—이 말했다.

"그건 우리가 어떻게든 관여했다고 여겨지는 일련의 사건들 같지만, 실은 아무런 영향도 미치지 못한 이야기잖아요."

정작 게오르규 본인은 강의실까지 오면서 특별히 이야기할 만한 사건이 없었다고 했다. 자신은 관심사가 아닌 일에 대해서는 그다지 신경 쓰지 않는 편인데, 바로 그 이유 때문에, 자신의 경험을 이야기로 만들어내는 사람들의 경향은 위험하다고 생각한다고 했다. 왜냐하면 그런 경향은 인간의 삶에 목적이 있으며, 우리가 실제 모습보다 더 중요한 사람들이라는 생각을 가지게 하기 때문이다. 본인으로 말하자면, 아버지가 차로 학교까지 태워다주셨다고 했다. 오는 길에 초끈 이론*에 대해 아버지와 매우 흥미로운 대화를 나눴고, 차에서 내려서는 계단을 올라 이 강의실까지 왔다고 했다.

"그건 확실히 사실이 아니에요. 삶에 아무런 이야기가 없다는 거요. 어떤 사람의 존재에 시작과 끝을 지닌 분명한 형태가 없다는 것, 당사자만의 주제와 사건들과 일련의 인물들이 없

---

* 우주를 구성하는 최소 단위를 끊임없이 진동하는 끈으로 보고 원리를 밝히려는 이론.

다는 것은 사실이 아닙니다."

게오르규 옆에 앉은 여성이, 곤혹스럽다는 표정으로 말했다.

본인은 수업에 오는 길에 열린 창문 너머로 누군가 피아노 연습을 하고 있는 소리를 들었다고 했다. 우연히도, 그 건물은 음악대학이었고, 수강생 본인이 2년 전에 졸업한 학교였다. 학교를 떠나면서 그녀는 전문 연주가가 되겠다는 꿈도 포기했다고 했다. 아침에 들었던 음악은 바흐의『프랑스 모음곡』「D단조 푸가」로, 그녀가 늘 좋아했던 곡이었다. 그렇게 예상치 못했던 곳에서 그 곡을 들으며, 보도 위에서 남다른 상실감을 느꼈다고 했다. 마치 그 음악이 한때 그녀에게 속했지만 더 이상은 아닌 것 같았다. 그녀가 그 음악의 아름다움에서 배제된 것 같았고, 다른 사람의 것이 되어버린 그 음악을 지켜볼 수밖에 없는 것 같았고, 여전히 온전한 그 음악을 다시 만난 자리에서, 이런저런 이유로 그 세계에 머무를 수 없었던 자신의 실패를 떠올리고 슬퍼해야 할 것만 같았다. 만약 다른 사람이 그 창가를 지나다 「D단조 푸가」를 들었다면, 완전히 다른 느낌이 들었을 거라고, 그녀는 말했다.

창밖으로 흘러나오는 음악은, 그 자체로는 아무 의미가 없었다. 지나가는 사람이 그 음악에서 어떤 느낌을 받든, 애초에 음악은 그 느낌을 위해 연주된 것이 아니었고, 창문도 지나가는 사람이 음악을 들으라고 열어둔 것이 아니었다. 심지어 길 건너에서 그 광경을 그저 보고 들을 뿐인 사람이라면, 실제로 어떤 이야기가 펼쳐지고 있는지 짐작도 할 수 없었을 거라고, 그녀는 말했다. 그는 어떤 여자가 길을 걸어가는 것을 보고, 동시에 건물 안에서 흘러나오는 어떤 음악을 들을 뿐이라고.

"실제로 일어난 일이 그것뿐이기도 하고요!"

게오르규가 짓궂은 미소를 띤 채 허공에 손가락 하나를 들어 보이며 말했다.

이야기를 한 여성—이름은 클리오였다—은 20대 후반으로 보였지만, 어린아이 같은 차림이었다. 짙은 머리칼을 하나로 묶고, 창백하고 약해 보이는 얼굴에는 거의 화장을 하지 않았다. 긴 민소매 원피스를 입었는데, 그런 모습까지 그녀의 간소함을 잘 드러내는 것처럼 보였다. 수도원 같은 연습실에서 그녀의 손가락이 흰색과 검은색의 건반 위를 놀라울 만큼 빠르게 움직이는 모습을 쉽게 상상할 수 있었다. 그녀는 완전히 수동적이고 차분한 표정으로 게오르규를 바라보았다. 그가 말을 훨씬 더 많이 할 것임을 알고 있는 게 분명했다.

"고맙게도 세상에는 가능성이라는 무한한 것도 있고, 마찬가지로, 개연성이라는 유용한 것도 있지요. 음악학교, 그러니까 대다수의 사람들이 전문 음악인을 양성해내는 곳으로 이해하고 있는 그 기관에 대해서는 훌륭한 증거들도 있습니다. 대부분의 사람들은 전문 음악인이 무엇인지에 대한 개념도 알고 있고, 그 직업에서 성공할 가능성뿐 아니라, 실패할 가능성에 대해서도 이해하고 있다고 생각합니다. 따라서, 건물에서 흘러나오는 음악을 들은 사람이라면, 그 음악을 연주하고 있는 연주자가 어떤 위험을 감수하고 있다는 것을 상상할 수 있죠. 연주자의 운명은 기본적으로 둘 중 하나인데, 둘 다 평범한 사람이 상상할 수 있는 것입니다. 다른 말로 하자면, 방금 해주신 이야기는 사실들만 가지고도 추론해낼 수 있습니다. 제 경험을 통해서요. 제가 확실히 알고 있는 건 제 경험밖에 없을 텐데요, 중요한 것은, 이 경우에는 실패의 경험이라는 점입니다. 이를테면 남반구의 별자리를 모두 외우지 못했던 경험 같은 것이오. 그 실패 때문에 저는 꽤 속이 상했습니다."

말을 마친 그는 고개를 숙인 채 깍지 긴 자기 손을 내려다보았다.

나는 게오르규에게 나이를 물었고, 그는 지난주에 열다섯 살이 되었다고 했다. 아버지가 생일선물로 망원경을 사주셨는데, 아파트 건물 옥상에 설치해놓고 밤하늘을 관찰하고 있는 모양이었다. 주로 그가 관심 있는, 달의 주기를 지켜보고 있다고 했다. 나는 마음에 드는 선물을 받아서 다행이지만, 지금은 다른 사람이 하는 이야기를 들어주는 시간인 것 같다고 말했다. 그는 밝아진 표정으로 고개를 끄덕이고는, 한마디만 더 하자면, 자신도 『프랑스 모음곡』의 「D단조 푸가」는 잘 알고 있다고 덧붙였다. 아버지가 음반을 들려주었고, 자기는 그 곡이 꽤 낙관적인 음악이라고 생각하고 있다고 했다.

그 말에 게오르규 옆에 앉아 있던 여성이 입을 열었다.

"음악은 말이죠. 음악은 비밀을 드러내는 거예요. 꿈보다 더 은밀한데, 적어도 꿈은 혼자 꾸는 거잖아요."

그녀의 목소리는 나른하고 마치 꿈속에서 듣는 것 같았다.

그 말을 한 사람은 화려하지만 조금 튀는 차림새의 50대 여성으로, 무너져버린 미모를 고상하게 유지하고 있었다. 얼굴 골격이 아주 인상적이어서 거의 괴상하다고 할 수 있을 정도였는데, 본인도 그 점을 강조하기로 한 모양인지—그 점이 강하게 눈에 띄었고, 심지어 의도적으로 웃기게 보이려고 한 것 같기도 했다—이미 새파란 눈동자 주변에 이국적인 바다의 파란색과 녹색 아이섀도를 바르고, 눈꺼풀에는 그보다 더 밝은 파란색 색조 화장을 했는데, 솜씨가 섬세하지는 않았다. 뾰족한 광대뼈 부근에는 보라색 볼연지를 발랐고, 유난히 통통하고 튀어나온 입술에는 빨간색 립스틱을 덕지덕지 발라놓았

다. 금으로 된 장신구를 잔뜩 둘렀고, 역시 파란색의 원피스는
시폰 천이었는데, 그대로 드러난 목과 팔뚝은 갈색이었고 잔
주름이 자글자글했다. 이름은, 내가 정리한 표에 따르면 마리
엘레였다.

"예를 들어,"

그녀는 한참 뒤, 커다랗고 파란 눈으로 주변을 살피며 말을
이었다.

"저는 남편이 샤워를 하며「사랑은 자유로운 새」*를 부르는
걸 보고, 이 사람이 바람을 피우고 있다는 걸 알았거든요."

그녀는 크고 튀어나온 앞니가 건조해진 모양인지 힘겹게
입술을 다물었다가 다시 말을 이었다.

"당연히 카르멘 본인이 부르는 부분이었죠. 남편은 자신의
실수를 깨닫지도 못했고, 깨달았더라도 신경 쓰지 않았을 거
예요. 늘 세세한 면에 대해서는 무심한 사람이었죠. 극단적
인 사람이고 사실 따위에 발목을 잡히지 않는 사람이었으니
까요. 남편은 순전히 즐거워서 노래를 불렀던 거예요. 그 맑은
아침에 아파트에서 샤워를 하는 것이오. 도시 어딘가에 정부
를 숨겨놓고, 자신은 석회석과 금으로 장식한 샤워부스에서

* 비제의 오페라『카르멘』에 나오는 곡.

168

샤워를 하는 그런 상황이오. 욕실에는 좀더 대담한 장식물들도 있는데, 그중에는 파르테논 신전 벽면에서 떼온 조각도 있거든요. 아직까지도 분실 상태로 되어 있는 그 조각을 비누 받침으로 사용하고 있답니다. 그리고 최근에 설치한 고압 온수 시스템에 뉴욕 5번가의 삭스에서 주문한 수건까지요. 그 수건을 쓰면 마치 엄마 품에 안긴 아기가 된 것 같은 느낌이 들어서, 다시 잠자리로 돌아가고 싶은 생각이 들죠.

저는 그때 주방에서 오렌지를 짜고 있었거든요. 시장에서 찾은 잘 익은 멜론이랑 델피 근처 언덕에서 예쁜 양을 키우는 여인에게서 산 신선한 치즈로 맛있는 아침을 준비하고 있는데, 그 노랫소리를 들은 거예요. 즉시 그게 무슨 의미인지 알아차렸죠. 바보 같으니, 왜 주방에까지 다 들릴 정도로 큰 소리로 불렀던 걸까요? 저는, 남편이 그런 배신에 관한 오페라 곡조를 흥얼거리는 이유를 알 수 있는 유일한 사람이었는데 말이에요. 남편은 제일 좋은 건 언제나 자기가 가지는 사람이거든요. 제 접시에 담긴 맛있는 음식을 아무렇지도 않게 집어 먹어요. 그냥 손을 쭉 뻗어서 맛있어 보이는 걸 집어가는 거죠. 그게 제가 나중에 먹으려고 아껴둔 음식이라고 해도 말이에요. 왜 그냥 입을 다물고 있지 못했던 걸까요? 게다가 그것도 제가 근사한 아침을 먹기 직전에요. 남편이 욕실에서 나오면 식탁에 똑같은 아침식사가 준비되어 있었을 텐데요. 그러면 그의 행복이 완성될 거라는 걸 저는 알고 있거든요."

그녀는 이야기를 멈추고 밝은 금발로 염색한 머리를 귀 뒤로 넘긴 다음, 입술에 침을 한 번 바르고 다시 시작했다.

"오늘 아침에, 여기 오는 길에 남편에게 들러서 돈 문제를 좀 정리해야 했거든요. 돈 문제는 어떻게든 합의를 하는 편입니다. 배려가 없는 만큼, 뒤끝 같은 것도 전혀 없는 사람이라서요."

그녀가 한숨을 쉬었다.

"남편은 취향이 아주 고급이라서, 그게 또 저한테는 일종의 고문이에요. 제가 뭘 잘 배우는 사람이라서 남편의 취향을 아주 제대로 이해했는데, 어느 정도인가 하면, 남편이 원하는 거라면 본인보다도 먼저 알아차리곤 합니다. 그리고 여자 문제라면, 남편이 좋아하는 여자들을 예상할 수 있는데, 남편의 눈으로 그런 여자들을 보며 남편이 느낄 욕망을 제가 느낄 정도예요. 그래서 결국은 제가 눈을 감아버리는 법을 익혔죠. 귀를 닫는 방법까지 알았더라면 좋았겠죠, 그날 아침 주방에서는요. 그러고 나서 준비 중이던 아침식사를 내려다보면 가장 맛있고 좋은 음식이 어느새 사라져버렸다는 걸 발견했겠죠.

오늘 13층에 있는 남편 사무실로 올라가는 유리 엘리베이터에서, 거기 모든 게 바뀌어 있다는 걸 발견했어요. 완전히 새로 단장을 했더라고요. 이번 주제는 흰색이었던 모양인데, 워낙 극단적인 사람이다보니 흰색이 아닌 것은—사람까지 포함해서—모두 치워버렸고요. 그래서 제가 좋아하는 남편의 비서 마르타도 보이지 않았죠. 원래 커다란 창문 옆이 그녀의 자리였는데, 오래된 책상에 포장된 도시락이랑, 아이들 사진, 그리고 돌아다닐 때 신는 굽 낮은 신발 한 켤레가 있었거든요. 거기 앉아서 저랑 이야기를 하곤 했는데, 마르타는 제가 알고 싶은 건 다 말해주고, 알고 싶지 않은 건 하나도 이야기하지 않았죠. 그런 마르타가 없었는데, 남편은 자리를 없앤 것이 아니라, 뒤쪽에 큰 방을 따로 하나 만들어줬기 때문에 방문객들에게는 보이지 않는 것뿐이라고 확인해주더라고요.

창문 옆, 원래 그녀 자리에는, 아침에 주방에서 있었던 일과 끝내 접시에 그대로 남길 수밖에 없었던 새하얀 염소 치즈를 떠올리게 할 뿐인 그 백색 세계에는 새로운 여자가 앉아 있었어요. 당연히 그녀도 흰색 옷을 입고 있었죠. 피부는 색소결핍증에 걸린 사람처럼 창백하고 머리칼도 새하얀데, 깃털처럼 한 다발만 밝은 파란색으로—거기 있는 유일한 색깔이었죠—염색했더라고요. 다시 엘리베이터를 타고 내려올 때, 저는 남편의 천재성에 감탄했어요. 마치 소매치기가 지갑을 빼내듯이 소리 없이 저에게 용서를 끌어내고, 제가 좀더 가벼운 마음으로, 비록 좀더 비참해졌는지는 모르겠지만, 마치 거지 모자에 떨어진 깃털처럼 머릿속에 파란 꽁지깃 하나를 담은 채 다시 거리로 나올 수 있게 만들었으니까요."

이야기를 마친 마리엘레는 군은 표정의 얼굴을 들고, 크고 화려한 눈으로 정면을 노려보았다.

"요즘 젊은 사람들은 외모로 다른 사람들을 놀라게 하거나 혼란스럽게 하는 일이 흔한 것 같습니다."

그녀 왼쪽에 앉은 남자가 평가하듯 말했다. 그는 마리엘레가 말한 것보다 훨씬 극단적인 헤어스타일도 봤고, 문신이나 피어싱은 말할 것도 없다고 했다. 종종 노골적으로 공격적인 것들도 있는데, 그게 꼭 그런 치장을 한 당사자의 성격과 일치하는 것도 아니라서, 그런 젊은이들 중에 아주 착하고 말을 잘 듣는 친구들도 있다고 했다. 남자는 어떤 대상의 의미는 그 외양에 상응하는 것이라고 생각해왔기 때문에 그 사실을 받아들이기까지 꽤 오래 걸렸고, 자신이 이해하지 못하는 뭔가가 있는 것은 아닌지 두려웠다.

결국 그는, 엄격히 말하자면, 사람들이 그렇게 자기 몸에 칼질을 하는 이유는 끝내 알 수 없었지만, 거기에 그렇게 큰 의미를 두지 않는 법은 익힐 수 있었다. 어느 편인가 하면, 그는 그런 극단적인 외모를 그만한 크기의 내적 공허함을 상징하는 것으로 보았고, 그건 곧, 그가 믿기로는, 유의미한 신앙 체계를 지니지 못한 데서 오는 허전함이었다. 그는 자기 또래들이—그는 겨우 스물네 살이었는데, 나이보다 더 들어보인다는 사실은 본인도 잘 알고 있었다—우리 시대 종교나 정치와 관련한 논쟁에 놀랄 만큼 무관심하다고 했다. 하지만 자신의 경우에는, 정치적 각성과 함께 다른 감수성들도 함께 깨어났고, 덕분에 세상을 살아갈 방법을 얻었다고 그는 덧붙였다. 그럴 수 있어서 자랑스럽지만, 한편으로는 불안감, 거의 죄책감에 가까운 감정도 드는데, 설명하기는 어렵다고도 했다.

예를 들면 그날 아침, 강의실에 오는 길에 그는 작년 여름—모두가 잘 기억하듯이—시위가 있었던 거리를 지나쳤다고 했다. 그와 그의 정치적 동지들이 자랑스러워하며 참여했던 시위였다. 그는 어느새 그 시위에서 걸었던 길을 그대로 따라 걷고 있었다. 시위 후에 처음 가본 거였는데, 그렇게 걸으면서 되살아난 그날의 감정으로 뿌듯했다고 했다. 그러다 어느 순간, 타버리고 껍데기만 남은 건물들이 양쪽에 늘어선 거리에 접어들었다. 유리가 깨져버린 창문 안으로 동굴 같은, 폐허가 되어버린 실내가 들여다보였다. 검게 그을리고 유령이 나올 것 같은, 여전히 파괴의 잔해와 혼란의 흔적이 고스란히 남아 있는 모습이었다. 지난 1년 동안 아무도 정리하러 오지 않았던 것이다. 그 건물들이 어떻게 불타게 되었는지 정확히 기억나지는 않았지만, 불이 붙기 시작한 건 저녁 무렵이었고 아테네 어디에서든 볼 수 있었다. 방송사에서는 도시를 강물처럼 휘감은 불길을 담은 영상을 내보냈고, 곧 전 세계로 퍼져나갔다. 그런 광경이 그날 밤 신이 났던 이유들 중 하나였음은 그도 부정할 수 없었지만, 또한 그것은 시위의 목적을 널리 알리기 위해 꼭 필요했던 수단이기도 했다—그는 그렇게 믿었다.

하지만 아침에, 그 폐허를 다시 들여다보며 들었던 감정은 수치심뿐이었고, 심지어 정말 그 난리를 피운 게 본인이었냐고 묻는 어머니의 목소리가 들리는 것만 같았다. 사람들이 그렇게 말했고, 어머니는 아들에게 직접 확인하기 전에는 그 말을 믿어야 할지 말아야 할지 알 수가 없었다.

어렸을 때는, 그가—표에 따르면 이름은 크리스토스였다—말을 이었다. 정말 수줍음 많고 어리숙한 아이여서, 보다 못한 어머니가 자신감을 심어주겠다며 댄스 교실에 다니게 했을 정도였다. 근처 회관에서 열렸던 댄스 교실에는 동네 여자아이들 외에 남자아이들도 몇 명—모두 야만인들이었다—다녔는데, 그로서는 너무 힘든 시간이어서 지금 다시 이야기를 꺼내는 것조차 쉽지 않다고 했다. 그가 비만인 데다가 자기 몸에 자신이 없는 아이였기 때문만은 아니었다. 사람들 앞에 서는 걸 너무 두려워하고, 종종 그런 상황에서 갑자기 쓰러지곤 했기 때문이었다. 높은 곳을 두려워하는 사람들이 뛰어내리려는 충동을 느끼는 현기증과 비슷한 거라고, 그는 말했다. 그는 그저 사람들이 자기를 지켜보는 걸 견딜 수 없었고, 그런 그에게 춤을 추라는 것은, 늘 뛰어내리려는 충동이 있는 사람에게 전선 위를 걸어보라고 하는 것, 그리하여 언젠가 진짜로 사고가 나게 하려는 것과 다름없었다.

실제로 그는 쓰러졌다. 그때마다 괴로워하며, 해변에 올라온 고래처럼 구경꾼 아이들에게 둘러싸인 채 반복해서, 모욕감을 느껴야 했고, 놀림의 대상이 되었다. 결국 선생님이 수업에 그만 나오고 집에 있어도 된다고, 어머니에게 조언을 할 수밖에 없었다.

"한 번 상상해보세요. 마침내 대학에 가서 근사하고, 정치의식도 있고, 비슷한 생각을 지닌 사람들, 정말 친구가 되고 싶었던 그런 사람들을 만났는데, 그 사람들이 가장 즐기는 취미생활이, 그들이 가장 사랑하는 활동이—물론 정치 다음으로—춤이라는 것을 알았을 때 제가 얼마나 두려웠을지를요. 밤이면 밤마다 그들이 함께 가자고 했지만, 저는 당연히, 거절했죠. 그 모임에서 저랑 가장 친한 친구는 마리아인데요, 격렬

한 정치 토론을 하고, 사소한 것까지 함께하는 사이거든요. 십자말풀이를 좋아해서, 둘이서 하루에 몇 개씩 함께 풀기도 했는데, 그런 마리아까지도 제가 어린 시절 상처 때문에 춤추는 데 함께 가지 못하는 것에 대해서는 실망했을 정도니까요. '내 말 믿어봐'라고 그 친구가 말했어요. 어릴 때 저희 엄마처럼요. '믿어봐, 너도 즐기게 될 거야'라고. 결국엔, 춤을 추러 함께 가지 않으면 마리아와의 우정마저 잃게 될 것 같았지만, 제가 춤추는 모습을 마리아가 본다고 해도 우정을 잃는 건 마찬가지였을 거예요.

빠져나갈 구멍이 없어서, 마침내 어느 날 저녁에 그들이 늘 가던 클럽에 함께 갔거든요. 제가 생각했던 곳이랑 전혀 다르더라고요. 현대적인 것과는 아무 상관이 없는 곳이었으니까요. 1950년대 분위기와 음악만 있는 곳이었어요. 사람들도 뭐랄까, 의상을 갖춰 입고 왔고, '린디 합'*인지 뭔지만 췄어요. 그 모습을 보고 저는 더 겁에 질렸지만, 어쩌면 두려움에 맞서는 최선의 방법은 거기에 옷을 입혀주는 거잖아요. 말하자면 번역을 하는 거죠. 그저 번역을 해주는 단순한 과정을 거치는 것만으로도, 그것들이 무해한 것이 될 때가 많으니까요. 그렇

* 1920년대 미국 흑인들 사이에 유행한 춤.

게 습관—어떤 사람들은 강박이라고도 하는—을 버리고, 평소의 사고를을 버리고 나니, 어느새 제가 플로어를 향해 걸어가고 있더라고요. 마리아의 손을 잡고, 언젠가는 쓰러질 거라고 확신했는데, 정작 음악이 시작되니까—정말 대책 없이 행복한 곡이었는데, 요즘도 저는 그 음악만 들으면 우울함이나 의심이 싹 사라지곤 하거든요—제가 쓰러지기는커녕 날아다니는 거예요. 점점 더 높은 곳으로, 더 넓게, 아주 빨리, 높게 날아올라서 제 몸 자체도 잊어버릴 정도로요."

그가 말했다.

테이블에 놓여 있던 내 전화기가 울렸다. 둘째 아들이었다. 나는 얼른 전화를 받아 나중에 다시 걸겠다고 했다.

"길을 잃어버렸어. 어딘지 모르겠어요."

아들이 말했다.

나는 전화기를 가슴에 댄 채, 조금 급한 일이 생겼으니 잠깐만 쉬자고 사람들에게 이야기했다. 복도로 나와서 공지사항이나 광고, 소식지 등이 붙어 있는 게시판 옆에 섰다. 아파트 임대, 복사 서비스, 음악회 안내 등을 알리는 내용들이 보였다. 아들에게 뭐든 거리 이름이 적힌 표지판이 안 보이냐고 물었다.

"한번 볼게요."

아들이 말했다.

도로의 자동차 소리와 아들의 숨소리가 들렸다. 잠시 후 아들이 거리 이름을 말했고, 나는 도대체 거기서 뭘 하고 있냐고 물었다.

"학교 가는 길인데."

아들이 말했다.

나는 왜 알려준 대로 하지 않았냐고, 이번 주에는 마크와 마크 엄마와 함께 가라고 했는데 왜 그러지 않았냐고 물었다.

"마크는 오늘 학교 못 와요. 아프대요."

아들이 말했다.

아들에게 그대로 뒤로 돌아서, 왔던 길을 따라 걸으며 새로운 거리 이름이 나오면 알려달라고 했다. 마침내 아들이 원래 갔어야 할 거리를 찾았을 때는 그 길을 따라 곧장 가면 된다고 말해주었다. 몇 분 동안, 거친 숨소리와 보도에 닿는 발소리만 들리다가, 아들이 말했다.

"보여요, 학교 건물 보여. 이제 괜찮아요, 학교 보여."

"아직 지각한 거 아니야."

나는 시계를 보고 영국 시간을 계산하며 말했다.

"아직 숨 고를 시간 몇 분 있어."

나는 학교 마치고 돌아오는 길을 다시 한번 알려준 다음, 그럼 오늘도 잘 지내고 있으라고 말했다.

"고마워요."

아들이 말했다.

강의실의 수강생들은 내가 나갈 때와 같은 모습으로 기다리고 있었는데, 한 명만이 예외였다. 덩치가 크고 둥글둥글한 얼굴에 두꺼운 검은색 안경을 쓴 여성이 엄청나게 기름져 보이는 빵을 먹고 있었고, 빵에서 나는 고기 냄새가 강의실에 진동했다. 그 여성은 부스러기가 떨어지지 않게 빵을 쌌던 종이봉투를 쥔 채 위에서부터 조금씩 뜯어 먹었다. 그녀 옆에는 통통하고 굴곡이 없는 그녀와 대조적으로 마르고 작은 몸집에 피부색이 짙은 남자가 앉아 있었다.

그는 재빠르게 손을 들었다 내리고는 수업을 들으러 오는 길에 있었던 이야기를 시작했다. 차분하고 딱 부러지는 목소리였다. 표를 보니 이름은 아리스였다. 그는 수업을 들으러 오는 길에, 도로 한쪽에서 썩어가는 개 시체를 보았다고 했다. 괴상하게 부풀어오른 채 파리 떼가 새카맣게 붙어 있었다. 멀리서부터 파리 떼 소리가 들렸는데 처음에는 그게 무슨 소리인지 궁금했다고, 그는 덧붙였다. 그건 위협적인 소리였지만, 어디서 나는 소리인지 몰랐을 때는 어딘가 아름답게 들리기도 했다고.

그는 아테네에 살지는 않지만 형이 있어서 일주일 동안 그 집에 머무르고 있는데, 아주 작은 아파트여서 주방을 겸한 방에 있는 소파에서 잠을 자야 했다. 머리 바로 옆에 냉장고가 있었기 때문에, 냉장고 문에 붙어 있는 다양한 자석들을 본의 아니게 자세히 들여다볼 수밖에 없었다. 그중에는 여자 가슴 모양의 플라스틱 자석도 있었는데, 만듦새가 조악해서 오른쪽 가슴의 젖꼭지는 중심에서 완전히 벗어난 곳에 붙어 있었고, 그는 소파에 누워 몇 시간이나 그 불일치를 곰곰이 들여다보곤 했다. 형이 주방 싱크대에서 빨래를 해서 온갖 곳에 옷을 널어두었다. 형은 사무직이어서 매일 깨끗한 셔츠를 입어야 했다. 선반이나 창문턱은 물론 의자란 의자에는 모두 셔츠가 널려 있었고, 그렇게 마르는 동안, 셔츠는 널어놓은 받침 모양에 맞춰 선이 생겼다. 그는 소파에 누운 채 그 광경을 지켜보았다고 했다.

옆자리 여성은 그 사이 식사를 다 마치고 종이봉투를 정사각형으로 접은 다음 손끝으로 접힌 자리를 꼭꼭 눌렀다. 고개를 들고 나와 눈이 마주쳤을 때는 마치 무슨 잘못이라도 한 사람처럼 얼른 접은 봉투를 테이블 아래로 숨겼다. 그녀의 이름은 로사였는데, 자기 이야기가 다른 사람들에게 도움이 될지 확신이 없다면서, 입을 열었다. 그녀는 자신이 과제를 제대로 이해한 건지 모르겠다며, 어쨌든 자신의 이야기는 다른 사람들 이야기와 다르니까, 그게 중요하지는 않지만, 생각나는 게 그것밖에 없기도 하다고 했다. 그녀는 수업을 들으러 오는 길에 특별한 것은 하나도 보지 못했다고 했다. 생각나는 건 어릴 때 할머니가 오후에 자주 데리고 갔던 공원을 지나왔다는 것뿐이었다. 거기에 작은 놀이터가 있어서 할머니가 그네를 밀어주었다고 했다. 오늘 아침에도 그 놀이터를 지나며 그네를 보는데, 할머니와, 할머니와 보냈던 즐거웠던 오후가 생각났다. 거기까지만 이야기하고 그녀는 입을 다물었다. 내가 이야기해줘서 고맙다고 말하자 그녀는 검은 안경테 너머 부드러운 시선으로 나를 바라보았다.

시간이 거의 다 되어가고 있었다. 내 맞은편 자리에 조금 놀란 듯한 표정으로 앉아 있는 여성이 있었다. 그녀의 얼굴은 정확히 벽시계 아래에 있었는데, 그 둘이 함께 있는 게 너무 자연스러웠던 나머지 나는 그녀의 존재를 잊고 있었다. 그녀는 자신이 객관적인 세계에 대해 너무 모르고 있었다는 걸 깨달은 것 같아 흥미로웠다고 말했다. 자기 나이쯤 되니─그녀는 마흔세 살이었다─머릿속에 자신의 기억이나 의무, 꿈, 지식, 그날그날 해야 할 잡다한 일들 외에, 다른 사람들의 그런 것들─오랜 세월 듣고, 말하고, 공감하고, 걱정하며 쌓아온 것들─

도 들어와 있는 것 같다고, 그래서 그런 수많은 종류의 정신적 부담을 나누는 경계나, 그것들 사이의 구분이 흐릿해져버려서 이제 어떤 것이 자신에게 있었던 일이고 어떤 것이 자신이 아는 다른 이들에게 있었던 일인지, 심지어 뭐가 실제로 있었던 일이고 뭐가 아닌지 확신할 수 없게 되어버렸다고 했다.

예를 들어, 그날 아침에도 언니가 이른 시간에 전화를 해서 —둘 다 잠을 잘 못 자기 때문에 그 시간에 통화하는 일이 잦았다—전날 밤 저녁 초대를 받아 남편과 함께 친구 집에 가서 겪었던 일을 이야기했다. 언니 친구의 집은 주방을 확장하고 새 단장을 했는데, 천장 한가운데를 조금 파서 유리판을 끼운 덕분에 실내가 더 환하고, 성당처럼 높아 보이는 효과가 있었다.

"언니가 그렇게 놀랄 만한 효과를 만들어낸 것에 대해 친구에게 칭찬을 했더니, 그 친구 말이 사실 자기도 다른 친구 집에서 보고 아이디어를 얻은 거라고 했대요. 그 친구도 몇 달 전에 부엌을 새로 단장했다면서요. 그런데 그 후에 정말 끔찍한 일이 벌어진 거예요. 언니 친구의 친구가 어느 날 저녁식사에 사람들을 많이 초대했는데, 손님들이 도착하기 직전에 천장 유리판에 작은 금이 가 있는 것을 발견했대요. 뭔가 작고 날카로운 것이 위에서 떨어진 것처럼요. 짜증이 났죠. 돈을 꽤 들인 유리판이었거든요. 통유리였기 때문에, 실제로 금이 간 부분은 일부라고 해도 전체를 갈아 끼우는 것 말고는 방법이 없었으니까요. 손님들이 도착했고, 저녁식사를 하는 동안 아테네에 믿을 수 없을 정도로 사나운 폭풍우가 몰아쳤어요. 손님들이 유리판 아래서 식사를 하는 동안 비가 억수같이 퍼부었죠. 모두들 머리 위 유리판 너머로 비 내리는 하늘을 보고, 빗소리를 들으며 감탄하고 있던 와중에, 갑자기 엄청나게 큰 소리가 나면서 유리판이 그대로 깨져 사람들 머리 위로 떨어진 거예요. 작게 나 있던 금이 유리판 전체를 약하게 만들어서, 쏟아지는 빗물의 무게를 더 이상 견디지 못한 거죠."

그녀는 잠시 쉬었다가 다시 말을 이었다.

"기억하시겠지만, 이건 저희 언니가 전화로 해준 이야기거든요. 저희 언니에게 영향을 미친 이야기도 아니고, 엄격히 말하면, 언니가 신경 쓸 이야기도 아니죠. 게다가, 다행스럽게도 다친 사람은 아무도 없었기 때문에, 사람들에게 이야기할 만큼 놀라운 이야기도 아니에요. 그리고 이 이야기를 언니에게 해준 친구도 거기에 영향을 받은 건 아니죠. 본인도 같은 종류의 천장 유리를 설치했다는 정도의 연관성밖에 없으니까요. 그러니까 저는, 말하자면 제삼자 입장에서 이야기를 들은 셈인데, 그런데도 제가 직접 겪은 일처럼 생생하게 느껴지는 거예요. 오전 내내 그 이야기 때문에 불편했거든요. 다른 사람들과 마찬가지로 저도 매일 끔찍한 사고—대부분 훨씬 나쁜 사고죠—소식을 듣는데, 왜 이 사건만 저의 개인적인 기억이나 경험들과 뒤섞여버려서 구분할 수 없게 된 건지 궁금한 거예요. 제가 사는 현실은 소위 중산층의 가치라는 것과 관련이 있을 텐데요. 제가 아는 사람들은 부엌 단장을 자주 하고, 저도 그렇지만, 지인들을 저녁식사에 초대하고 그래요. 하지만 차이는 있습니다. 이야기에 나오는 사람들은 제가 아는 사람들보다 좀더 호사스럽죠. 제 지인들은 대부분, 아무리 하고 싶다고 해도, 천장에 통유리를 끼울 만큼의 여유는 없으니까요. 하지만 제 언니는 저보다는 형편이 조금 더 나은 편인데요, 그게 제가 우리 둘 사이에 약간의 긴장을 느끼는 이유기도 하고요. 솔직히 말하면, 저는 언니의 사교생활이나 언니가 만나는 사람들에게 질투를 느끼고 있고, 언니가 조금만 애써주면 나도 그 재미있는 세계에 낄 수 있을 텐데, 하는 생각을 합니다.

두 번째 이유는 이야기 자체와 관련이 있는 게 분명해요. 작은 금 하나 때문에 통유리 전체가 압력을 견디지 못하고 깨졌다는 거요. 빗물이 지닌 실제 압력뿐 아니라, 그 아래 앉은 사람들의 이상한, 손에 잡히지 않는 압력도 있었을 거예요. 감탄어린 시선으로 바라보며 그 유리가 빗물을 견딜 수 있을 거라고 철석같이 믿고 있던 사람들의 압력이오. 그런데 그 압력을 견디지 못했을 때, 유리 천장은 입에 담을 수 없는 파괴와 피해의 원천이 되었고, 거의 사악한 도구가 되어버렸잖아요. 그런 사실들에 담긴 상징성이 저한테는 꽤 의미심장했던 것 같아요."

그녀는 잠시 이야기를 멈추었다. 벽시계의 초침이 그녀 머리 위에서 흔들리며 움직였다. 나는 이름표를 보며 그녀의 이름이 페넬로페라는 것을 확인했다. 그녀가 다시 말을 꺼냈다.

"저는 세계가 다시 순수해지는 걸 보고 싶어요. 개인적인 의미가 없는 그런 공간이오. 하지만 전혀 모르는 곳, 아무도 저를 모르고 제가 아는 사람도 없는 그런 곳으로 가는 방법 말고, 어떻게 하면 그렇게 할 수 있을지 모르겠네요. 어떻게 하면 그런 상태가 될 수 있는지, 도대체 그런 곳이 있기는 한 건지 전혀 모르겠어요. 관계나 책임 자체는 말할 것도 없고요. 그런 것들 때문에 돌아버릴 것 같은데, 동시에 거기서 벗어나는 것도 불가능한 것 같아요."

그녀는 결론처럼 덧붙였다.

이제 한 명을 제외하고는 모두 이야기를 마쳤다. 이야기를 하지 않은 여성은 이름표에 따르면 카산드라라고 했는데, 내가 관찰한 바로는 수업이 진행될수록 표정이 점점 더 안 좋아졌다. 그녀는 신음소리나 한숨소리를 내며 자신의 불편함을 숨기지 않았고, 지금은 단단히 팔짱을 낀 채 고개를 설레설레 젓고 있었다. 수업을 마치기 전에 보탤 이야기가 없는지 그녀에게 물었더니, 그녀는 할 이야기가 없다고, 자신이 완전히 잘못 알고 온 것 같다고 했다. 글쓰기를 배우는 수업, 자기가 아는 바에 따르면 상상력을 활용하는 방법을 배우는 수업인 줄 알았다고 했다. 사람들이 이런 수업에서 뭘 얻을 수 있다고 생각하는지 궁금하다고, 자신은 뭔가를 발견하는 데는 아무 관심이 없다고 따지듯이 내게 말했다. 적어도 라이언의 수업에서는 뭔가를 배우긴 했다고. 그녀는 학교에 환불을 요청할 예정이고, 학교는 반드시 대답을 해줘야 한다고 했다. 그녀는 자리에서 일어나 자기 물건을 챙기며 마지막으로 내게 말했다.

"선생님이 어떤 사람인지 모르지만, 한마디는 해야겠네요. 당신은 가르치는 사람으로는 형편없어요."

7

비행기의 옆자리 남자는 아직 관광할 시간이 있는지 물었다. 우리는 다시 차 안에 있었다. 정박장으로 가는 시끌벅적한 길을 달리고 있었고, 차창을 내린 덕분에 그의 셔츠가 바람에 심하게 펄럭였다.

나는 이전에도 아테네에 몇 번 와본 적이 있어서 풍경에는 익숙하다고, 하지만 여기저기 둘러보고 싶은 마음이 들지 않는 이유가 그것 때문만이라고는 할 수 없다고 말했다. 그는 놀랐다. 내가 그렇게 자주 아테네에 왔었는지는 몰랐다고 했다. 본인은 늘 런던을 왔다 갔다 하지만, 무슨 이유에서인지 반대의 경우는 한 번도 생각해보지 않았던 것이다.

"마지막으로 온 건 언제였습니까?"

"3년 전이오."

내가 대답했다. 그는 잠시 말없이, 눈을 가늘게 뜨고 멀리 지평선을 바라보았다.

"3년 전이라. 그때면, 저도 막 아테네로 돌아왔을 무렵이네요."

그가 생각에 잠긴 듯 말했다.

나는 그에게 무슨 이유로 어디에 나가 있었냐고 물었고, 그는 런던에서 상당 기간 지내며 일을 했다고 말했다. 영국 은행에 괜찮은 일자리가 있었는데, 딱히 이곳에서의 자유를, 특히 자신의 보트를 포기하고 싶은 마음은 없었지만, 그런 제안을 받는 것도 그게 마지막일 거라는 생각이 들었다고 했다. 뿐만 아니라 당시 아테네는 그에게 실패로 가득한 곳, 적어도 다 끝나버린 일들, 다시 살려볼 어떤 가능성도 없는 곳으로 보였다. 사실, 일자리를 제안받은 것 자체가 놀라웠는데, 당시 그는 스스로를 아주 낮게 평가하고 있었기 때문이었다.

"그런 순간이 늘 위험하게 마련이죠. 자신의 가치에 대해서 확신할 수 없는 상황에서 큰 결정을 내려야 할 때요."

그가 말했다.

그의 친구들은 모두 같은 생각인 것 같았는데, 조금도 망설이지 말고 그 제안을 수락하라고 했다. 사람들이 본인들이라면 절대 꿈도 꾸지 않을 일들을 다른 사람에게 열심히 권하는 것이 재미있었다. 사람들은 열성적으로 그를 파멸로 몰아넣었다. 심지어 가장 친절한 사람들, 가장 사랑스러운 사람들도 그의 관심사를 진심으로 생각해주지 않았다. 그들은 훨씬 더 안전하고, 훨씬 더 속박이 심한 곳, 탈출이란 것이 현실이 아니라 그저 가끔씩 꿈꿔보는 그런 것에 불과한 자리에서 그에게 조언하고 있었던 것이다.

"어쩌면 우리 모두 동물원에 있는 동물 같은 신세인지도 모르겠습니다. 무리 중 한 녀석이 우리 바깥으로 나가는 걸 보면 미친 듯이 달아나라고 하죠. 그렇게 나간 녀석이 결국엔 길을 잃고 말 운명이라고 해도 말입니다."

그가 말했다.

나는 그 이야기를 들으니 좋아하는 오페라—사실은 클레리아의 아파트에서 찾은 음반이었는데—의 한 장면이 떠오른다고 했다. 제목은 「교활한 어린 여우」였는데, 사냥꾼에게 잡힌 여우가 농장에서 다른 동물들과 함께 지내며 벌어지는 이야기였다. 사냥꾼은 여우가 마음에 들었기 때문에, 여우가 종종 사고를 쳐도 계속 데리고 있었고, 여우 입장에서도 비록 갇혀 지내는 신세이긴 하지만 그렇게 관심을 받고 사는 것의 장점이 있었다. 그럼에도 여우는 본능적으로 야생의 세계를 찾고 있었고, 드디어 어느 날 농장을 탈출해 숲으로 되돌아가는 길을 발견하게 된다. 하지만 자유를 느끼는 대신, 녀석은 두려웠다. 삶의 대부분을 농장에서 보낸 탓에, 자유롭게 사는 법을 잊어버린 것이었다.

옆자리 남자는 그 오페라는 잘 모르겠지만, 자신은 런던의 일자리를 제안받았을 때, 반대 방향의 운명론에 따랐던 게 아닌가 한다고 말했다. 자유로웠던 자신의 삶에 대한 대가로 마침내 굴레를 짊어지게 된 것 같았다고, 플레이보이이자 백만장자였던 사내가 결국 9시 출근 5시 퇴근이라는 형벌을 받게 된 거라고. 그는 아테네의 집을 팔고 영국 수도의 고급주택 단지에 아파트를 마련했고, 보트는 창고에 넣어놓았다. 보트를 물에서 꺼내놓았던 건 25년 중에 그때뿐이었다고 그는 말했다. 아테네 시내에 있는 보관창고에 보트를 맡길 때, 바다에서 들어 올려져 트럭의 짐칸에 실리는 보트를 보면서 들었던 감정은 도저히 말로 표현할 수 없다고 했다. 그 보트를 보면서 트럭 뒤를 따라 차를 몰았고, 도시 한가운데의 컨테이너에 들어가는 것까지 지켜봤다. 그런 다음, 자신의 운명도 그 보트의 운명과 크게 다르지 않을 거라고 생각하며, 런던으로 출발했다.

그런 잠수생활에서 다시 나오게 된 계기가 뭐였냐고 묻자 그는 미소를 지었다.

"전화 한 통이었죠."

그가 말했다. 런던에서 맞이하는 두 번째 겨울이었고, 그는 쓸쓸하고 외로운 생활에 빠져 있었다. 빗속을 추적추적 걸으며 출퇴근을 했고, 은행에서 하루 열여덟 시간씩 일했으며, 늦은 밤이면 카펫 깔린 감방 같은 집에 앉아 식당에서 사온 음식으로 저녁을 먹었다. 그러던 중에 아테네의 창고 주인에게서 전화가 왔다. 강도가 들어서 보트의 엔진을 훔쳐갔다는 소식이었다. 그는 다음 날 사직서를 내고 돌아오는 비행기를 탔다. 자신의 그런 단호함을 다시 발견한 것이 활력이 되었고, 확신도 생겼다.

당시 그는 그 어떤 것에 대해서도 아무런 감정을 느끼지 못하는 사람이 되어버렸다고 스스로 생각하고 있었다. 특히 파란만장했던 연애사 때문에 그런 실패의 늪에 빠진 거라고 생각하고 있었는데, 자신의 재산이 그렇게 공격을 받자 마치 복권에 당첨된 것처럼 다시 삶의 기쁨을 되찾을 수 있었다. 몇 년 만에 처음으로, 그는 자신이 원하는 것을 확실히 알 수 있었다. 그가 돌아와서 가장 먼저 한 일은, 최고의 엔진을 구하는 일이었다. 그에게 필요한 것보다 조금 더 힘이 좋은 엔진이기는 했지만 말이다.

거의 정박장에 이르렀을 때, 그는 배를 타기 전에 커피나 음료수를 한잔하는 게 어떻겠냐고 물었다.

"어차피 서두를 일도 없고, 세상에 가진 게 시간밖에 없으니까요."

그는 최근에 문을 열었다는 해변의 어떤 가게 이야기가 생각난 모양인지, 액셀러레이터에서 발을 떼고 속도를 줄인 채, 차창 너머로 먼지가 이는 도로가에 해변을 따라 주욱 늘어선 술집과 식당들을 살폈다. 그 상점들 너머에는 모래사장과, 잔잔한 파도가 이는 바다가 펼쳐져 있었다. 그가 갑자기 먼지를 일으키며 자동차를 갓길에 세웠는데, 사각형 화분에 심어놓은 야자수와 바다를 향한 테라스에 역시 사각형 가구들을 놓아둔 식당 앞이었다. 재즈 음악이 흐르고, 검은색으로 맞춰 입은 점원들이, 거대한 돛처럼 생긴 비대칭 차양이 만든 그늘 아래에서 텅 빈 가구들 사이를 매끄럽게 지나다니고 있었다. 그곳이 어떻겠냐고 그가 물었고, 나는 꽤 인상적인 곳이라고 대답했다. 우리는 차에서 내려 야자수 옆에 있는 테이블에 자리를 잡았다.

뭘 하든 그걸 하면서 스스로 즐기는 것을 잊지 않아야 한다고 옆자리 남자는 말했다. 최근에는 그게 어떤 의미에서는 삶의 좌우명이 되었다고. 그의 말에 따르면, 세 번째 아내가 너무 엄격한 사람이라, 아무리 자주 쉬면서 일을 잠깐 놓아도, 그녀와 함께 지냈던 시절에 대한 보상은 불가능할 것 같다고 했다. 그 시절에는 무슨 일이든 정면으로, 아무런 환상 없이 마주해야 했고, 쾌락과 관련된 것은 아무리 작은 것이라도 꼼꼼히 따져본 다음 불필요한 것으로 치부하거나 아내가 늘 지니고 다니는 노트에 꼼꼼히—세금까지 붙여서, 라고 그는 덧붙였다—기록해두어야 했다.

그로서는 근검절약과, 낭비라면 질색하는 칼뱅주의에 푹 빠져 있던 집안 분위기를 고스란히 물려받은 아내 같은 사람을 처음 봤지만, 그런 아내도 한 가지 약점이 있었으니, 바로 포뮬러 원 자동차 경주였다. 그녀는 텔레비전으로 중계해주는 자동차 경주를 넋 놓고 지켜봤는데, 특히 우승자가 열광하는 관중들을 향해 샴페인을 마구 뿌려대는 장면에서는 눈을 떼지 못했다. 그녀를 만났을 당시 그는 두 번째 이혼 때문에 재정적으로 엉망인 상태였기 때문에, 절약을 외치는 아내의 잔소리도 잠시나마 그의 귀에는 거의 음악처럼 들렸다. 결혼식에서 그의 친구 중 하나가 그의 어떤 점이 마음에 들었냐고 —당시로서는 충분히 적절한 질문이었다—아내에게 물었을 때, 아내는 "재미있는 사람인 것 같아서요"라고 대답했다고 한다.

그는 돌아다니는 종업원들 중 한 명에게 커피 두 잔을 주문했다. 우리는 동떨어진 그늘 아래서 잠시 해변의 해수욕객들을 지켜봤다. 이글거리는 열기 속에서 맨살을 드러낸 사람들은 마치 원시시대 사람들처럼 보였다. 사람들은 반쯤 벌거벗은 채 누워 있거나 천천히 움직이고 있었다.

　나는 그건 결혼의 이유 치고는 나쁘지 않은 것 같다고 대답했고, 그는 어딘가 어두운 표정으로 바다만 응시했다. 두 사람이 만났을 때 그녀는 거의 마흔 살이었지만, 몸과 관련한 세계는 아무것도 모르는 사람이었다고 했다. 매혹적이었던 두 번째 아내와 헤어진 후에, 그런 순수함과 단순함 때문에 세 번째 아내에게 끌렸던 것이지만, 사실 그녀는 낭만적인 면은 조금도 없고, 성에 대해서도 전혀 모르는 여성이었으며, 그런 수녀 같은 삶을 살아온 것은—그가 알기로는, 두 사람이 헤어진 후에 다시 그런 생활로 돌아갔다—기회가 없어서가 아니라, 원래 본성이 그런 사람이었기 때문이었다. 두 사람의 결혼 생활에서 부부만의 은밀한 시간은 상상도 못했던 재앙이었는데, 결혼 직후에 아이를 한 명 갖고 나자 아내는 부부관계를 왜 더 가져야 하는지 도무지 이해하지 못했다. 그것이 그에게는 타격이었고, 그는 어떻게든 극복해보려고 노력했지만 어느 날 밤엔가 아내가 아주 솔직한 어조로, 앞으로 몇 번이나 더 그 관계를 요구할 거냐고 물었다. 자신은 그 일이 즐겁지도 않을뿐더러 분명히 말하지만 왜 해야 하는지 이해가 되지 않는다고 했다. 결국 그도 열정을 잃고 말았다.

　하지만 그는 세 번째 아내를 통해 처음으로 다른 종류의 관계, 사실상 다른 종류의 삶을 살짝 맛본 것 같기는 하다고 인정했다. 그건 이전에는 조금도 관심을 두지 않았던 원칙에 기반한 삶, 품위와 평등함, 미덕, 명예, 자기희생, 그리고 당연히 근검절약에 바탕을 둔 삶이었다. 아내는 상식이 정말 풍부했고, 빈틈없는 태도로 확고하게 원칙을 고수하고, 규칙적으로 생활하고, 집안일을 돌봤다. 덕분에 그의 재정 상태와 건강이 몇 년 만에 가장 좋아지기도 했다. 두 사람의 가정은 평온했고 잘 돌아갔으며, 그런 생활의 가장 큰 원칙은 예측 가능함—그가 늘 회피했던, 거의 두려워했다고까지 할 수 있는 특성—이었다.

그녀를 보고 있으면 어머니가 떠올랐는데, 실제로 '엄마'라는 호칭은 아내가 그렇게 불리기를 원했던 호칭이었고, 그녀 쪽에서도 그를 '아빠'라고 부르고 싶어 했다. 그것은 아내가 어린 시절 그녀의 부모가 서로를 부르는 호칭이었고, 그녀가 아는 부부 사이의 호칭은 그것밖에 없었던 것이다.

그것 또한 그의 관 뚜껑을 닫아버리는 못처럼 답답했지만, 그럼에도 그는 아내가 절대 자신을 이용하거나, 어리석거나, 이기적인 사람이 아니라는 것은 인정했다. 두 사람의 아들에게 그녀는 대단히 훌륭한 어머니였고, 지금도 그렇다. 그 아들은 그의 자식들 중—이 역시 인정할 수밖에 없었다—유일하게 안정적으로 세상에 잘 적응한 자식이었다. 아내는 이혼 과정에서도 아이를 다치지 않게 했고, 일이 그렇게 된 것에 대해 자신의 책임을 기꺼이 인정했기 때문에, 두 사람은 물론 아이를 위해서도 최선의 방법이 무엇인지 함께 정리할 수 있었다.

"나는 그동안 내가 삶이라는 것을, 어떤 의미에서든, 근본적으로 적대적인 어떤 과정으로 이해해왔다는 것을 깨달았습니다. 예를 들어 남녀관계도 내게는, 궁극적으로는 전쟁 이야기였는데, 어느 정도였냐 하면, 내가 실제로 평화를 무서워하는 것은 아닌지, 지루함에 대한 두려움, 말하자면 죽음에 대한 두려움 때문에 일부러 일들을 망치고 있었던 것은 아닌지 가끔씩 의심이 들 정도였으니까요. 처음 당신을 봤을 때, 내가 사랑은—남녀 간의 사랑 말입니다—행복을 되살려내는 것이라고 생각한다고 말했죠. 하지만 그건 뭔가에 대한 관심을 되살려내는 것이기도 합니다. 당신네 작가들은 그걸 줄거리라고 하겠죠."

그가 미소를 지으며 말했다.

"그렇다면, 아내가 지닌 그 모든 미덕에도 불구하고, 나는 이야기가 없는 삶이란 결국, 나로서는 견딜 수 없는 삶이라는 걸 알게 된 거죠."

그는 커피 값을 계산했고, 내가 돈을 내밀자 잠시 머뭇거리더니 손을 내저었다. 우리는 자리에서 일어났다. 차에서 그는 오전 수업이 어땠는지 물었다. 나는 어느새 나를 비난했던 여성에 대해 이야기하고 있었다. 나 역시—한 시간 내내—그녀의 화와 분노가 서서히 끓어오르고 있고, 언젠가 폭발할 것임을 알고 있었다고 했다. 그는 내가 그 여성이 쏟아냈던 장황한 공격을 세세하게 전하는 동안 엄숙한 표정으로 귀를 기울였다. 가장 나빴던 건 그녀의 말에 개인적인 감정이 전혀 담겨 있지 않다는 점이었다고, 나는 말했다. 덕분에 그녀가 계속 나만 쳐다보며 이야기했음에도 내 쪽에서는 스스로 아무것도 아닌 것 같은 느낌, 거기 없는 사람 같은 느낌이 들었다. 바로 그 느낌, 그렇게 공개적인 장소에서 완전히 부정당한 듯한 느낌이 내게 큰 영향을 미친 것 같다고 말했다. 그건, 엄밀히 말하자면 존재하지 않는 무언가를 요약해 보여주는 것 같았다고. 그는 정박장까지 운전하는 동안 말이 없었다. 그가 차를 세우고 시동을 껐다.

"오늘 아침에 집에서요, 주방에서 오렌지 주스를 만들고 있는데, 갑자기 당신한테 뭔가 나쁜 일이 일어나고 있는 것 같은 느낌이 강하게 들었습니다."

그는 차창 너머 하얀 배들이 이리저리 떠다니는 눈부신 바다를 바라보며 말을 이었다.

"아주 이례적인 일이라고 생각했죠. 그렇게 분명한 신호를 받은 것 말이에요. 시계를 보며 시간을 확인했던 것도 기억이 납니다. 오늘 한 번 더 보트를 타러 가지 않겠냐고 문자를 보냈던 게 바로 그때예요. 그때쯤이죠?"

나는 미소를 지어보이며 그렇다고 대답했다. 바로 그때쯤 그의 문자 메시지를 받았다.

"참 이상하네요. 아주 강하게 이어져 있다고나 할까."

그가 말했다.

그가 차에서 내렸고, 나는 약간 어기적거리는 걸음걸이로 물가로 다가가 물에 잠긴 밧줄을 끌어올리는 그의 모습을 지켜보았다. 우리는 지난번에 거쳤던 과정을 그대로 반복했다. 내가 기다리는 동안 그가 갑판에서 준비를 마쳤고, 그런 다음엔 밧줄을 던지고 받은 후, 춤을 추는 커플처럼 서로 위치를 바꾸어 내가 갑판으로 올라갔다. 모든 준비를 마친 그가 엔진에 시동을 걸었고 보트는 부릉부릉 소리를 내며 정박장과, 방파제와, 먼지 속에 반짝이는 금속들을 늘어놓은 것 같은 주차장과, 햇빛을 받아 반짝이는 상점의 창들로부터 멀어졌다.

이번에는 지난번처럼 빨리 달리지 않았다. 옆자리 남자가 나를 배려해서인지, 아니면 지난번에 자신의 능력을 이미 보여줬기 때문에 이번에는 힘을 아끼고 있는 건지 나로서는 알 수 없었다. 나는 천을 덧댄 벤치 위에 앉았고, 이번에도 옆자리 남자의 맨 등이 눈앞에 있었다. 바람이 갑판 위로 스쳤고, 마법에 걸렸다가 풀려나고, 다시 걸리는 것 같은 낯선 기분이 들었다. 그런 전환들이 마치 뭉게구름처럼 사람들의 삶 사이를 지나다니고 있었다. 어떨 때는 불길한 회색빛으로 보이고, 또 어떨 때는 그저 멀리 형체를 알 수 없는 어떤 덩어리로 보이고, 잠시 해를 가리기도 했다가 아무 일도 없었다는 듯 다시 해를 내놓는 그런 구름처럼.

옆자리 남자가 뒤를 돌아보며 엔진 소음 너머로, 막 수니온 곳을 지났다고 말해줬다. 그리스 신화에 따르면 테세우스의 아버지가, 귀환하는 아들의 배가 검은색 돛을 달고 있는 것을 보고 아들이 죽은 것으로 오해한 나머지, 스스로 몸을 던진 절벽이 바로 그곳이었다. 나는 멀리 언덕 위에, 지면이 곧장 바다를 향해 꺾인 것 같은 곳에 부서진 왕관처럼 서 있는 낡은 신전을 바라보았다.

보트가 작은 만 근처에 이르러 속도를 줄일 무렵 옆자리 남자는, 그런 잘못 전달된 메시지라는 게 종종 인생에서 벌어지는, 꽤 잔인한 음모인 것 같다고 말했다. 몇 년 전에 죽은 그의 형은 아주 호감 가고 자상한 사람이었는데, 집에서 점심을 함께 먹기로 한 친구를 기다리다 심장마비로 사망했다. 형이 친구—마침 이 친구는 의사였다—에게 주소를 잘못 알려줬던 것이다. 그의 형은 이사한 지 얼마 지나지 않았기 때문에 아직 주소를 제대로 외우지 못한 상태였다. 그래서 친구가 도시 반대편에 있는 비슷한 이름의 거리를 헤매고 있는 동안, 그의 형은 주방 바닥에 쓰러져 자신의 목숨이 썰물처럼 빠져나가는 것을 느끼고 있었다. 형의 친구가 제시간에 도착하기만 했다면 쉽게 구할 수 있는 목숨이었다. 그의 큰형, 스위스에서 은둔 생활을 하던 그 백만장자 형이 동생의 사망 소식을 듣고 보인 반응은, 아파트에 복잡한 경보 시스템을 설치하는 일이었다. 그의 큰형은 자기 집 주소를 잊어버릴 사람도 아니고, 친구도 없는 구두쇠라서 평생 점심식사에 누구를 초대할 일도 없는 사람이었지만 말이다. 과연 본인이 심장 발작을 일으켰을 때—이건 아마 가족력인 것 같았다—형은 가장 가까이 있던 비상버튼을 눌렀고, 몇 분 만에 헬리콥터에 실려 제네바 최고의 심장전문병원으로 이송되었다.

"가끔은 '안 돼요'라는 말을 들어도 그게 대답이 아니라고 생각해야 하는 건지도 모르겠습니다. 거의 모든 경우에요."

그가—테세우스의 아버지 이야기를 생각하고 있던 모양이었다—말했다.

나는, 오히려 받아들이는 태도의 미덕을, 자기 의지가 거의 드러나지 않는 그런 삶의 미덕을 점점 더 믿게 되는 것 같다고 대답했다. 열심히 노력하면 무슨 일이든 가능하겠지만, 그 노력이라는 게—내가 보기에는—거의 언제나 어떤 흐름을 거스르는 것 같다고, 일들이 원래 가려고 했던 방향과는 다른 방향으로 몰아가는 것 같다고 말이다. 자연에 어느 정도 맞서지 않으면 아무것도 성취할 수 없다고 주장할 수도 있겠지만, 그런 전망에 내포된 어떤 인위적인 면들, 그리고 그 결과들이 내게는—거칠게 말하자면—거의 저주처럼 느껴졌다.

"제가 원하는 것과 지금 제가 확실히 가질 수 있는 것 사이에는 큰 차이가 있잖아요. 그런 현실에 대해 최종적으로, 그리고 영원히 화해할 수 있을 때까지 저는 아무것도 원하지 않기로 했어요."

내가 말했다.

옆자리 남자는 한참 동안 말이 없었다. 그는 바위 위에 새들이 앉아 있고 물살이 소용돌이치는 작은 만으로 보트를 몰고 가서는 닻을 꺼낸 다음, 내 쪽으로 다가와 보트 옆으로 닻을 던졌고, 바닥에 닿을 때까지 천천히 쇠사슬을 내렸다.

"정말 한 명도 없었습니까?"

그가 물었다. 어떤 사람이 있기는 했다고, 나는 말했다. 지금도 좋은 친구로 지낸다고. 하지만 나는 그 관계를 진전시키고 싶지 않았고, 이 세상에서 다른 삶의 방식을 찾아보고 싶었다고 말했다.

보트를 세웠을 때쯤 열기가 더욱 심해져 있었다. 햇빛이 내가 앉은 천을 덧댄 벤치에 곧장 내리쬐고 그늘은 차양 아래뿐이었는데, 옆자리 남자가 그 그늘 안에서 보트 옆면에 기댄 채 팔짱을 끼고 서 있었다. 다가가서 그의 옆에 서는 건 어색할 것 같았다. 등의 맨살이 타는 것 같았다. 바로 그때 그가 몸을 움직였지만 그건 닻을 넣어두는 장비함의 덮개를 열기 위해서였고, 그는 이내 원래 자세로 되돌아갔다. 내가 여전히 많이 아파하고 있다는 건 잘 알겠다고, 그가 말했다. 나와 함께 있으면 자신의 삶에서 오랫동안 생각하지 않고 지냈던 어떤 일들이 떠오른다고, 그래서 본인 안에서도 그때의 몇몇 감정들이 되살아나는 것 같다고 했다.

그의 첫 번째 결혼이 실제로 끝이 난 건 성대한 가족 모임이 있던 날이었다. 양가의 친지들이 모두 아테네 교외에 있는 그의 집에서 점심식사를 하기 위해 모였다. 그 모든 손님들을 맞이할 수 있을 정도로 충분히 큰 집이었다. 모임은 성공적이어서 준비한 음식과 술이 동났고, 손님들이 모두 돌아간 후에 옆자리 남자는 지친 몸으로 잠시 낮잠이나 자려고 소파에 누웠다. 아내는 주방에서 설거지를 하고 있었고, 아이들은 정원 어딘가에서 놀고 있었다. 텔레비전에서는 느릿느릿 진행 중인 크리켓 경기를 중계해주고 있었고, 그렇게 만족스러운 집안 풍경 안에서 그는 깊이 잠들었다.

그는 잠시 말없이, 살집이 많고 하얀 털이 나 있고 핏줄이 불거진 팔을 가슴 위에 얹어 팔짱을 낀 채 서 있었다.

"내 생각에, 아내가 그때 했던 행동은 미리 계획했던 행동이었던 것 같습니다. 거기서 자고 있는 나를 보더니 갑자기 놀라게 해서 자백을 받아내려 한 거라고요. 아내가 소파로 와서는 깊은 잠에 빠져 있던 내 어깨를 잡고 흔들며 깨우더니, 내가 어디인지도 모르고 생각할 겨를도 없었던 그 틈에 묻더군요. 바람피우고 있냐고요. 정신이 없었던 나는 아마 연기를 제대로 못 했던 것 같습니다. 실제로 인정하지는 않았지만, 아내가 자신의 의심을 확신할 여지는 충분히 줬던 거죠. 그리고 거기서부터 말다툼이 시작됐고 결국 결혼 생활이 파국을 맞아, 얼마 후 내가 집을 나오게 된 겁니다. 이미 머릿속에 자기 생각이 확고한 상황에서, 뭔가를 끄집어내기 위해 그런 식으로 내가 제대로 대처할 수 없는 상황을 이용한 것에 대해서는, 지금도 나는 아내를 용서할 수 없어요.

지금까지도 그 일을 생각하면 화가 납니다. 그리고 실제로, 나는 그 일이 그 후에 벌어진 상황을 이미 결정지었다고 생각합니다. 자신이 정당하게 분노하고 있다는 아내의 생각, 우리가 처한 상황에 대해 자기는 어떤 잘못도 인정할 수 없다는 태도, 그리고 이혼 과정에서 나를 몰아붙이던 그 고압적인 태도까지요. 물론 단순히 낮잠 자는 남편을 깨웠다는 것만으로 그녀를 비난할 수는 없겠죠. 깨울 이유가 전혀 없었고, 그렇게 종종 두어 시간씩 낮잠을 자는 게 제 습관이었다고 해도 말입니다.

하지만 나는, 말했듯이, 이후에 아내가 그렇게 불같은 태도를 보였던 건 바로 자신의 그 떳떳하지 못했던 행동 때문이었을 거라고 생각합니다. 사람들은 스스로 떳떳하지 못한 행동을 했을 때 다른 사람에 대해서도 너그럽지 않게 되니까요. 자신의 결백을 어떻게든 상대에게서 얻어내려고 하는 것처럼요."

나는 말없이 그의 고백을, 그게 고백이었는지는 모르겠으나 아무튼, 들었다. 나는 그에게 실망했고, 그런 각성 때문에, 처음으로, 그가 무서워졌다.

"어떤 사람들은 그게 어느 정도까지는, 자기를 지키기 위해 상대에게 잘못을 뒤집어씌운 거라고 생각하겠죠. 그래도 아내 분은 적어도 선생님을 깨웠잖아요. 그냥 그 자리에서 몽둥이로 때려죽이지 않고요."

내가 말했다.

"아무 일도 아니었단 말입니다. 그냥 어리석은 짓이었어요. 사무실에서 어쩔 수 없는 상황에서 벌어진 불장난이었다고요."

그가 손사래를 치며 말했다. 그가 그 말을 할 때 얼굴에 노골적인 죄책감이 스치는 것을 보고, 마치 당시 소파 위에서 벌어진 상황이, 그렇게 오랜 시간이 흐른 뒤에, 눈앞에 그대로 펼쳐지는 것 같은 기분이 들었다. 나는 그가 거짓말에 능한 사람이 아니라는 것은 잘 알겠다고, 나로서는 아이들의 엄마인 아내 분에게 공감하지 않을 수 없다고 말했다. 물론 그건 그가 자신의 이야기에 대해 원했던 반응은 아니었을 것이다. 그는 어깨를 으쓱해 보였다. 그리고, 결혼이—10대 때 약혼을 할 정도로 출발이 좋았던 그 결혼이—지루하다고는 할 수 없지만, 거의 아무 느낌이 들지 않을 정도로 편안한 관계가 된 것이 왜 모두 자기 탓이냐고 말했다. 결과가 어떻게 될지 알았더라도—그가 말끝을 흐렸다—그렇더라도 비슷한 상황은 피할 수 없었을 거라고, 그는 인정했다.

은밀한 연애는, 비록 사소한 일이었지만, 멀리서 바라본 도시의 불빛처럼 그를 부르고 있었다. 그는 특정한 여성이 아니라 자극이라는 개념 자체에 끌리고 있었다. 그 넉넉함과 환함으로—그의 말처럼 먼 곳에서—자신을 환영해주는 것 같았던 어떤 기대, 그 먼 곳이 주는 익명성 안에서 그라는 인간 자체가, 아내에게, 그전에는 부모님과 형제, 삼촌, 고모들에게서 온전히, 하지만 제한적으로만 알려졌던 그라는 존재가, 다시 평가받을 수 있을 것 같았다. 그 밝은 세계를 찾아 헤맸던 건, 그들이 아는 그의 모습에서 자유로워지고 싶었기 때문이다. 이제 와서 보면, 젊은 시절에 그 밝은 세계가 실제보다 훨씬 더 방대할 거라고 믿었던 건 실수였다.

그는 여성과의 관계에서 환상이 깨지는 경우를 셀 수 없을 정도로 많이 겪었다. 하지만 사랑에 빠질 때마다 그 감정—새로운 사람이 되는 것 같았던 기대감—은 늘 함께 있었고, 그 모든 일들에도 불구하고, 그 경험은 그의 인생에서 가장 강력한 순간들이었다.

나는 그가 자신의 이야기에서 어떻게 환멸과 깨달음의 관계를 구분할 수 없는지 의아하다고 말했다. 자신이 모르는 것만 사랑할 수 있었다면, 그리고 그 역시 아직 알려지지 않은 모습으로만 사랑받을 수 있었다면, 상대를 알고 나면 그 환상은 깨질 수밖에 없고, 결국 그런 상황에서 유일한 처방은 다른 사람과 새로운 사랑에 빠지는 것밖에 없었을 것이다. 침묵이 흘렀다. 거기 서 있는 그가 갑자기 생기 없고 나이 들어보였다. 올챙이배 위로 털이 많은 팔을 팔짱 끼고, 수영복은 두 다리 사이에 축 늘어져 있고, 새를 닮은 얼굴은 난처한 표정을 띤 채 그대로 굳어버린 것 같았다. 반짝이는 물살과 뜨거운 태양 아래서, 침묵이 길어졌다. 보트의 옆면을 두드리는 물소리와, 바위 위에 앉은 갈매기의 울음소리와, 본토에서 들려오는 희미한 엔진 소리가 들렸다. 옆자리 남자가 고개를 들고, 바다를 내다봤다. 뚱한 표정으로 수평선을 살피는 그의 몸짓이, 아주 긴 대사를 시작하기 전의 배우처럼, 긴장되고, 자의식에 가득 차 있는 것처럼 보였다.

"내가 당신한테 왜 그렇게 끌렸는지 줄곧 생각해봤습니다."

그가 말했다. 너무 갑작스럽게 말을 꺼내는 바람에 나는 크게 웃음을 터뜨렸다. 그런 반응에 그는 놀라고 당황하는 것 같았지만, 그럼에도 그는 나를 향해 다가왔다. 그늘에서 나와 햇살 속으로, 동굴에서 나오는 원시인처럼 느릿느릿하지만 거침없는 발걸음이었다. 그는 몸을 숙이고, 어색한 동작으로 내 발밑에 있던 아이스박스를 피하며, 옆에서 나를 안으려고 했다. 그렇게 한쪽 팔을 내 어깨에 두른 채 얼굴을 내 얼굴 가까이 들이댔다. 그의 입 냄새가 나고, 숱이 많은 그의 회색 눈썹이 내 피부에 닿았다. 엄청나게 큰 부리 같은 입이 눈가에 어른거리고, 흰 털로 뒤덮인 집게발 같은 손이 내 어깨를 더듬었다. 순간적으로, 그라는 건조한 회색빛 존재에게 포위된 것 같은 기분이었다. 마치 원시인이 박쥐의 날개 같은 자신의 날개로 나를 감싸는 것만 같았고, 비늘 모양을 한 그의 입이 목표물을 찾지 못하고 내 볼 언저리를 헤매고 있는 것이 느껴졌다. 그 모든 일이 벌어지는 동안 나는 꼿꼿하게 앉아서 정면에 있는 운전대만 바라보았고, 마침내 그도 그늘 속으로 다시 물러났다.

나는 햇볕을 피해 수영을 하고 싶다고 말했고, 그는 말없이 고개를 끄덕이고는, 나를 지켜봤다. 나는 보트 옆면으로 다이빙을 하고 작은 만을 건너갔다. 지난번에 거기에 있었던 보트와 거기에 탄 가족들을 떠올리고, 그들에 대한 향수에 가까운 낯선 아픔을 느꼈다. 그 감정은 이내 나의 아이들을 보고 싶은 마음으로 이어졌는데, 갑자기 그 아이들이 너무 멀리 있는 것처럼 느껴져, 마치 그들이 이 세상에 있다는 것을 믿기 어려울 정도였다. 나는 갈 수 있는 데까지 멀리 헤엄쳐나갔지만 결국 보트로 돌아와 계단을 올랐다.

옆자리 남자는 옆에 부표가 잔뜩 달린 가는 밧줄을 풀고 다시 조정하는 작업에 열중하고 있었다. 나는 물을 뚝뚝 흘리며 갑판에 서서 그를 지켜보았다. 햇볕에 타서 아픈 어깨에는 수건을 둘렀다. 그는 주머니칼을 쥐고 있었다. 커다랗고 빨간 스위스 칼에서 톱니처럼 생긴 기다란 날을 펴서는 해진 밧줄 끝을 꼼꼼하게 다듬었는데, 날이 움직일 때마다 두꺼운 팔뚝이 움찔거렸다. 그는 내가 지켜보는 앞에서 다시 밧줄을 묶은 후에 여전히 칼을 손에 쥔 채 나를 향해 다가왔다. 수영은 잘하고 왔냐고, 그가 물었다.

"네, 이렇게 아름다운 곳에 데려와주셔서 감사해요."

내가 대답했다. 그리고, 나는 그 어떤 남자와도 관계를 맺고 싶지 않다고, 지금도 그렇고 아마 앞으로도 그럴 거라는 걸 꼭 알아주셨으면 한다고 덧붙였다. 그 말을 하는 동안 햇빛이 불편하게 얼굴에 내리쬐고 있었다.

"제가 가장 소중히 여기는 것은 우정이에요."

그가 이런저런 칼날들을 폈다가 다시 집어넣으며 그렇게 말했다. 쇠로 된 날붙이들이 그의 손가락 사이로 보였다가 사라지는 모습을 지켜보았다. 칼날들은 하나같이 독특한 모양이었는데, 어떤 것은 가늘고 긴가 하면, 또 어떤 것들은 이상한 각도로 꺾이거나 휘어 있었다.

"이제, 괜찮으시다면 돌아가봐야 할 것 같은데요."

내가 말했다.

"그래야죠."

천천히 고개를 숙이며 그가 말했다. 그전에 해야 할 일이 있다고, 괜찮으면 자신이 몸을 좀 식히는 동안 기다렸다가, 함께 가자고 그는 덧붙였다. 그가 짧고 묵직한 자유형으로 물살을 가르며 수영을 하는 동안, 갑판 어딘가에서 그의 휴대전화가 울렸다. 나는 거기 햇빛 아래서, 전화벨 소리가 멎기를 기다리며 앉아 있었다.

8

내 친구 엘레나는 대단히 아름다웠고, 라이언은 제정신이 아니었다. 그는 거리를 어슬렁거리다 술집에 앉은 우리를 발견한 것이다.

"완전 종이 다른 사람이네요."

엘레나가 잠깐 실례한다며 전화를 하러 나간 사이에 그가 말했다. 엘레나는 서른여섯 살이고, 지적이며, 옷을 아주 잘 입었다.

"비율이 완전 다르네."

그가 말했다.

가파른 언덕의 좁은 골목에 있는 술집이어서 의자와 테이블이 기울어져 있고, 고르지 못한 보도의 바닥 때문에 흔들거리기까지 했다. 직전에도 한 여자 관광객이 뒤쪽 화단으로 넘어지는 광경을 목격했다. 여성이 들고 있던 쇼핑백과 여행안내서가 사방에 흩어지고, 그녀의 남편은 놀란 표정으로 앉아 있었는데, 넘어진 당사자보다 남편이 더 창피해하는 것 같았다. 남편은 목에 쌍안경을 걸고 있었는데, 아내가 마르고 뾰족한 풀들 사이에서 발버둥치는 동안에도 하이킹 신발을 신은 남편의 발은 테이블 밑에서 꼼짝도 하지 않았다. 결국 그가 테이블 너머로 손을 뻗어 아내를 도와주려 했지만, 아내의 손은 닿지 않았고, 결국 그녀는 혼자서 힘들게 다시 일어나야 했다.

나는 라이언에게 오늘은 뭘 했냐고 물었다. 그는 박물관을 한두 군데 들렀다가 오후에는 아고라 주변을 배회했는데, 솔직히 말하자면 좀 힘들었다고 했다. 전날 밤늦게까지 젊은 수강생들 몇 명과 어울렸던 모양이다. 수강생들이 여러 술집으로 안내했는데, 이동할 때마다 40분은 족히 걸어야 했다.

"제 나이를 실감했죠. 저는 그냥 술을 한잔하고 싶었을 뿐이었는데 말입니다. 어디서 난 술인지, 어떻게 나한테 오게 됐는지는 중요하지 않거든요. 입술 모양 소파에 앉아 술을 마시겠다고 도시 반대편까지 갈 필요는 없잖아요. 어쨌든 좋은 친구들이기는 했습니다."

그 친구들이 그리스어 단어도 몇 개 가르쳐주었다고 했다. 그렇다고 그의 그리스어 실력이 얼마나 달라졌는지는 모르겠지만, 또한 그의 발음은 어쩔 수 없겠지만, 그럼에도 말과 관련된 그런 감각을 얻는 것은 흥미로웠다고 그는 말했다. 영어의 많은 뜻이 그리스어 합성어에서 유래했다는 점은 그도 모르는 사실이었다. 예를 들어 '생략'ellipsis이라는 단어는, 그 친구들의 설명에 따르면, 어원 그대로는 '침묵 속에 숨다'라는 의미였다.

"멋지지 않아요?"

그가 말했다. 엘레나가 돌아와 다시 자리에 앉았다. 그녀의 차림새는, 특히 오늘 저녁에는, 인어 같았는데, 온몸이 곡선과 파형으로만 이루어진 것 같았다.

"제 친구가 잠시 후에 보자고 하네요. 여기서 멀지 않은 곳이에요."

그녀가 말했다.

라이언이 눈을 크게 뜨며 물었다.

"두 분이 어디 가시는 건가요?"

"멜레테 만나러요. 이름이 익숙하죠? 그리스에서 꽤 유명한 레즈비언 시인이에요."

엘레나가 말했다.

라이언은 실제로 몸이 좋지 않은 것 같다고, 우리 약속에는 따라갈 수 없을 것 같다고 했다. 이미 말했듯이, 어제 너무 늦게까지 돌아다녔는데, 새벽 3시에 아파트에 돌아와 보니 왕쇠똥구리처럼 생긴 벌레들이 곳곳에 날아다니고 있어서 신발로 모두 때려잡았다고 했다. 누군가—라이언 본인은 아니었다—

불을 켜둔 채 창문을 활짝 열어놓고 나간 것이다. 그러면서도, 자신이 너무 아무렇지도 않게, 신이 나서 벌레들을 때려잡고 있는 것 아닌가 하는 생각이 들었다고 했다. 더 젊었을 때는 겁이 나서 그렇게 못했을 거라고.

"부모가 되면 사람이 용감해지기도 하죠. 아니면 아무 거리낌이 없어진다고나 할까요."

그는 어젯밤 20대 젊은이들과 어울리며 그런 느낌이 들었다고 했다. 그 또래들이 몸과 관련해서 얼마나 소극적인 태도를 지녔는지 잊고 있었다고.

뜨거운 황혼이 빠르게 지는가 싶더니, 어느새 골목길은 어둠에 잠겼다. 하이킹 신발을 신은 남자와 그의 아내는 자리를 뜨고 없었다. 라이언의 휴대전화가 울렸고, 그는 전화기를 들어 이 빠진 얼굴로 웃고 있는 남자아이의 사진이 뜬 액정을 우리에게 보여주었다.

"잘 시간인데, 그럼 다음에 봐요."

그는 그렇게 말하고는 자리에서 일어나 손을 흔들고, 전화통화를 하며 언덕 쪽으로 걸어갔다. 엘레나가 술집 안으로 들어가 자기 회사 신용카드로 계산을 했다. 그녀는 출판사 편집자였는데 엄격히 말하자면, 우리의 미팅도 일의 일부라고 할 수 있다고 말했다. 그런 다음 우리는 조명이 빛나고 소란스러운 대로를 향해 걸었다. 굽이 높은 샌들을 신은 그녀는 내 옆에서 빠르고 가벼운 걸음으로 걸었다. 입고 있는 원피스는 니트 소재였고 색깔은 그녀의 머리 색깔과 같은 짙은 금색이었다. 지나가는 남자들이 모두, 차례대로, 그녀를 쳐다봤다.

우리는 거의 비어 있는 콜로나키 광장을 지났다. 어두운 벤치에 노숙자 한두 명이 웅크리고 누워 있고, 여자 한 명이 마른 흙이 여기저기 묻은 신발을 신은 채 낮은 콘크리트 담장에 앉아 크래커를 먹고 있고, 남자아이 한 명이 신문가판대 앞에서 초콜릿 바를 멍하니 쳐다보고 있었다. 우리는 골목길을 지나 작은 광장으로 나아갔다. 광장을 둘러싼 식당들 테라스에 앉은 사람들이 내는 소리로 시끄러웠고, 사람들의 얼굴은 어둠 속에서 전등 불빛을 받아 반짝였다. 그 열기와 소음, 그리고 어둠 속에 빛나는 전등이 틀림없는, 끊임없이 부서지는 파도처럼 틀림없는, 흥겨운 분위기를 만들어내고 있었다. 식당들은 모두 그게 그거 같았지만, 엘레나는 몇 곳을 그냥 지나친후 한 가게 앞에서 결정했다는 듯이 멈춰섰다.

"여기예요. 멜레테가 먼저 자리 잡고 있으라고 했어요."

그녀는 그렇게 말하고는, 테이블 사이를 헤치고 지나가, 경찰관처럼 빈틈없는 자세로 서 있는 종업원에게 말을 걸었고, 종업원은 그녀의 말을 들으며 고개를 저었다.

"자리가 없다네요."

그녀가 양손을 늘어뜨린 채 풀이 죽은 목소리로 말했다.

그녀는 너무 실망한 나머지 그 자리를 뜨지 못하고 테이블 사이에 서서, 일어나려는 손님이 없는지 살폈다. 그 광경을 지켜보던 종업원이 생각을 바꾼 모양인지, 모퉁이에 내실이 하나 있는데 거기도 괜찮겠느냐고 물었다— 엘레나가 그렇게 통역해주었다. 그가 자리를 보여주었고, 엘레나는 내키지 않는다는 듯이 자세히 자리를 살피면서 서 있었다.

"벽이랑 너무 가까운데, 여기 괜찮을까요?"

그녀가 내게 물었다. 나는 벽 가까이 앉아도 상관없다고, 원하면 그녀가 벽에서 떨어진 자리에 앉으라고 대답했다.

"왜 그렇게 짙은 색 옷을 입으세요?"

자리를 잡은 후에 엘레나가 내게 물었다.

"저는 이해가 안 돼서요. 저는 더울 때는 밝은색 옷만 입거든요. 그리고 조금 타신 것 같은데. 어깨 사이에, 네, 거기, 피부가 익었어요."

나는 오후에 보트를 탔는데, 같이 나간 사람이 등에 선크림을 발라 달라고 부탁할 정도로 잘 아는 사람이 아니었다고 대답했다. 그녀가 누구냐고, 남자였냐고 물었다.

"네, 여기 오는 비행기에서 만나서 잠깐 이야기했던 사람이

216

에요."

내가 그렇게 대답하자, 엘레나가 눈을 크게 뜨며 놀란 표정을 지었다.

"선생님이 낯선 사람과 함께 보트를 타고 나가는 일이 가능할 거라고는 전혀 상상도 못 했는데요. 어떤 남자였어요? 마음에 드셨어요?"

나는 눈을 감고 옆자리 남자에 대한 나의 감정을 정리해보려고 했다. 다시 눈을 떴을 때 엘레나는 여전히 나를 쳐다보며 대답을 기다리고 있었다. 나는 누구를 좋아하느냐, 좋아하지 않느냐 하는 식으로 생각하는 일 자체가 너무 낯선 일이 돼버려서 그녀의 질문에는 대답할 수 없겠다고 말했다. 옆자리 남자와의 일은, 서로 상반된 감정을 동시에 느끼는 어떤 상황에 대한 완벽한 예라고 할 수밖에 없었다.

"그래도 같이 보트 타고 나가는 건 괜찮다고 하신 거잖아요."

그녀가 말했다.

"날씨도 더웠고, 정박장을 출발할 때만 해도 우리는 분명 우정 관계였거든요. 내 생각이었을 뿐일지도 모르지만."

나는 먼 바다에 닻을 내리고 나서, 그가 내게 키스하려 했던 상황을 이야기했다. 그는 노인이고, 추하다고 말하면 너무 잔인하겠지만, 어쨌든 그의 몸이 가까이 다가왔을 때는 놀라기도 했지만, 역겨웠다고 말했다. 그가 그런 행동을 할 수도 있다는 생각은 전혀 못했다고, 정확히 말하자면, 감히 그런 짓을 할 수는 없을 거라고 생각했다고 말했다. 그녀는 그런 가능성을 생각하지 못했던 내가 너무 순진했던 거라고 지적했고, 나는 우리 두 사람의 차이가 너무 명백하다고 생각했는데 그 사람은 그러지 않았던 모양이라고 말했다.

그녀는 사실을 똑 부러지게 그에게 말했기를 바란다고 했지만, 나는 오히려, 그의 감정을 상하게 하지 않으려고 아주 많이 애썼다고 대답했다. 그녀가 잠시 생각에 잠겼다가 말했다.

"만약 선생님이 그분에게 사실을 말했다면, 그러니까 '이봐요, 당신은 나이도 많고, 작고 뚱뚱하잖아요. 내가 여기 나온 이유는 당신 보트를 얻어 타고 싶어서일 뿐이라고요'라고 말했다면요."

그녀는 웃음을 터뜨리고 메뉴판으로 부채질을 했다.

"그분에게 그렇게 말했다면, 아시겠죠, 그분도 나름대로 사실을 말했을 거예요. 내가 솔직하게 나가면 상대에게서도 솔직함을 끌어낼 수 있는 거니까."

그녀 본인으로 말하자면, 바로 그런 식으로 솔직한 태도를 취함으로써 남자들에 대한 환상을 깨고 바닥을 볼 수 있었다고 말했다. 그녀를 죽을 만큼 사랑한다고 말했던 남자들이 바로 다음 순간 대놓고 그녀를 모욕하곤 했는데, 어떤 의미에서는, 바로 그렇게 서로 솔직해지는 순간이 자신이 누구인지, 자신이 실제로 원하는 것이 무엇인지 제대로 알 수 있는 순간이었다. 그녀가 견딜 수 없는 것은 어떤 종류의 가식, 마치 실제로는 단지 그 순간에 그녀를 이용하고 싶을 뿐인 어떤 남자가, 마치 그녀를 온전히 원하는 것처럼 행동하는 거라고 했다. 그녀 본인도 기꺼이 다른 사람을 이용하려 할 때가 있지만, 서로 그런 의도를 인정한 후에만 그렇게 한다고 그녀는 말했다.

엘레나에겐 보이지 않았겠지만 여우처럼 생긴 날씬한 여성이 우리 테이블 쪽으로 다가오고 있었다. 나는 멜레테일 거라고 생각했다. 그녀가 소리 없이 엘레나의 뒤로 다가와 그녀의 어깨에 손을 살짝 내려놓았다.

"야사스."*

그녀가 차분한 목소리로 말했다. 남자 옷 같은 검은색 코트와 바지 차림에, 수줍어하는 듯한 길고 뾰족한 얼굴 양쪽으로 짧고 곧은, 윤이 나는 머리칼을 날개처럼 양쪽으로 묶은 모습

* 격식 없는 그리스어 인사.

이었다.

엘레나가 인사를 하기 위해 의자에서 몸을 돌렸다.

"어머, 선생님도! 어두운색 옷이네요, 두 분 다요. 왜 늘 짙은 색 옷을 입으시는 거예요?"

그녀가 놀라며 말했다. 멜레테는 바로 대답하지 않았다. 그녀는 비어 있는 의자에 앉아 등을 기대고, 다리를 꼰 다음, 조끼 주머니에서 담배를 꺼내 불을 붙였다.

"엘레나, 사람의 외모에 대해 이야기하는 건 예의 바른 일이 아니에요. 옷을 어떻게 입을지는 각자 알아서 하는 거니까."

그녀가 말했다. 그녀는 테이블 너머로 손을 뻗어 나와 악수했다.

"여기는 좀 소란스럽네요. 방금 듣는 사람이 여섯 명밖에 없는 곳에서 시 낭독회를 하고 왔는데, 너무 대조적이에요."

그녀는 그렇게 말하고는 담배를 손가락에 끼운 채, 테이블에 놓여 있는 와인 리스트를 펼쳐서 살펴보았다. 섬세한 모양의 코가 가끔씩 찡긋거렸고, 윤이 나는 머리칼이 뺨 위로 흘러내렸다.

여섯 명 중의 한 명은 그녀가 참석하는 모든 공식행사에 오는 남자인데, 늘 맨 앞줄에 앉아서 그녀를 보며 인상을 쓴다고, 그녀가 고개를 들고 말했다. 벌써 몇 년째 그러고 있는 모양이었다. 연단에서 고개를 들어보면, 아테네뿐 아니라 꽤 떨어진 다른 도시에서도, 어김없이 그 남자가 앞자리에 앉아 혀를 내밀고 무례한 손짓을 해보인다는 것이었다.

"아는 사람인가요? 얘기는 해보셨어요?"

엘레나가 놀란 어조로 물었다.

"제 학생이었어요. 학부에서 제 강의를 들었던 학생이죠. 아주 오래전에, 제가 대학에서 강의할 때요."

멜레테가 말했다.

"선생님이 어떻게 하셨는데요? 왜 그런 식으로 선생님을 괴롭히는 거죠?"

"제 생각에는, 아무 이유 없이 그러는 것 같아요. 저는 그 친구한테 아무 짓도 안 했거든요. 심지어 제 학생이었다는 것도 기억이 안 날 정도였으니까요. 제가 가르쳤던 수업들 중 하나를 들었던 모양인데, 수강생이 50명도 넘었어요. 알아볼 리가 없죠. 뭔가 특별한 일이 있었나 기억해보려 했지만, 정말로 없더라고요. 혹시 과거에 제가 실수한 일이 없었는지 살펴보기 시작하면 남은 평생 그 생각만 하며 허비할 수도 있겠죠. 신화에 나오는 인물들은 자신들의 불행이, 과거에 이런저런 신들을 만족시키지 못했던 일 때문이라고 생각하잖아요. 하지만 진짜 이유는 따로 있죠. 그들은 그냥 제정신이 아닌 거예요."

멜레테가 담배 연기를 길게 뱉으며 말했다.

"그 사람이랑 대화는 해보셨어요?"

엘레나가 물었다.

멜레테는 천천히 고개를 저었다.

"말씀드렸듯이, 제대로 기억도 나지 않는 사람인걸요. 제가 사람을 잘 잊어버리는 편도 아닌데요. 말하자면 저는 가장 예상치 못했던 곳에서 공격을 받은 셈이죠. 사실, 이 학생은 제게 위협이 될 가능성이 가장 낮았던 사람이었어요."

가끔은, 바로 그 사실 때문에 그 학생이 그런 행동을 시작한 것처럼 보이기도 한다고 멜레테가 말했다. 다른 말로 하자면, 그녀의 현실 감각이 스스로 그런 공격을 불러온 거라고, 그녀의 외부에서 그녀에 대한 조롱과 증오를 만들어내고 있다고 말이다.

"하지만 말했듯이, 그런 생각은 어떤 종교적 감각에 속한 것이고, 우리 시대에는 정신분석학에서 다루는 거잖아요. 저는 차라리 광기라고 부르고 싶네요. 제 광기든 그 학생의 광기든 말이에요. 그래서 저는 그 친구를 좋아해보려고 애쓰고 있어요. 고개를 들어보면 늘 그 친구가 혀를 내민 채 손가락을 흔들어 보이고 있죠. 사실 그 친구는 과거의 그 어떤 남자친구들보다 저에게 더 의존하고, 충실한 사람인 셈이에요. 그러니 저도 사랑을 되돌려주려고 애쓰고 있어요."

그녀는 와인 리스트를 덮고 손가락을 들어 종업원을 불렀다. 엘레나가 그녀에게 그리스어로 뭐라고 했고, 두 사람은 잠시 의견 일치를 보지 못했다. 중간에 합류한 종업원은 최종적으로 멜레테의 편을 드는 것 같았고, 엘레나가 여전히 의견을 말하는 중간에 황급히 멜레테의 주문을 받고는 고개를 끄덕였다.

"엘레나는 와인에 대해서는 아무것도 몰라요."

멜레테가 나를 보며 말했다. 정작 엘레나 본인은 그 말에 전혀 상처를 받지 않은 것 같았다. 엘레나는 다시 멜레테를 공격하는 남자 이야기로 화제를 돌렸다.

"선생님 말씀에 따르면, 그건 완전한 종속인데요. 적을 사랑해야 한다는 건 말도 안 되는 이야기예요. 그건 전적으로 종교적인 명제일 뿐이죠. 내가 증오하는 것, 나를 증오하는 것을 사랑한다는 말은 나의 패배를 인정하는 것과 마찬가지예요. 나를 짓누르는 것을 받아들인 후에 기분이 좋고 싶어서 하는 말일 뿐이라고요. 그리고 선생님이 그 제자를 사랑한다고 말하는 건 그가 정말로 선생님을 어떻게 생각하고 있는지 알고 싶지 않다고 말하는 것과 같아요. 직접 대화를 해보면, 알 수 있겠죠."

나는 주변의 다른 테이블들을 살폈다. 옆에 있는 테라스 테이블들이 빽빽하게 차 있었고, 덕분에 광장 전체가 대화로 불타오르는 것 같았다. 이야기에 빠진 사람들 사이로 걸인들이 여기저기 돌아다니고 있었는데, 사람들은 한참 후에야 걸인들을 알아보고 돈을 주거나 그냥 물리쳤다. 그 광경을 몇 번이나 목격했다. 식사나 대화에 푹 빠져 있는 사람들, 삶의 한가운데에 있는 사람들 뒤로 유령 같은 사람들이 아무 기척도 없이 서 있는 광경. 아무런 생기도 느껴지지 않는 작은 몸집에 후드 티를 입은 여인이 우리 테이블 주위를 어슬렁거리다가 다가와, 뭐라 중얼거리며 집게발 같은 손을 뻗었다. 멜레테가 동전을 그녀의 손바닥에 놓고 부드럽게 손을 쓰다듬으며 뭐라고 말하는 모습을 지켜보았다.

"그 친구가 무슨 생각을 하는지는 중요하지 않아요. 그 친구가 무슨 생각을 하는지 제가 알게 되면, 그 친구와 저를 헷갈려 하게 되겠죠. 그리고 저는 다른 사람의 생각에 따라서 제 태도를 바꾸지는 않아요. 다른 사람 시를 보면서 제 시를 쓰지 않는 것과 마찬가지죠."

그녀가 말했다.

"하지만 그 사람에겐 이게 일종의 게임이자 환상인 거예요.

남자들이 이런 게임을 즐기죠. 그리고 그들은 정말로 상대가 솔직하게 나오는 걸 두려워하는데, 왜냐하면 그러면 게임을 망치게 되는 거니까요. 남자에게 솔직하게 말하지 않으면 그 남자가 게임을 계속할 수 있게, 계속 자기 환상 속에서 지낼 수 있게 내버려두는 거예요."

엘레나가 말했다. 마치 그녀의 말이 옳다고 확인이라도 하듯이, 테이블에 놓여 있는 내 휴대전화가 울렸다. 옆자리 남자가 보낸 문자메시지였다. '보고 싶습니다'라고 적혀 있었다.

스스로에 대해서나 서로에 대해서 그런 환상을 벗어났을 때 비로소 사람들은 이런저런 일들의 진짜 가치를 알아볼 수 있고, 옛날에 어떻게 보였는지도 알아볼 수 있는 진실의 경지에 이르는 거라고, 엘레나는 덧붙였다. 그런 진실들 중 몇몇은 추하지만, 그렇지 않은 것도 있었다. 최악의 경우는, 그녀가 보기에는, 어떤 사람의 다른 모습이 보이지 않는 곳에 엄연히 존재하고 있는데, 보이는 한쪽 모습만 그 사람의 전부라고 생각하고 상대하려는 태도라고 그녀는 말했다. 어떤 남자에게 지저분한 면이 있다면, 그녀는 곧장 그런 모습을 파고들어가 정면으로 마주하려 했다. 그런 모습이 관계의 뒷면으로 숨어들어가 어슬렁거리는 것을 그녀는 원하지 않았다. 오히려 그런 모습을 자극하고, 전면으로 끌어내서, 자신이 등을 돌린 사이에 그것이 공격하는 일을 피하려 했다.

멜레테는 웃음을 터뜨렸다.

"그런 논리라면, 어떤 관계도 불가능해요. 서로를 스토킹하는 사람들밖에 남지 않을 거예요."

종업원이 와인을 가지고 왔다. 잉크빛 병에 라벨이 달리지 않은 작은 병이었다. 멜레테가 와인을 따랐다.

"그 말은 맞아요. 그렇게 상대를 자극하는 저의 태도를 사람들은 좀처럼 이해하지 못하더라고요. 하지만 저한테는 정말 완벽하게 말이 되는 행동이거든요. 물론 그런 태도 때문에 거의 모든 관계가 파국을 맞았다는 건 저도 인정해요, 왜냐하면 그런 파국이라는 것이—선생님 말씀처럼, 논리적으로는—가끔은 제가 의도한 파국이기도 하니까요. 다른 말로 하자면, 어차피 끝날 관계라면 가능한 한 빨리 그 결과를 알고 직접 마주하고 싶은 거예요. 가끔은 그 과정이 너무 빨라서 관계가 시작되자마자 끝나버리는 경우도 있어요. 제가 맺는 관계에는 도무지 이야기라는 것이 없다는 느낌이 들 때가 아주 많은데, 그 이유는 제가 너무 앞서갔기 때문이죠. 마치 결말을 빨리 알고 싶어서 책의 중간을 건너뛰는 것처럼요. 저는 모든 것을 곧장 알고 싶어요. 중간에 있는 시간을 거치지 않고 내용만 알고 싶은 거죠."

엘레나가 말했다. 지금 만나고 있는 남자—이름은 콘스탄 틴이라고 했다—가 난생처음으로 그런 자신의 경향을 의심 하게 만들었다고, 엘레나는 말했다. 솔직히 말하면 그는, 지금 까지 만났던 그 어떤 남자와도 다르게, 그녀와 급이 맞는 인물 이었다. 똑똑하고, 잘생기고, 재미있고, 지적인 남자였다. 그 와 나란히 서는 게 좋았고, 그의 모습에 비친 자기 자신의 모 습을 보는 것이 좋았다. 또한 그는 자신만의 윤리적인 기준과 태도를 지닌 사람이었고, 덕분에 그녀는—이미 말했듯이, 난 생처음으로—그의 주위에 보이지 않는 어떤 경계가 있는 것 같은 느낌이 들었다. 그 선이 너무 뚜렷해서, 물론 그렇게 말 하는 사람은 아무도 없었지만, 그녀로서는 그 선을 넘을 수가 없었다. 이전의 어떤 남자에게서도 그런 종류의 선, 그 경계를 그만큼 뚜렷하게 느껴본 적이 없었다. 남자들의 방어선은 보 통은 환상이나 착각에서 만들어진 어설픈 것이 대부분이었기 때문에, 그런 선을 넘었다고 해서 그녀를 비난하는 사람은— 우선은 남자들 당사자들부터가—아무도 없었다.

따라서 그녀는 콘스탄틴 옆에서는 그가 자신을 경계하고 있는 것 같은 느낌이 들었다. 마치 그녀가 그의 집에 무단침입 하거나 그의 물건을 훔치기라도 할 것처럼, 그에게 달려들어 진실을 캐내기라도 할 것처럼 말이다. 뿐만 아니라 그녀는 실제로는, 그에게서 마음에 들었던 모습, 자신과 급이 맞는다고 생각했던 그 모습이 무서워지기까지 했다.

그러므로 그녀가 상대방을 그렇게 빨리 무장 해제시키는 데 사용했던 무기, 즉 상대를 다치게 할 힘이 이번에는 그의 손아귀에 있었다. 최근에 있었던 파티에서, 그녀는 콘스탄틴을 데리고 가 친구들에게 소개했는데, 자신이 아는 사람들에게 그를 자랑할 수 있어 기분이 좋았다. 다른 사람들의 눈을 통해 그의 잘생긴 외모와, 재치와, 흠잡을 데 없는 태도를 확인할 수 있었는데, 그 반대도 마찬가지였던 것이, 파티가 열린 집은 예술가들과 흥미로운 사람들이 가득한 곳이었기 때문이다. 그러던 중에 그가 어떤 여성, 그녀가 알고 지내지만 그리 좋아하지는 않는 야나라는 여성과 나누는 대화를 우연히 엿듣게 되었다.

야나에 대한 경멸감 때문에 일부러 엿듣고 싶은 마음이 들었던 것도 사실이다. 그녀는 콘스탄틴이 무슨 말을 하는지 알고 싶었고, 야나가 지적이고 잘생긴 자신의 남자친구를 보고 질투하는 모습을 상상하고 싶었다. 야나는 콘스탄틴이 이전의 결혼에서 낳은 두 아이에 대해서 물었고, 그런 다음 아무렇지 않다는 듯이, 엘레나가 듣고 있는데도, 아이를 더 가질 생각이 있는지 물었다. 콘스탄틴은 "아니요"라고 대답했고, 그

말을 들은 엘레나는 사방에서 칼이라도 맞은 것 같은 기분이
들었다. 아니라고, 그는 아이를 더 원하지 않는다고 말했다.
그는 지금 상태 그대로 행복하다고.

그녀가 와인 잔을 들어 한 모금 마셨다. 손이 떨리고 있
었다.

"아이 문제를 논의한 적은 없었거든요. 분명 저한테는 충분
히 생각해볼 만한 문제였고, 제가 아이를 원하게 될 수도 있잖
아요. 갑자기 그렇게 즐거웠던, 행복했던 그 파티가 고문이 됐
죠. 저는 더 이상 웃거나 미소를 지을 수 없었고, 심지어 그 누
구와도 대화를 할 수가 없었어요. 그냥 사라져서 혼자 있고 싶
었지만, 파티가 끝날 때까지 그와 함께 거기 남아 있어야만 했
죠. 당연히 그도 제 기분이 좋지 않다는 걸 알아차리고는 왜
그러냐고 물었어요. 그날 저녁은 물론 밤까지 계속 뭐가 잘못
된 건지 말해달라고 이야기했어요. 다음 날 아침에 콘스탄틴
은 며칠 출장을 갈 예정이었는데, 저는 말을 할 수밖에 없었거
든요. 그 사람이, 나를 그런 상태로 내버려둔 채 공항에 가서
비행기를 탈 수는 없다고 말을 하는 바람에요. 하지만 그 사람
한테 이야기하는 건 너무 모욕적이었어요. 왜냐하면 내가 들
어서는 안 되는 대화를 엿들은 거였고, 뿐만 아니라 대화의 내
용 자체도, 그런 식으로 꺼낼 이야기는 아니었으니까요.

저는 빠져나올 수 없는 상황이라고 생각했고 동시에, 이전에 있었던 비슷한 상황들이 떠올랐어요. 그 뒤로 죽 그런 느낌인데, 한 번씩 말다툼을 할 때마다 나빠지고 있거든요. 우리가 말의 그물에 걸린 것 같은 느낌, 그 끈이나 마디 때문에 뒤엉켜버린 것 같은 느낌 말이에요. 우리 둘 다 그 뒤엉킨 매듭들을 풀어줄 뭔가가 있을 거라고 생각하지만, 말을 하면 할수록 그것들이 또 다른 매듭이 돼서 더 엉키는 거예요. 그러면 저는 우리가 아직 한마디도 하지 않았던 단순했던 상황을 떠올리고, 그때로 되돌아가고 싶더라고요. 우리가 입을 떼고 말을 하기 전의 그때로요."

나는 우리 옆 테이블에 앉은 남녀를 봤다. 두 사람은 별다른 대화 없이 앞에 놓인 음식만 먹고 있었다. 여자는 자신의 음식 앞에 핸드백을 두었는데, 마치 누가 훔쳐갈까봐 걱정이 돼서 거기 놓은 것 같았다. 핸드백은 그렇게 두 사람 사이에 있었고, 두 사람 모두 가끔씩 그 핸드백을 쳐다봤다.

"콘스탄틴에게 파티에서 다 들었다는 이야기도 했어요? 그날 아침에, 두 사람이 택시를 기다리는 동안, 인정했어요?"

멜레테가 물었다.

"네, 당연히 그 사람도 부끄러워했어요. 그러고는 생각 없이 한 말이었다고, 깊은 뜻은 없다고 하더라고요. 어쨌든 저는 그를 믿었고, 안심이 되기도 했지만, 마음 한구석에서는 왜 굳이 말을 꺼냈을까, 하는 생각도 들었어요. 꺼내자마자 후회하게 될 말을 왜 했을까, 하고요. 당연히 그 말을 취소하고 싶었어요. 지금 그 일을 다시 생각해봐도 그 모든 게 조금은 비현실적으로 느껴지는 게, 그 말만 취소할 수 있으면 그런 일이 정말로 있었던 건지도 확신할 수 없을 것 같아요. 어쨌든 택시가 도착했고 그는 떠났죠. 그 후에 우리는 다시 관계를 회복했지만, 그날 이후로는 관계에 얼룩이 생겨버린 것 같은 느낌이 들었어요. 작지만 지워지지 않는, 마치 원피스 전체를 망쳐버리는 작은 얼룩처럼요. 앞으로의 시간들을 생각하고, 우리가 아이를 가지는 것도 생각해봤는데, 저는 아이를 더 가질 생각이 있냐고 누가 물었을 때 고개를 저으며 '아니요'라고 했던 그의 모습을 잊을 수 없을 것 같더라고요. 그 사람은 또 나름대로 내가 자신의 사생활에 간섭하고, 내가 알게 된 정보만 가지고 그를 판단할 사람이라는 사실을 잊지 못하겠죠. 그런 생각을 하니 그에게서 도망치고 싶었고, 우리의 아파트와, 우리가 함께했던 생활에서 도망치고 싶었어요. 어딘가, 아직 망가지지 않은 곳에 혼자 숨고 싶더라고요."

엘레나가 말했다.

침묵이 흘렀고, 그 침묵 위로 주변 테이블의 소음들이 끊임없이 흘러들었다. 우리는 부드럽고 진한 와인을 마셨다. 어찌나 부드러운지 혀에 아무 느낌이 없는 것 같았다.

"제가 어젯밤에 꿈을 꿨거든요."

이내 멜레테가 입을 열었다.

"꿈에서 다른 여성들과 함께 있었는데, 몇몇은 제 친구들이고, 몇몇은 모르는 여성들이었어요. 그렇게 함께 오페라 극장에 들어가려고 하는데, 우리 모두 피를 흘리고 있는 거예요. 생리혈이오. 극장 앞이 완전 아수라장이 됐죠. 우리 드레스에 피가 묻고, 신발 위로 뚝뚝 떨어졌어요. 한 명이 피를 멈출 때마다 다른 한 명이 피를 흘리기 시작했는데, 여성들이 자신의 피가 묻은 수건들을 건물 입구 옆에 단정하게 쌓고 있었어요. 수건 더미가 점점 커지면서 다른 사람들도 극장에 들어가려면 그 수건들을 지나쳐야만 하는 상황이 됐죠. 사람들이 지나가면서 우리를 쳐다봤는데, 정장에 나비넥타이를 맨 남자들이 완전히 역겹다는 표정으로 보더라고요. 오페라가 시작되고, 우리는 안에서 흘러나오는 음악을 들을 수 있었지만, 극장의 문턱을 넘어 들어갈 수는 없을 것 같았죠. 저는 아주 짜증이 났어요. 그 모든 상황이 제 잘못인 것 같았거든요. 왜냐하면 피를 제일 먼저 본 게 저였고, 제가 가장 먼저 피를 흘리기 시작했으니까요. 그래서 수치심을 견디지 못한 제가 일을 크게 키운 거라고 생각했어요."

그녀는 엘레나를 돌아보며 말했다.

"콘스탄틴에 대한 당신의 이야기도 실은 역겨움에 대한 이 야기인 것 같다는 생각이 들어요. 남자와 여자 사이에 존재하 는 지워지지 않는 역겨움, 당신의 경우에는 그 솔직함이라는 태도로 없애보려 애쓰는 역겨움 말이에요. 그런 솔직한 태도 를 버리는 순간, 당신은 그 얼룩을 보게 되고, 그러면 불완전 함을 인정할 수밖에 없는 거죠. 그리고 나면 수치심 때문에 도 망가서 숨고 싶어지는 거고요."

엘레나는 금발 머리를 끄덕이고는 손을 테이블 너머로 뻗 어 멜레테의 손가락을 만지작거렸다.

멜레테 본인은 어렸을 때 종종 끔찍한 구토에 시달렸다고 했다. 기운을 빠지게 하는 그런 증세는 몇 년에 걸쳐 지속되었 다. 구토는 정확히 같은 시간에 같은 환경에서 일어나곤 했는 데, 학교를 마치고 어머니와 새아버지와 함께 살던 집으로 돌 아가야 할 시간이었다. 말할 것도 없이, 그녀의 어머니는 딸의 증세 때문에 힘들어했다. 겉으로 보기에는 아무런 원인이 없 었기 때문에, 그것은 어머니 본인의 삶의 태도와 어머니가 집 으로 데리고 온 남자에 대한 비난이라고밖에 해석할 수 없었 다. 외동딸은 그 남자를—마치 그게 원칙의 문제라도 되는 것처럼—사랑하기는커녕, 인정도 하지 않으려 했던 것이다.

매일 학교에서, 멜레테는 구토에 대해서는 잊고 지내다가, 집에 돌아갈 시간이 가까워지면 메스꺼운 기운이 올라오기 시작했다. 아무런 무게도 느껴지지 않는, 마치 그녀의 발아래서 땅이 꺼지는 것만 같은 기분이었다. 그녀는 불안한 상태로 서둘러 집으로 돌아왔고 거기서, 보통은 어머니가 그녀에게 줄 간식을 준비해놓고 기다리는 주방에서, 엄청난 구역질이 올라왔다. 그런 다음엔 소파에 눕고, 담요를 덮고, 텔레비전을 켜고, 어머니가 그녀 옆에 그릇을 하나 놓아두었다. 멜레테가 토하는 동안, 어머니와 새아버지는 주방에서 이야기를 하거나 저녁을 먹으며 둘이서 시간을 보냈다.

어머니는 그녀를 병원이나 치료소, 마지막으로는 소아정신과까지 데리고 갔는데, 정신과 의사는 멜레테에게—치료비를 내는 어른이 듣기에는 더욱더 알 수 없는 처방처럼 들렸겠지만—악기를 가르쳐보라고 했다. 의사는 그녀에게 특별히 연주해보고 싶은 악기가 있냐고 물었고, 그녀는 트럼펫이라고 대답했다. 그래서, 어머니와 새아버지는 마지못해 트럼펫을 하나 사주었다. 그다음부터 학교를 마치면, 그녀는 토할 것 같은 생각으로 지치는 대신, 금관악기를 힘껏 불어서 엄청나게 시끄러운 소리를 낼 기대로 부풀었다. 그런 식으로 그녀는 결함 있는 사람들에 대한 역겨움을 마음껏 표현했고, 주방에서 어머니와 새아버지가 둘이서 머리를 마주하고 보내는 시간을 방해할 수도 있었다. 희생자인 그녀가 없어진 만큼 두 사람의 시간은 이전과 같을 수 없었을 것이다.

"얼마 전에 트럼펫을 꺼내서 다시 연습을 시작했어요. 작은 아파트에서 불었죠. 그런 요란한 소리를 다시 내니까 기분이 아주 좋더라고요."

그녀가 웃으며 말했다.

언덕을 내려오던 중에, 엘레나는 콜로나키 광장에 세워둔 오토바이를 타고 가야 한다고, 자신과 집이 가까운 멜레테도 뒷좌석에 태워주겠다고 했다. 두 사람이 타기에 넉넉할 만큼 자리는 충분하고, 그게 집에 가장 빨리 가는 방법이기도 하다고 그녀는 말했다. 옛날에는 여자친구 헤르미오네와 그렇게 오토바이를 타고 그리스 전역을 돌아다녔는데, 심지어 약간의 돈과 수영복만 챙긴 채 오토바이를 페리에 싣고 먼 섬으로 나가서, 흙길을 달려 사람이 아무도 없는 해변을 찾아간 적도 있었다. 무시무시한 산허리를 달리는 동안 헤르미오네는 그녀의 등에 꼭 붙어 있었는데, 넘어진 적은 한 번도 없었다고 그녀가 말했다.

되돌아보면 그런 시간들이 그녀 인생에서 가장 좋았던 순간들이지만, 당시 두 사람에게는 전주前奏를 즐기며 기다리는 시간처럼 느껴졌고, 인생의 진짜 드라마가 곧 이어질 것 같았다. 그런 시간들은 이제 지나갔고, 이제 그녀에게는 콘스탄틴이 있다. 그는 그녀와 헤르미오네가 여행 가는 것을 말린 적이 한 번도 없었기 때문에, 그런 시간들이 지나갔다고 생각할 이유는 없었지만 어쨌든 그런 기분이었다. 사실 콘스탄틴은, 함께 지내는 여성이 독립적인 모습을 보이면 좋아하는 현대 남성답게, 그 여행을 반기고 있었다. 하지만 지금 다시 그런 소녀 같은 시절로 되돌아가려고 애쓰는 것, 길 끝에 어떤 풍경이 나타날지 모른 채 흙길을 내달리는 건 왠지 가짜일 것 같은 느낌이라고, 엘레나는 말했다.

9

과제는 동물이 나오는 이야기를 하나 써오라는 것이었지만, 모두가 완성하지는 않았다. 크리스토스가 전날 저녁 수강생들을 모두 린디 합 클럽에 초대했다. 늦게까지 피곤할 정도로 놀았지만, 정작 크리스토스 본인은 아무렇지도 않은 것 같았다. 그는 환한 표정으로 팔짱을 끼고 앉아 다른 수강생들이 전날 밤 이야기를 하는 동안 갑자기 큰 웃음을 터뜨리곤 했다. 그는 과제를 하기 위해 일찍 일어나기는 했는데, 자신이 정한 주제에 동물을 포함시키기가 쉽지 않았다고 했다. 주제는 종교지도자들의 위선과, 그런 위선을 검증하지 않는 여론 주도층이었다. 시대의 지성들이 방향을 제시하지 않는데, 일반 시민들이 어떻게 정치의식을 가질 수 있단 말인가.

그 점에 대해서는 그와 그의 절친 마리아의 생각이 달랐다. 그녀는 설득의 힘을 철저하게 신봉하는 사람이었다. 사람들이 불편한 진실을 알아보게 하는 일은, 좋은 점보다 나쁜 점이 더 많은 것도 사실이라고 그녀는 말했다. 그래서 그런 경계선에서 아주 가까운 곳에 머물러야 한다고, 풍경을 살피며 날아다니는 제비처럼 가까이 다가가지만 닿지는 않게, 묘사만 하고 절대 내려앉지는 말아야 한다고 했다.

따라서 크리스토스는 최근 공론의 장에 올랐던 두 정교회 주교의 문제 행동에 대한 이야기를 쓰면서, 거기에 동물을 포함시키기가 쉽지 않았다고 말했다. 하지만 바로 그 점이 내가 의도한 바인 것 같다는 생각이 들었다고 덧붙였다. 자연스럽게 끌려갈 어떤 흐름을 방해하는 장애물을 주고, 다른 흐름을 택하게 만드는 것이 나의 의도였을 거라고 말이다. 하지만 아무리 애를 써봐도 공공건물의 회의실에 동물을 끌어들일 방법은 떠오르지 않았다. 그런 공간에는 동물을 위한 자리가 없었던 것이다.

뿐만 아니라 그의 어머니가 쉴 새 없이 주방을 들락거리며 집중을 방해했다. 작은 아파트에서 그 작은 주방은 가장 적게 활용되는 공간이었고, 그런 까닭에, 그는 자신이 기억하는 한 늘 거기에 있었던 낡은 마호가니 식탁에 책과 종이를 잔뜩 펼쳐놓고 공부를 하곤 했다. 그런데 그날은, 어머니가 그의 물건들을 좀 치우라고 이야기를 했다는 것이다. 저녁에 친척들이 많이 오기로 했는데, 도착 전에 대청소를 해야 한다고 했다. 그는, 조금 짜증 섞인 목소리로, 좀 내버려두라고, 어머니가 계속 들락날락하는 상황에서 책과 종이도 없이 어떻게 글을 쓸 수 있겠냐고 대답했다. 그는 저녁식사에 대해서는 까맣게 잊고 있었다. 오래전에 마련된 자리였는데, 캘리포니아에 살면서 오랜만에 그리스를 찾은 이모와 이모부, 그리고 사촌들을 위한 식사였다.

어머니는, 그가 알기로는, 그 식사 자리를 반기지 않는 것 같았다. 그 가족은 자랑하기를 좋아하고 잘난 척하는 사람들이었다. 이모와 이모부는 그리스에 있는 친척들에게 끊임없이 편지를 썼는데, 애정과 걱정이 담긴 듯한 편지였지만 실상은 자신들이 미국에서 돈을 많이 벌고 있고, 큰 차를 타고, 집에 수영장을 설치하고, 그리스를 찾을 수 없을 정도로 바쁘다는 것을 자랑하는 방법일 뿐이었다. 그래서 오랫동안 그와 어머니는 그들이 정기적으로 보내주는 사진을 볼 때를 제외하고는 이모네 가족을 생각하지 않고 지냈다고 그는 말했다. 그 사진들에서 이모네 가족은 환한 햇살을 받으며 자신들의 집과 자동차 옆에 서 있거나, 디즈니랜드나 하드록 카페에 가거나, 할리우드 입간판이 보이는 곳을 배경으로 서 있었다. 자녀들 사진도 보냈는데, 파란 막을 배경으로 학사모를 쓰고 비싼 돈을 들여 교정한 이를 드러낸 채 웃고 있는, 이런저런 대학교의 졸업사진들이었다.

어머니는 의무라도 되는 것처럼 그 사진들을 찬장에 붙여 놓았는데, 어느 날 그는, 어머니가 크리스토스 본인도 대학을 졸업하기를, 그래서 그 사진들 옆에 아들의 졸업사진을 나란히 놓을 수 있기를 바라고 있음을 알게 되었다. 특히 크리스토스가 싫어했던 사진은 잘생기고, 늘 웃는 근육질의 사촌 니키 사진이었는데, 사막으로 보이는 곳에서 커다란 뱀—먹이를 감아 죽이는 보아뱀 같았다—을 어께에 두르고 찍은 것이었다. 우월한 남성성을 보이는 그 이미지가 늘 찬장에서 그를 내려다보는 것 같은 기분이었는데, 그날 아침에 그 사진을 보면서는, 어머니에 대한 짜증이 멈췄다고 했다. 어머니가 안됐다는 생각이, 자신이 더 나은, 용감한 아들이었으면 좋았겠다는 생각이 들었다. 그는 하던 일을 멈추고 어머니를 도와 청소를 시작했다.

게오르규가 손을 들었다. 어제 수업에서는 창문을 열고 문은 닫아두었는데, 오늘은 반대라는 것을 알아차렸다고 했다. 창문은 굳게 닫혀 있고, 복도로 이어지는 문은 살짝 열려 있다는 것이었다. 또한, 시계 위치가 바뀌었다는 걸 내가 눈치챘는지도 궁금하다고 했다. 시계는 더 이상 왼쪽 벽에 있지 않고 반대편 벽의 똑같은 위치에 있는데, 그렇게 위치를 바꾼 데는 분명 이유가 있었겠지만, 그게 뭔지는 잘 모르겠다는 이야기였다. 혹시 내가 이유를 알고 있다면 좀 알려달라고, 자기는 그렇게 위치가 바뀐 상황이 좀 혼란스럽다고 했다.

어쨌든 이야기는 다 썼다고, 크리스토스가 말을 이었다. 수업에 오는 버스 안에서 완성했는데, 바로 그 니키의 사진이 딜레마에서 빠져나올 수 있는 계기가 되었다고 했다. 주교 중 한 명이 회의실에서 환상을 본 것이다. 그는 커다란 뱀이 다른 주교의 어깨를 휘감고 있는 것을 보고, 그 뱀이 자신과 그 주교가 퍼뜨렸던 위선과 거짓말을 상징하는 것임을 깨닫게 된다. 그는 그 자리에서 더 나은 인간이 되겠다고, 오직 진실만 말하고, 다시는 신자들을 잘못 인도하거나 기만하지 않겠다고 맹세한다.

크리스토스는 다시 팔짱을 끼고는 강의실을 둘러보았다. 피아니스트 클리오가 손을 들었다. 그녀 역시 동물에 대해 글을 쓰는 것이 어려웠다고 했다. 동물에 대해서 전혀 모르고, 애완동물을 키워본 적도 없었다. 어린 시절부터 빡빡한 연습 스케줄에 시달렸기 때문에 그런 일은 상상도 할 수 없었다고, 애완동물을 잘 돌보고, 녀석이 원하는 만큼 관심을 기울이는 일은 불가능했을 거라고 했다.

하지만 그녀는 이번 과제를 하면서 사물들을 다른 눈으로 볼 수 있었다. 과제를 받고 집으로 걸어서 돌아가는 길에, 그녀는 평소처럼 주변을 살피는 대신, 새들을 점점 더 의식하게 되었다. 그저 눈에 띄는 새들의 모습뿐 아니라, 새들이 내는 소리에도 집중했는데, 일단 거기에 귀를 기울이고 나니 새소리는 주변에서 끊임없이 들리고 있다는 것을 알 수 있었다. 그러던 중에 오랫동안 듣지 않았던 음악 하나가 떠올랐다. 프랑스 작곡가 올리비에 메시앙의 곡이었다. 그가 제2차 세계대전 중 포로수용소에서 쓴 작품이었는데, 곡의 일부는, 그녀가 알기로는, 포로수용소에 감금돼 있는 동안 들었던 새들의 울음소리를 바탕으로 쓴 것이었다. 작곡가는 갇혀 있었지만 새들은 자유로웠고, 그가 받아쓴 것은 결국 그 새들의 자유가 내는 소리였을 거라는 생각이 들었다고, 그녀는 말했다.

　게오르규가 끼어들었다. 예술가의 역할이 그저 자신이 겪은 일들을 순서대로 기록하는 거라는 견해는 흥미롭다고, 그리고 그런 역할이라면 언젠가 컴퓨터가 대체할 수 있을 거라고 했다. 개인의 스타일이라는 것도 어떤 순차적인 과정, 제한적인 대안들 중에서 골라 배열한 결과일 뿐일 거라고도 덧붙였다. 그는 종종 입력된 방대한 정보에 영향을 받는 컴퓨터가 발명될지 궁금하다고 했다. 그런 컴퓨터가 나타나면 진짜 흥미진진할 거라고. 하지만 어떤 재현 체계든 그 자체의 규칙만 깨면 간단히 해체할 수 있는 것 같다고 그는 덧붙였다.

예를 들어, 그는 그날 아침에 집을 나서다가 도로 옆 나무에 새 한 마리가 앉아 있는 것을 보았는데, 어떻게 봐도 생각에 골똘히 빠져 있다고밖에 묘사할 수 없는 작은 새였다. 그 새는 집중하지 못한 채 뭔가를 멍하니 바라보고 있었는데, 비유하자면, 복잡한 수학 문제를 풀어보려 애쓰고 있는 사람의 모습과 비슷했다. 게오르규가 가까이 다가가 보았지만, 녀석은 그런 움직임도 알아차리지 못했다. 손을 뻗으면 그대로 잡을 수 있을 것 같았다. 그러다 마침내, 녀석이 그의 존재를 알아차리고 황급히 도망갔다. 그는 그 새가 앞으로도 잘 살아남을 수 있을지 걱정이 됐다고 했다.

어쨌든 그가 쓴 이야기는 순전히 개인적인 경험에 바탕을 둔 것인데, 두바이의 과학연구소에서 특정 분자의 변이^{變異}를 연구하고 있는 고모와 나눈 대화를 자세하게 묘사한 것이라고 했다. 그가 그 이야기에서 덧붙인 것은 도마뱀 한 마리였는데, 실제로는 없었지만, 이야기 속에서는 고모가 그 도마뱀을 품안에 꼭 안은 채 그와 대화를 나누는 것으로 되어 있었다. 그 대화 자리에서 함께 즐거워했던 아버지에게 글을 보여주었더니, 아버지는 여전히 그 대화 주제에 관심을 보였다. 게오르규의 기억이 정확하다면, 아버지는 도마뱀을 추가한 건 훌륭한 각색이라고도 했다.

실비아는 아무것도 쓸 수 없었다고 했다. 전날 했던 이야기에는, 내가 기억하기로는, 사실 동물이 등장했었다. 키가 크고 피부색이 짙은 남자의 어깨에 얹혀 있는 작고 하얀 개였다. 하지만 다른 사람들의 이야기를 듣고 나서 그녀는 좀더 개인적인 소재, 남자와 개처럼, 말하자면, 쉽게 눈에 띄는 광경보다는, 자신을 조금 더 드러낼 수 있는 어떤 것을 고르는 게 낫겠다고 생각했다. 그녀는 전날 돌아가는 전철 안에서 그 남자가 없는지 살폈다고 했다. 마치 그 남자를 다시 보면 뭐라고 말할 수 있을 것만 같았다. 그녀는 남자에게 개를 내려서 걷게 하라고, 아니면 좀더 평범하고 못생긴 개를 데리고 다니라고, 그래서 사람들이 둘의 모습을 보며 신경이 덜 쓰이게 해주면 안 되겠냐고 말할 생각이었다. 그녀는 그 남자가 사람들의 눈길을 끌고 싶어 하는 모양인데, 사실은 아무런 느낌도 들지 않는다고 한마디 해줄 생각이었는데, 실상은 지금까지도, 수업에서 또 그 남자 이야기를 하고 있는 셈이었다.

실비아의 작고 예쁜 얼굴은 불안한 표정을 띠고 있었다. 숱이 많은 잿빛 머리칼은 소녀처럼 말아서 어깨까지 땋아 내렸는데, 그녀는 자주 그 머리칼을 만지작거렸다. 어쨌든 돌아가는 길에는 그 남자를 만나지 못했는데, 인생이란 게 원래 그런 것 아니겠냐고 그녀는 덧붙였다. 그녀는 자신의 아파트로 돌아갔고, 혼자서 지내는 그 집은, 아침에 나올 때와 똑같은 모습이었다. 전화가 울렸다. 늘 그 시간에 전화를 거는 어머니였다. 학교는 어땠는지, 어머니는 궁금해했다. 실비아는 아테네 근교의 학교에서 영문학을 가르치는 강사였다. 어머니는 그녀가 글쓰기 과정을 들으려고 일주일 휴가를 냈다는 사실을 잊어버린 것이었다.

"지금 제 상황을 다시 말씀드렸어요. 어머니는 글쓰기에 대해서 아주 회의적인 분이니까, 그 사실을 잊어버린 것도 당연하죠. 대신 휴가나 가라고 말씀하시더라고요. 친구들이랑 어디 섬에라도 다녀오라고, 책만 생각하면서 그렇게 지내면 안 되는 거라고 하시더군요. 저는 화제를 바꿔보려고, '엄마, 오늘 뭐 특별한 일 없었어요?'라고 물었죠. '특별한 일이 뭐 있었겠니?'라고 어머니가 말씀하셨어요. '온종일 집에서 세탁기 수리하러 올 사람만 기다렸는데, 끝내 안 오더구나.' 통화를 마치고 컴퓨터를 살펴봤어요. 학생들에게 에세이를 써오라는 과제를 내줬는데, 제출 시한이 지났거든요. 이메일을 확인했더니 단 한 명도 과제를 보내지 않은 거예요. D. H. 로렌스의 『아들과 연인』에 대한 에세이였어요. 제 평생 그 어떤 책보다 영향을 많이 받은 책인데, 학생들은 그 책에 대해서 한마디도 할 말이 없었다는 거잖아요."

실비아가 말했다.

"멍하니 주방에 서서, 내주신 과제물을 써볼까 하는 생각이 들었어요. 그런데 머릿속에 떠오른 문장은 바로 그 순간의 내 모습을 묘사하는 문장밖에 없더라고요. *어떤 여성이 주방에 서서 이야기를 하나 써볼까 생각한다.* 문제는 그 문장이 다른 어떤 문장으로도 이어지지 않았다는 거예요. 그 문장 전에는 아무것도 없고, 뒤에 이어지는 문장도 없었죠. 마치 거기 주방에 선 제가 어디로도 갈 수 없었던 것처럼요. 그래서 다른 방에 가서 책장에서 책을 한 권 뽑았어요. D. H. 로렌스의 단편집이었는데, D. H. 로렌스는 제가 제일 좋아하는 작가거든요. 사실 그는 이미 죽은 사람이지만, 어떤 면에서 그는 제가 세상에서 가장 사랑하는 남자 같아요. 저는 그가 만들어낸 인물, 그의 소설 속에서 살고 있는 어떤 사람이 되고 싶어요. 제가 만나는 사람들은 특징이란 것을 가지고 있지 않은 것 같아요. 그의 눈으로 세상을 보면 삶이란 정말 풍성한 것처럼 보이는데, 정작 제 자신의 삶은 너무 자주 황폐해보이니까요. 마치 아무리 애를 써도 거기서는 아무것도 자라지 않는, 못 쓰는 땅처럼요.

어쨌든 『겨울 공작』이라는 작품을 읽기 시작했는데, 로렌스의 자전적인 이야기거든요. 소설에서 그는 잉글랜드 시골의 외딴곳에 머물고 있죠. 어느 날 산책을 나갔다가 낯선 소리를 듣게 되는데, 그게 눈이 오는 바람에 산허리에 갇혀버린 공작이 내는 울음소리라는 걸 알게 되는 거예요. 그는 새를 구해서 주인에게 돌려주는데, 주인은 근처 농장에 사는 모르는 여인이었고, 그녀는 전쟁에 나간 남편이 돌아오기만을 기다리고 있죠.

거기서 책을 덮었어요. 로렌스가 저를 제 삶에서 벗어나게 해줄 수 없을 것 같다고 느꼈죠. 어쩌면 그건 눈이나, 낯선 여성이나, 공작 그 자체 때문이었을 수도 있지만, 갑자기 소설 속의 사건들, 그리고 그가 묘사하고 있는 그 세계가 저랑은 아무 상관이 없다고 느꼈던 거예요. 여기 무더운 아테네의 현대식 공동주택에 있는 저랑은요. 무슨 이유에서인지, 저는 더 이상 견딜 수 없었어요. 그가 보여준 비전 안에서 저는 그저 무기력한 존재에 불과한 것 같은 느낌을요. 그래서 책을 덮고 자러 갔어요."

실비아가 이야기를 마쳤다. 테이블에 놓여 있던 내 휴대전화가 울렸다. 액정 화면에 주택대출회사 직원 리디아의 번호가 깜빡거렸고, 나는 수강생들에게 잠깐 쉬자고 제안했다. 복도로 나온 나는 게시판 사이에 섰다. 가슴이 불안하게 뛰고 있었다.

"파예 씨?"

리디아가 물었다.

"네, 저예요."

내가 대답했다.

그녀는 내가 어떤지 물었다.

"통화연결음을 들으니 해외에 계신 것 같은데, 어디쯤 계세요?"

그녀가 물었다.

"아테네요."

내가 대답했다.

"멋지네요."

그녀는 그렇게 말하고, 일찍 연락을 못 해서 미안하다고 덧붙였다. 지난 며칠 동안 사무실을 비웠는데, 부서 사람들 몇명이 회사 앞으로 나온 윔블던 대회 표를 얻었다고 했다. 그녀는 나달*이 탈락하는 시합을 봤는데, 너무 놀랐던 모양이다. 아무튼, 내 휴가를 망치고 싶지는 않지만 보험사에서 대출 증액 요청을 거부했다는 이야기를 전할 수밖에 없다고 그녀는 본론을 말했다. 내가 이유를 알 수 있냐고 묻자, 보험사는 이

---

* 라파엘 나달 파레라. 스페인 출신의 테니스 선수.

유를 알려줄 의무가 없다고 그녀가 대답했다. 그 사람들은 그 냥 제출된 자료를 보고 결정을 내리는 것뿐이라고.

"다시 말씀드리지만, 이 일 때문에 휴가를 망친 게 아니면 좋겠어요."

그녀가 말했다.

내가 전화 줘서 고맙다고 하자, 그녀는 그건 아무 일도 아니라고 했다.

"더 좋은 소식을 전하지 못해 죄송합니다."

그녀가 말했다.

나는 복도를 따라 걷다가 건물 입구의 유리문을 지나, 도심의 뜨거운 열기 속으로 들어갔다. 사람들과 자동차들이 지나가는 거기 눈부신 빛 속에서 마치 무슨 일이 일어나기를, 혹은 어떤 대안이 저절로 모습을 드러내기를 기다리듯 서 있었다. 물방울무늬 모자를 쓰고 엄청나게 큰 카메라를 목에 건 여성이 고고학 박물관으로 가는 길을 물었다. 나는 그녀에게 길을 알려준 다음 다시 건물 안으로 돌아와 강의실에 앉았다. 게오르규가 괜찮냐고 물었다. 내가 들어오면서 문을 닫는 걸 봤는데, 그러면 대신 창문을 열 생각이냐고, 원하면 자신이 기꺼이 열어주겠다고도 했다. 나는 그렇게 해달라고 했다. 그가 어찌나 힘차게 일어났던지 의자가 그대로 뒤로 넘어가버렸는데,

페넬로페가 놀랄 만큼 빠른 동작으로 손을 뻗어 의자를 잡고는 조심스럽게 제자리에 세웠다.

페넬로페는 자신이 수업시간에 과제를 써오지 못할 것임을, 대신 자기 꿈 이야기를 하게 될 것임을 확신하고 있었다고, 수수께끼 같은 말을 했다. 가끔 너무 생생하고 낯선 꿈을 꾸는데, 사람들에게 이야기하지 않을 수 없다고 말이다. 하지만 일반적으로 말하자면, 자신과 같은 위치에 있는 사람, 자기 시간이 자기 시간이 아닌 사람은 작가가 될 수 없다는 것을, 전날 수업을 마치고 인정할 수밖에 없었다고 했다. 그래서 그녀는 전날 저녁도 평소처럼, 아이들에게 저녁을 차려주고, 아이들의 끊이지 않는 요구를 들어주며 보냈다.

저녁식사를 하고 있는데 초인종이 울렸다. 옆집의 스타브로스 씨였는데, 키우던 개가 낳은 새끼들 중 한 마리를 보여주기 위해 들른 거였다. 당연히 아이들은 강아지를 보고 정신을 차리지 못했고, 다 먹지도 않은 음식을 그대로 식탁 위에 둔 채, 스타브로스 씨 옆에 서서 한 번만 강아지를 안아보게 해달라고 졸랐다. 아주 작고 눈도 제대로 못 뜨는 강아지였는데, 스타브로스 씨는 조심해야 한다고 말은 하면서도, 아이들이 한 번씩 안아볼 수 있게 건네주었다.

"아이들이 완전히 다른 모습이 되는 걸 봤어요. 강아지를

품에 안는 순간, 가장 부드럽고 조심스러운 아이들이 되는 거예요. 그 강아지가 정말로 아이들의 성격을 순화시켜준 거라고 믿을 뻔했다니까요. 아이들이 손가락으로 작고 부드러운 강아지 머리를 쓰다듬으며 귓속말을 하는데 스타브로스 씨가 그만 가봐야 한다고 말하지 않았더라면 내내 그러고 있을 분위기였어요. 스타브로스 씨는 강아지들을 분양할 거라고 했는데, 그 말을 듣는 순간 아이들은 발을 동동 구르며 흥분했죠. 얼마나 진심이고, 전염성 있는 흥분이었는지 저도 놀랄 정도였어요. 저도 덩달아 흥분했죠. 아이들이 저를 좋아해줄 걸 생각하니, 그대로 강아지를 키우자고 허락하고 싶은 마음이 들더라고요.

하지만 스타브로스 씨의 어미 개, 덩치가 크고 비호감인 그 개에 대한 거부감이 더 컸어요. 그래서 '안 되겠어요. 저희는 개를 키울 수 없습니다'라고 대답했죠. 아무튼 개를 보여준 건 감사하다고 말했고, 그는 그대로 돌아갔어요. 아이들은 아주 실망했죠. '엄마는 늘 일을 망치기만 해'라고 아들이 말하더군요. 바로 그 순간, 강아지가 아이들에게 부렸던 마법이 완전히 풀렸을 때 저도 이성을 되찾았고, 그와 함께 현실 감각도 되돌아왔어요. 그 느낌이 어찌나 냉혹하고 강력하던지 우리가 서 있는 집의 지붕이 날아가버린 것 같은 느낌이더라고요.

식사도 덜 마친 아이들을 각자의 방으로 돌려보내고, 손을 부들부들 떨면서 식탁에 앉아 글을 쓰기 시작했어요. 사실 2년 전에도, 말씀드린 그런 상황과 거의 똑같은 상황에서 강아지를 한 마리 분양받은 적이 있거든요. 똑같은 상황이 반복된다는 사실, 아무것도 배우지 못했다는 사실 때문에 우리의 삶을, 특히 아이들 자체를 아주 냉정하게 보게 되더라고요. 말씀드렸듯이, 2년 전에요. 그 강아지는 아주 예뻤고, 미미라고 이름을 지어주었죠. 담배 색 털이 곱슬곱슬하고 눈은 두 개의 작은 초콜릿 같았어요. 처음 우리 집에 왔을 때는 아주 작고 예뻐서, 제가 할 일이라고 해봤자 아이들이 강아지와 노는 시간과 친구들에게 강아지를 자랑하는 시간을 적당히 조절해주는 것밖에 없었어요. 심지어 아이들이 미미와 노는 즐거움을 망칠까봐, 강아지가 온 집 안에 안 좋은 냄새를 묻히고 다녀도 청소를 안 시켰어요. 하지만 미미가 자라고 챙겨야 할 것들이 많아지면서, 아이들에게도 할 일을 정해주었죠. 처음에 개를 키우게 된 것도 아이들이 원해서—늘 아이들에게 그렇게 말했거든요—였으니까요.

그런데 조금 지나자 아이들이 그런 말에 신경도 쓰지 않는 거예요. 산책도 안 시키고, 대소변도 안 치우는 건 물론, 심지어 짓는다고, 또 자기들 방을 엉망으로 만들고 물건을 물어뜯는다고 짜증을 내더라고요. 저녁에 개가 거실에 함께 있는 것도 싫어하게 됐어요. 얌전히 소파에 앉아 있지 않고 이리저리 움직이며 텔레비전을 가린다고 말이에요.

미미는 짐작했던 것보다 훨씬 빨리 자랐고 기운도 넘쳤을 뿐 아니라, 식탐이 아주 많았어요. 잠시라도 한눈을 팔면 주방으로 달려가 온갖 곳을 뒤지며 먹을 것을 찾곤 했죠. 얼른 먹을 것을 치우기는 했지만, 늘 주시하고 있어야 하는 것은 물론, 다른 방으로 가는 걸 막기 위해 집 안의 문을 꼭 닫아두어야 했고요. 그런데 아이들은 늘 문을 열어놓고 다녔거든요. 그리고 산책도 제가 시켜야 했어요. 미미가 빨리 내달릴 때는 말 그대로 팔이 빠지는 것만 같았어요. 줄을 놓으면 먹을 것을 찾아 사방으로 돌아다녔기 때문에 놔줄 수도 없었죠.

한 번은 공원 옆의 카페 주방에 들어가 카운터 위에 있던 소시지를 통째로 물어뜯는 바람에 요리사가 불같이 화를 낸 적도 있고, 또 한 번은 벤치에 앉아 점심을 먹고 있던 남자의 샌드위치를 그대로 낚아챈 적도 있어요. 결국 산책을 나갈 때면 제 옆에 단단히 묶어둬야 했고, 집에서도 거의 똑같이 붙어 있어야 했죠. 아이들을 위해 개를 기르기로 했지만, 덕분에 저는 저의 자유를 완전히 잃어버렸다는 생각이 들기 시작하더라고요.

그래도 미미는 여전히 예쁜 개였고, 사람들이 모두 알아봤어요. 제가 목줄을 꼭 쥐고 있기만 하면, 지나가는 사람들이 모두 예쁘다고 한마디씩 하고 지나갔죠. 미미에게 잔뜩 시달린 저는 이상하게도 후회가 되고, 녀석의 예쁜 외모와 녀석이 받는 사람들의 관심에 질투가 났어요. 말하자면, 저는 미미가 미워지기 시작한 거죠.

그러던 어느 날, 미미는 오후 내내 짖고 있고 아이들은 산책을 데리고 나가지 않겠다고 하던 와중에, 미미가 거실에서 새로 산 쿠션을 다 물어뜯었는데도 아이들은 텔레비전만 보면서 신경도 안 쓰고 있는 거예요. 저는 주체할 수 없을 만큼 화가 나서 그만 미미를 때렸어요. 아이들은 큰 충격을 받고 놀란 것 같았어요. 아이들이 몸을 던져 미미를 보호하고, 저를 괴물 보듯이 바라보더군요. 하지만 제가 그때 괴물이었다면, 그렇게 만든 건 미미였다고, 저는 믿었어요.

얼마 동안은 아이들이 저만 보면 그 일을 이야기했지만, 시간이 지나면서 충격은 잦아든 것 같았고, 같은 일이 반복되고 또 반복되면서 제가 미미를 때리는 건 아이들에게 당연한 일이 되었죠. 미미는 저를 피하기 시작했어요. 이전과는 다른 눈으로 저를 쳐다보고, 삐뚤어져서는, 집 안을 몰래 돌아다니면서 이것저것 망가뜨렸죠. 아이들은 저를 대할 때 조금 냉정하게, 거리를 두기 시작했는데, 어떤 면에서는 좀 편해지기도 했지만 한편으로는 제 인생에 아무런 보상이 없는 것 같은 느낌이었어요. 아마 그 감정을 만회하려고, 그리고 아이들과의 거리를 좁혀보려는 마음으로 저는 아들의 생일 파티에 그렇게 유난을 떨었어요. 케이크를 굽느라고 거의 밤을 꼬박 새웠거든요. 아주 예쁘고 화려한 케이크였는데, 반죽에 밤을 섞고 맨 위에는 초콜릿을 바른 다음, 미미가 찾을 수 없는 곳에 두고 잠자리에 들었죠.

다음 날 아침, 아이들이 학교에 간 후에 언니가 찾아왔어요. 언니와 함께 있을 때면 저는 늘 해야 할 일에 집중을 못 하거든요. 언니 앞에서 뭔가를 해보여야 할 것 같고, 검사받듯이 뭔가를 보여줘야 할 것 같은 느낌이 드는 거예요. 제 삶을 있는 그대로 자연스럽게 보여주기보다는, 잔뜩 꾸며서 제시해야 할 것 같은 기분 말이에요. 그래서 케이크를 보여줬죠. 어차피 언니도 생일 파티에 올 예정이었기 때문에 나중에 당연히 보게 될 거였는데 말이에요.

바로 그때 집 앞 도로에서 자동차 경보가 울렸어요. 언니는 자기 차에서 나는 소리라고 생각하고—새 차였는데, 언니는 우리 동네가 자기가 사는 동네만큼 안전하지 않다며, 저희 집 앞에 주차하는 걸 싫어했죠—그 자리에서 뛰쳐나갔어요. 저도 함께 나갔는데, 말씀드렸듯이, 저는 언니와 함께 있으면 저 자신이 아니라 언니의 관점에서 세상을 보기 때문에, 뭐든 언니가 보는 걸 봐야만 할 것 같은 기분이 들거든요. 어릴 때, 언니 방이 제 방보다 훨씬 좋을 거라고 믿었기 때문에 그 방에 억지로 들어가 보려 했던 것과 마찬가지예요. 그래서 거기 길거리에 서서 언니 차가 아무 이상이 없다는 걸 확인하는 동안—당연히 아무 이상이 없었죠—제 자신의 삶을 내팽개친 것 같은 기분이 들었어요. 마치 어릴 때 제 방을 버리고 언니 방으로 갔던 것처럼요. 그리고 갑자기, 은밀한 고통이, 다른 사람과 나누는 것이 불가능한 엄청난 고통이 느껴졌어요. 자신에게만 집중하라는 타인들, 제 마음속에서 무슨 일이 벌어지고 있는지 전혀 보지 못하는 사람들과는 나눌 수 없는 고통이었어요. 다른 사람은 보지 못하는 칼날 위를 걷는, 동화 속의 인어공주처럼요.

그렇게 언니가 자기 자동차와 경보를 울린 사람에 대해 이야기하는 동안 옆에 서서, 아플 정도로 끔찍한 외로움을 느꼈어요. 그걸 인정하면, 또한 삶에 대한 가장 암울한 전망을 인정하게 된다는 것도 알고 있었죠. 다른 말로 하자면, 저는 뭔가 끔찍한 일이, 그것도 바로 그 순간에 일어날 것임을 알았어요. 그래서 다시 집 안으로 들어왔을 때, 미미가 조리대 위의 생일 케이크에 얼굴을 처박고 정신없이 턱을 움직이는 걸 보고서도 조금도 놀라지 않았죠. 우리가 들어서자 미미는 고개를 들고 쳐다보고는, 코끝에 초콜릿을 묻힌 채 그 자리에서 얼어붙어 버렸어요. 그러더니 결심을 한 듯, 조리대에서 내려와 도망치는 대신, 반항하는 듯한 눈빛으로 나를 노려본 후에 다시 고개를 숙이고는, 케이크를 마저 먹어치우겠다는 듯이 재빨리 케이크에 주둥이를 박았죠.

저는 주방을 가로질러 가서 미미의 목줄을 잡았어요. 그리고 언니가 보는 앞에서 미미를 조리대에서 끌어내려 쓰러뜨린 후에, 낑낑거리며 발버둥치는 녀석을 사정없이 때리기 시작했죠. 우리 둘은 그렇게 싸운 거예요. 저는 숨을 헐떡이며 있는 힘껏 녀석에게 주먹질을 하고 녀석은 낑낑거리며 몸을 빼내려고 했죠. 결국 미미가 목줄에서 머리를 빼냈어요. 타일이 깔린 주방 바닥을 달리다가 미끄러지기도 했지만 결국 거실로 뛰쳐나갔고, 현관문이 열려 있었기 때문에, 그대로 밖으로 나가 보도를 달려 사라져버렸죠."

페넬로페는 말을 멈추고, 손가락을 관자놀이 부근에 가볍게 갖다 대고 서서히 문질렀다. 그녀가 말을 이었다.

"오후 내내 전화가 울렸어요. 미미는, 이미 말씀드렸듯이, 아주 눈에 띄고 예쁜 개였거든요. 주변 사람들뿐만 아니라, 아테네 곳곳에 있는 제 지인들도 모두 잘 아는 개였죠. 덕분에 녀석이 도망가는 걸 본 사람들이 저한테 전화를 한 거예요. 곳곳에서 눈에 띄었더군요. 공원과 쇼핑센터를 가로질러 달리고, 세탁소와 치과를 지나고, 미용실을 지나고, 은행을 지나고, 아이들 학교 앞을 지났어요. 제가 데리고 다녔던 곳은 모두 지나갔더라고요. 친구 집, 피아노 선생님 집, 수영장, 도서관, 놀이터와 테니스장 등. 그 모든 곳에서 미미를 본 사람들이 전화기를 꺼내서는 녀석을 봤다고 제게 전화를 한 거예요.

그중 많은 지인들이 미미를 잡아보려고 했어요. 몇몇은 따라가 보기도 했는데, 심지어 유리창 청소업체 직원은 차를 몰고 얼마간 녀석을 뒤쫓기도 했지만, 아무도 잡을 수 없었죠. 마침내 미미는 기차역까지 갔는데, 거기서 또 우연히 저희 형부가 기차에서 내리면서 녀석을 발견했지 뭐예요. 형부가 전화를 해서는 다른 승객들과 역무원과 함께 잡아보려고 했는데, 미미는 거기서도 빠져나갔다고 하더군요. 역무원 중 한 명이 미미의 꼬리를 잡고 따라가다 짐수레에 부딪혀서 조금 다쳤다고도 했어요. 하지만 결국엔, 모두들 녀석이 선로를 건너가는 걸 구경할 수밖에 없었다고 하더라고요. 그다음에 어디로 갔는지는 아무도 모르고요."

페넬로페는 길게 한숨을 내쉰 후에 입을 다물었다. 가슴이 눈에 띌 정도로 오르락내리락하고, 표정은 굳어졌다.

"이게 제가 어젯밤에 식탁에서 쓴 이야기예요. 스타브로스 씨가 강아지를 데리고 다녀간 후에요."

그녀가 마지막으로 덧붙였다. 테오는 애초에 개를 잘못 고르신 게 문제인 것 같다고 했다. 자기도 퍼그를 한 마리 키우는데, 그런 어려움은 전혀 없다고.

그 말에, 마리엘레가 이야기할 준비를 했다. 마치 공작이 꼬리 깃털을 부채처럼 펼치기 전에 온몸의 깃털을 한 번 흔드는 것 같았다. 마리엘레는 오늘 연분홍색으로 맞춰 입고 나타났는데, 깃을 세운 상의에, 노란 머리칼은 작은 망토처럼 어깨의 레이스 부분에 떨어지게 빗어 내린 모습이었다.

"저도 아들에게 강아지를 한 마리 사준 적이 있는데요. 아들이 아주 어릴 때였어요. 아들이 미친 듯이 아꼈는데, 아직 강아지이던 때에 녀석이 아들 눈앞에서 교통사고를 당한 거예요. 아들이 강아지 시체를 들고 아파트로 돌아와서는, 사람이 저렇게 울 수 있나 싶을 정도로 심하게 울었죠. 그 일이 아들의 성격을 완전히 망쳐버린 것 같아요. 지금은 냉정하고 계산적인 사람이 돼서, 자신에게 득이 될 것에만 관심을 보입니다. 저는 개보다는 고양이를 더 선호하는데요. 고양이들은 적어도 스스로 살아남는 법은 알고 있으니까요. 힘이 세다거나 주변에 영향을 미치지는 못하지만, 질투심과 어느 정도의 이기심으로 살아가는 종이라고 알려져 있기도 하지만, 그럼에도 뭔가 신비한 본능을 지니고 있고 취향도 확실하잖아요.

별거하기로 결정했을 때 남편은 고양이를 저한테 맡겼어요. 대신 콜럼버스의 미 대륙 발견 이전에 제작된 원주민 공예품은 늘 눈에 띄는 곳에 두고 싶다며 가지고 나갔죠. 남편은 고양이와 함께 자신의 일부도 남는 거라고, 자신이 고양이들의 보호를 받지 못한 채 세상에 나가는 것 같아 두려운 것도 그 때문이라고 하더군요. 아닌 게 아니라, 그 후로 남편의 선택이 이전만큼 좋은 결과를 가져오지 못한 건 사실이에요. 클림트의 동판화를 한 점 샀는데 나중에 위작으로 밝혀졌죠. 다다이즘에도 꽤 투자를 했는데, 사람들은 누구나 그 시대에 대한 대중들의 관심이 돌이킬 수 없을 정도로 줄어들었다고 말했죠.

반면에 저는, 신들의 너그러운 축복을 받기 시작했어요. 벼룩시장에서 뱀 모양의 작은 팔찌를 발견하고 50센트에 샀는데, 어느 날 남편의 친구 아르투르 씨를 길에서 만났을 때 그가 그 팔찌를 알아본 거예요. 아르투르 씨가 팔찌를 자기 연구실에 가지고 가서 검사를 하고 돌려줬는데, 미케네의 고대 무덤에서 나온 거라고, 값을 매길 수 없을 정도의 물건이라고 하더라고요. 당연히, 그가 브레토스 술집에서 남편과 술을 마시며 그 이야기를 했겠죠.

하지만 고양이가, 말했듯이, 질투가 많고 사람을 가리는 동물이긴 하죠. 그래서 제 애인이 아파트에 들어와 함께 살기 시작했을 때도 마음을 여는 데 아주 오래 걸렸어요. 애인이 지속적으로 관심을 보였지만, 돌아서자마자 녀석들은 잊어버리는 것 같더라고요. 안타깝게도 애인은 깔끔한 사람은 아니었는데, 책과 종이뭉치를 아무 데나 펼쳐놓고 지내는 철학자였어요. 제 아파트가 쉽게 추해지는 곳은 아니었지만, 그래도 가장 예쁜 상태로 유지하려면 꾸준히 꾸며줘야 하거든요. 모든 건 노란색으로 칠했어요. 행복의 색이고 태양의 색이지만, 애인의 주장에 따르면, 광기의 색이기도 하죠. 그래서 애인은 종종 옥상으로 올라가 가만히 서서 지적으로 보이는 파란 하늘색을 보며 집중하곤 했어요.

애인이 나가고 없을 때면 저는 행복이 되돌아오는 걸 느낄 수 있었어요. 저는 그의 책을 정리했는데, 몇몇 책은 너무 무거워서 양손으로도 들 수가 없더라고요. 결국 한바탕 난리를 친 후에, 제 책장 중 두 칸을 애인에게 내주기로 했고, 그는 착하게도, 맨 아래 두 칸을 쓰겠다고 했어요. 물론 애인도 맨 위 두 칸을 쓰고 싶었겠지만요. 하지만 맨 위 칸은 높았고, 애인이 잔뜩 가지고 있던 위르겐 하버마스의 책들은 피라미드를 지을 때 썼던 돌덩이들만큼 무거웠거든요. 바닥은 아주 넓고 꼭대기는 좁고 뾰족한 그런 구조물을 지으려고 사람들이 목숨까지 잃었던 것 아니냐고 내가 말했어요. 거기에 대해 애인은, 하버마스는 자기 전공이고 이제 와서 다른 철학자를 공부할 기회는 없을 것 같다고 하더군요. '이 남자는 사람일까 조랑말일까?' 애인이 옥상에서 하늘을 바라보는 모습을 보면서 저는 스스로에게 그렇게 묻곤 했어요. 그럴 때면 전남편에 대한 그리움이 밀려오기도 했죠. 전남편의 지독한 성미 때문에 저는 늘 정신없이 지내야 했고, 덕분에 밤에 잠은 잘 잘 수 있었으니까요.

가끔은 여자친구들에게 의지하기도 했어요. 다들 눈물을 흘렸고 하나가 되는 기분을 느꼈죠. 그러다가 어느 순간 애인이 피아노 앞에서 타란텔라 춤곡을 연주하거나, 오후 내내 와인과 정향에 잰 송아지 고기를 요리하면요, 그렇게 음악과 맛있는 냄새로 저를 유혹하면 저는 다시 돌덩이 같은 하버마스를 들어서 책장에 꽂는 거예요. 그러던 어느 날, 저는 더 이상 두고 볼 수는 없다고, 이 무질서를 어떻게든 정리해야 한다고 마음먹었어요. 집 안을 엷은 청록색으로 칠하고, 제 책을 책장에서 꺼내서 바닥에 내려놓고, 화병의 장미가 시들어서 말라

죽을 때까지 내버려두었죠.

애인이 흥분해서는, 제가 아주 중요한 첫걸음을 내디딘 거라고 했어요. 축하하기 위해 우리가 밖에서 식사를 하고 되돌아왔을 때, 고양이들이 엉망이 된 서재에서 맹렬히 날뛰고 있었어요. 종이들이 눈더미처럼 쌓여 있고, 아직 백포도주 기운이 가시지 않은 우리가 지켜보고 있는데도 고양이들은 날카로운 이빨로 책등을 뜯어내더라고요. 제 소설책들과 가죽 장정으로 된 책들은 하나도 건드리지 않았어요. 오직 하버마스 책만 공격한 거죠. 겉표지에 있는 하버마스의 사진은 모두 뜯겨져 나갔고, 『공공성의 구조 전환』에 커다란 발톱 자국이 나 있었어요. 덕분에 제 애인은 자신의 책들을 치워두기 시작했어요. 더 이상 요리를 하거나 피아노를 치지도 않았죠. 그런 복잡한 감정이 드는 축복, 그러니까 애인이 조금 작아져버린 것 같은 그 변화는 모두 고양이 덕분—물론 전남편의 역할도 조금은 있었겠지만요—이었어요.

그녀가 충격을 받은 듯 떨리는 목소리로 말했다.

"그건 우리가 동물들이 인간 의식의 순수한 반영이라고 보는 경우 아닐까요? 동시에 우리는 동물들의 존재에서 어떤 도덕적 힘을 끌어내서는, 거기에 비춰 인간들의 존재를 객관화하고 안전하게 보호하기도 하잖아요. 노예나 하인들처럼, 그들이 없어지면 주인들이 불안함을 느끼는 그런 존재인 셈이죠. 동물들은 우리의 삶을 지켜보고, 우리가 진짜라는 걸 확인해줍니다. 그들을 통해 우리는 우리 자신의 이야기에 접근하는 거예요. 동물들과의 상호 관계에서 우리는―동물들이 아니라요―있는 그대로의 모습으로 보여지죠. 아무래도―적어도 인간 입장에서는―동물들에게서 가장 중요한 점은 녀석들이 말을 못 한다는 사실인 것 같아요."

지난 시간에 부패한 개 시체 이야기를 했던 아리스가 말했다. 아리스 본인이 써온 이야기는 어린 시절 키웠던 햄스터 이야기였다. 햄스터가 철망 안에서 쳇바퀴를 돌리는 걸 지켜보곤 했다고, 그는 말했다. 햄스터가 돌릴 수 있는 쳇바퀴가 있었다. 녀석은 늘 달리고 있었고 바퀴는 늘 돌아가고 있었지만, 어디에도 이르지는 못했다. 그는 그 햄스터를 사랑했다. 그리고, 사랑하기 때문에 자유롭게 풀어줘야 한다는 것도 알았다. 햄스터는 달아났고, 그는 다시는 녀석을 볼 수 없었다.

게오르규가 시간이 다 됐다고 알려주었다. 시계가 내 머리 바로 뒤에 있었기 때문에 나는 시간을 볼 수 없었다. 내가 복도에서 전화를 받느라 보냈던 시간까지 감안한 거라고, 방해하지 않으려고 일부러 기다렸다가 이야기했다는 점을 이해해주셨으면 좋겠다고 했다.

나는 알려줘서 고맙다고 그에게 말하고, 다른 수강생들에게도 각자 이야기해줘서 고마웠다고, 아주 즐거운 시간이었다고 감사를 표했다. 로사가 리본으로 장식한 분홍색 상자를 꺼내 테이블 너머 내게 건넸다.

"아몬드 케이크예요. 할머니가 알려준 비법으로 제가 직접 구웠어요."

그녀가 말했다.

내가 가지고 가도 되지만, 괜찮다면 교실에서 모두 함께 나누어 먹어도 좋겠다고 그녀는 덧붙였다. 모두 하나씩 가져도 될 만큼 충분히 구웠는데, 카산드라가 수업에 오지 않아서 하나가 남게 생겼다고 했다. 나는 리본을 풀고 달콤한 냄새가 나는 상자를 열었다. 하얀 주름 종이에 완벽하게 싸인 케이크 11조각이 들어 있었다. 나는 상자를 들어 로사가 구운 케이크를 모두에게 보여주고, 하나씩 꺼내서 나누어주었다. 게오르규는 마침내 상자의 내용물을 확인할 수 있어서 안심이라고 말했다. 수업 초반에 상자를 발견하고는 계속 신경이 쓰였었다고, 안에 분명 동물이 들어 있을 거라고 생각했다고 그가 덧붙였다.

10

"저는 신경 쓰지 마세요."

7시에 침대에서 일어나 나왔을 때, 클레리아의 소파에 앉아 있던 여성이 말했다.

그녀는 숟가락으로 유리병에 든 꿀을 떠먹고 있었다. 커다란 여행 가방 두 개가 옆에 놓여 있었다. 좀 야위고 혈기 없는 얼굴에 꼬불꼬불한 파마머리를 한, 40대로 보이는 그 여성은 거위처럼 목이 길고 머리는 작았다. 유난히 쉰 듯한 목소리 때문에 그런 인상이 더욱 강하게 들렸다. 새까만 눈썹 아래 속눈썹이 없는 연녹색 눈을 자주 깜빡이지는 않았다. 눈꺼풀을 반쯤만 감은 것이, 마치 햇살에 눈이 부셔 인상을 쓰고 있는 것 같았다. 아파트 안은 숨이 막힐 정도로 더웠다. 그녀는 입고 있는 옷이—와인 색 벨벳 재킷, 셔츠와 바지, 그리고 무거워 보이는 가죽 부츠 차림이었다—분명 불편했을 것이다.

"방금 맨체스터에서 오는 길이에요. 거기는 비가 와서요."

그녀가 설명했다.

이렇게 일찍 들이닥쳐서 미안하다고, 그녀는 덧붙였다. 비행시간이 그렇게밖에 되지 않아서, 여행 가방을 든 채 카페에 멍하니 앉아 있는 것 말고는 달리 할 일이 떠오르지 않았다고 했다. 택시기사가 여행 가방을 들고 계단을 오르는 것을 도와주었다. 적어도 그 정도는 해줘야 했다고 그녀는 덧붙였다. 공항에서 오는 30분 내내, 기사는 자신이 쓰고 있다는 공상과학소설의 내용을 시시콜콜한 부분까지 이야기했다. 글쓰기 강의를 하러 아테네에 왔다고 말한 것이 실수였다. 기사의 영어는 훌륭했지만, 스코틀랜드 억양이 강했다고 했다. 그는 애버딘에서 10년 동안 택시기사로 일했는데, 이언 뱅크스*를 손님으로 태운 적도 있었다. 본인 말에 의하면, 뱅크스는 그를 많이 격려해주었던 모양이다. 그녀는 자신이 소설가가 아니라 극작가라고 말하려 했지만, 그렇게 말하면 기사는 그런 세세한 차이는 중요하지 않다고 할 것 같았다.

"아무튼, 저는 앤이에요."

그녀가 말했다.

그녀는 악수를 하기 위해 일어났다가 다시 앉았다. 나는 클레리아 소유 아파트의 커다란 창문에 비친 우리 두 사람을 보

---

* 영국의 소설가.

왔다. 아침 7시에 아테네의 아파트에서 악수를 하는 두 여인. 그녀의 손은 아주 하얗고 앙상했으며, 힘이 있으면서도 조금은 불안한 느낌으로 악수를 했다.

"근사한 집이네요. 숙소가 어떤 곳일지 짐작도 못 했거든요. 이런 경우에 보통 그렇잖아요. 아닌가? 좀더 개성 없는 곳일 거라고 생각했어요. 오는 동안 일부러 최악의 상황만 상상했는데, 확실히 효과가 있네요."

그녀가 주변을 살피며 말했다.

이유는 알 수 없지만 왠지 먼지 날리는 아파트 동네의 상자 같은 방에 처박히게 될 거라 생각했다고, 그녀는 말했다. 개들이 짖고, 아이들이 울고, 사람들은 지상 100미터도 더 되는 곳에 달린 창문 손잡이에 줄을 묶어놓고 빨래를 너는 그런 동네 말이다. 심지어 아파트 아래 도로까지 상상했는데, 오는 길 내내 마주한 풍경이 그랬기 때문에 유심히 보지 않았지만 어느새 머릿속에 박혀버린 모양이라고 했다. 어쨌든 그녀는 머무를 집이 좋은 곳은 아닐 거라고 생각했는데, 정확한 이유는 자신도 잘 알 수 없었다.

"여기는 좋네요."

그녀가 주변을 둘러보며, 놀랍다는 듯이 유쾌한 목소리로 말했다. 그녀는 숟가락을 다시 꿀이 든 유리병에 넣고 기울여서 퍼먹었다.

"죄송해요. 당 때문에요. 한 번 시작하면 그만둘 수가 없어요."

원하면 주방에 음식이 좀 있다고 내가 말했지만 그녀는 고개를 저었다.

"모르는 게 나아요. 어차피 좀 있으면 주방으로 갈 거예요. 장소가 바뀔 때마다 조금씩 달라지기는 하지만 좀처럼 나아지지는 않네요."

내가 주방으로 가서 커피를 내렸다. 방 안이 덥고 답답해서 창문을 열었다. 멀리서 지나가는 자동차 소리가 들렸다. 새하얀 색으로 칠한 건물들의 뒷면이 완전히 그늘에 잠겨 있었다. 직선들이 만들어내는 낯선 모양들로 가득한 풍경이었다. 새로운 건물이 들어서거나 있던 건물이 확장되면서 두 개의 면 사이에 비어 있던 공간들이 채워지고, 덕분에 어떤 곳에서는 두 선이 거의 닿을 듯했는데, 마치 같은 건물이 가운데 부분까지만 절반으로 갈라진 것처럼 보이는 곳도 있었다. 지면은 너무 아래 있어서 보이지 않았고, 그나마 아무것도 자라지 않고 움직이지도 않는 백색의 사각형 덩어리들이 만들어내는 그늘에 가려버렸다. 햇빛이 건물들 옥상 모서리에서 크게 휜 칼날처럼 비치고 있었다.

"현관에 있는 조각상 때문에 놀라서 죽을 뻔했어요. 처음 봤을 때는 그 조각상이 선생님인 줄 알고."

돌아온 나를 보고 앤이 말했다. 목소리가 다시 쉰 목소리처럼 들렸고, 그녀는 손으로 자신의 기다란 목을 쓰다듬었다.

"저는 환영 같은 거 싫어하거든요. 거기 조각상이 있다는 걸 깜빡하는 바람에."

"저도 그 조각상 때문에 몇 번 놀랐어요."

내가 말했다.

"이번 강의가 전체적으로 좀 신경 쓰이는데, 이야기 좀 해주세요."

그녀는 내가 이 집에서 얼마나 지냈는지, 수강생들은 어떤지, 전에도 아테네에 와본 적이 있는지 등등을 물었다. 언어 장벽 문제를 어떻게 해야 할지 확신이 없다고, 모국어가 아닌 언어로 글을 쓴다는 것 자체가 웃긴 생각인 것 같다고도 했다. 그녀는 사람들에게 의무적으로 영어를 쓰게 만드는 추세에 대해서는 거의 죄의식이 들 정도였고, 언어가 바뀌는 과정에서 얼마나 많은 사람이 뒤처질지 생각하면, 그건 필수품 몇 개만 챙겨 집을 떠나는 것과 비슷한 일 같다고 했다. 하지만 그런 상상 속에는 어떤 순수함이 있었고, 자신을 새로 태어나게 할 수도 있다는 그 가능성에 그녀는 끌렸다. 정신적인 면에서나 언어적인 면에서 기존의 혼란스러운 상태를 벗어난다는 건, 어떤 면에서는 호소력이 있었다. 무언가를 기억하기 위해서는 먼저 그 무언가를 두고 떠나야 했다. 예를 들어, 앤 본인은 외국어로는 농담을 할 수 없다고 했다. 영어를 쓸 때는 대체적으로 재미있는 사람이라는 평을 듣는 편이었지만, 예를 들어 스페인어를 쓸 때는—그녀는 한때 스페인어를 유창하게 구사했다—그렇지 못했다. 그러니까 문제는 번역이 아니라 적응이었다.

한 사람의 성격이 새로운 언어 환경에 맞춰 적응하고 재탄생해야만 한다는 것, 그건 꽤 흥미로운 생각이었다. 베케트가 같은 시를 프랑스어로 한 번 쓰고 영어로도 한 번 쓴 적이 있다고 그녀는 말했다. 마치 두 개의 언어를 쓰면서 베케트 본인도 두 사람이 되었음을, 언어 장벽은 궁극적으로는 극복할 수 없는 것임을 보여주는 증거인 것 같았다.

나는 그녀에게 맨체스터에 살고 있냐고 물었다. 그녀는 아니라고, 거기서도 글쓰기 강의를 하기 위해 머물렀던 것뿐이며, 이곳 강의를 위해 바로 온 거라고 했다. 피곤한 일이긴 하지만 돈이 필요하다고 했다. 최근에는 글을 거의 쓰지 못했다고도 덧붙였다. 그렇다고 희곡으로, 특히 그녀가 쓰는 종류의 희곡으로 부자가 될 수 없는 건 마찬가지지만 말이다. 자신의 글쓰기에 어떤 변화가 일어났다고—"뭐, 일종의 사고라고 해도 될 것 같아요."—그녀는 말했다. 그리고 극작가로서 그녀는, 사고라는 게 있고 나면 모든 문제의 원인이 그 사고인 것만 같은 기분이 든다는 것도 알고 있었다. 사고는, 마치 나머지 모든 것을 빨아들이는 지반 같았고, 다른 모든 일이 그 사고에서 이유를 찾으려는 것만 같았다. 문제들은 어차피 일어나게 마련인데, 그저 그런 기분이 드는 것뿐일지도 모르겠다고 그녀는 말했다.

나는 어떤 문제가 있었냐고 물었다.

"저는 요약병이라고 불러요."

그녀가 쉰 듯한 목소리로 기운차게 말했다. 새로운 작품을 구상하려고 할 때마다, 어느 정도의 양을 채우기도 전에 그 작품이 정리가 되어버린다는 것이었다. 가끔 '긴장'이나 '시어머니'처럼 한 단어로 요약될 때도 있었다. 엄격히 말하자면 시어머니는 복합어지만 아무튼 그랬다. 질투라는 단어가 이미 모든 것을 요약하는데, 뭐 하러 힘들여서 질투에 관한 희곡을 쓴단 말인가. 자신의 작품에 대해서만 그런 것이 아니었다. 그녀는 어느새 다른 작가들의 작품에 대해서도 똑같은 작업을 하고 있었고, 심지어 대가들의 작품, 언제나 존경해 마지않았던 작가들의 작품도 대부분 요약이 가능했다. 심지어 그녀가 신처럼 모시는 베케트의 작품들도 *의미 없음*이라는 단어로 무너뜨릴 수 있었다. 그런 요약한 단어가 떠오르기 시작하는 걸 느끼면 어떻게든 눌러보려 애썼지만, 단어들은 오르고 또 올라와 결국 머릿속에 되돌릴 수 없을 만큼 박혀버리곤 했다. 책만 그런 것이 아니었다. 사람에 대해서도 그런 일이 일어나기 시작했다—그녀는 며칠 전 밤에 친구와 술을 마셨는데 테이블 건너편을 보며 *친구*라는 단어가 떠올랐고, 그 결과 자신들의 우정이 끝난 것 아닌가 하는 의심이 강하게 들었다.

그녀는 숟가락으로 유리병 바닥을 긁었다. 본인도 그것이 일종의 문화병文化病임을 알고 있었지만, 어느새 그 병은 자신의 내면을 장악해 심지어 스스로에 대해서도 요약을 하고 있었다. 그녀는 어차피 *앤의 삶*이라는 표현으로 다 정리가 될 텐데, 하루하루의 구체적인 실존이 무슨 의미가 있는지 고민하기 시작했다.

나는 좀 전에 그녀가 말한 사고라는 게—그렇게 표현했다—도대체 무슨 일이었는지 물었다. 그녀가 입에서 숟가락을 빼고, 쉰 듯한 목소리로 말했다.

"강도를 만났어요. 6개월 전에, 누가 나를 죽이려고 했어요."

정말 끔찍한 일이라고, 내가 말했다.

"사람들은 늘 그렇게 말하죠."

그녀가 말했다.

그때쯤 꿀을 다 먹은 그녀는 숟가락에 묻은 마지막 한 방울까지 핥고 있었다. 배가 고픈 게 분명한 것 같은데 다른 건 정말 먹지 않아도 괜찮겠냐고 내가 물었다.

"안 먹는 게 좋을 것 같아요."

그녀가 말했다.

"말씀드렸듯이, 일단 시작하면 멈출 수가 없어서요."

뭔가 간단한 음식, 과하지 않고 깔끔한 음식을 먹으면 도움이 되지 않겠냐고 다시 물었다.

"글쎄요, 모르겠네요."

그녀가 자신 없다는 듯이 말했다.

나는 우리 사이 테이블에 놓여 있던 로사가 준 분홍색 상자를 열고, 남아 있는 케이크 한 조각을 보여주었다. 그녀가 케이크를 집어 들며 말했다.

"감사합니다."

사고의 후유증 가운데 하나는 음식을 평범한 방식으로 먹을 수 없게 되었다는 점이라고, 그녀가 말했다. 어떤 음식이든 그랬다. 이전에는 분명 음식에 따라 먹는 법을 알고 있었을 것이다. 먹는 행위에 대해 특별한 생각 없이 지금까지 살아왔으니까 말이다. 하지만 어떻게 그럴 수 있었는지, 심지어 그동안 뭘 먹고 지냈던 건지 도무지 기억이 나지 않았다. 그녀는 훌륭한 요리사와 결혼했었는데, 음식을 먹는 순서에 광적으로 집착하는 사람이었다. 몇 달 전에 마지막으로 만났을 때, 전남편은 점심을 함께 먹자고 했다. 그는 그녀를 고급 식당으로 데리고 갔는데, 그녀가 더 이상 가지 않는 종류의 식당이었다. 경제적인 이유 때문이기도 했지만, 한편으로는 그런 곳에 드나들기 위해 당연히 갖추고 있어야 할 당당함이 이제는 없는 것 같다고 그녀는 생각했다. 자신에게는 그런 곳에 있을 자격이 없는 것 같은 느낌이 들었다.

그녀는 자리에 앉아 전남편이 주문을 하고, 전채와, 본 요리, 후식을 천천히 먹는 모습을 지켜봤다. 요리 하나하나는 아주 적당하고, 그 자체로 완벽했다—전채는 굴이었고 후식은, 그녀가 기억하기로는, 크림을 섞은 딸기였다. 마지막으로 작은 잔에 에스프레소가 나왔고 전남편은 단숨에 그 커피를 털어넣었다. 그녀는 샐러드 하나만 시켰다. 나중에, 전남편과 헤어진 그녀는 도넛 가게를 발견하고는 안으로 들어가 도넛 네 개를 사서 길에 선 채 하나씩 하나씩 먹어치웠다.

"아무한테도 한 적 없는 이야기예요."

그녀는 그렇게 말하고는, 로사의 케이크를 들어 한 입 베어 물었다.

전남편이 음식을 먹는 모습을 지켜보며 두 가지 정반대의 느낌이 들었다고, 그녀는 말을 이었다. 하나는 갈망이었고, 다른 하나는 역겨움이었다. 그 광경—전남편이 음식을 먹는 광경—이 불러일으킨 무언가를 그녀는 원하면서, 동시에 원하지 않았다. 갈망은 쉽게 이해할 수 있었다. 그건 그리스어로 노스토스nostos라고 부르는 감정이었다. 번역하자면 '향수' 정도 될 텐데, 그녀는 그 번역이 마음에 들지 않는다고 했다. 어떤 감정 상태를 일종의 복통 정도로 퉁치고 지나가는 건 아주 영국적인 사고방식인 것 같다고 그녀는 말했다. 하지만 그날도 그녀는 자신이 '향수'라는 단어로 그 상황을 요약하고 있음을 깨달았다.

전남편은 사고 후에 그다지 도움이 되지 않았다. 이미 이혼했지만, 그래서 그의 도움을 기대하는 건 잘못된 일이라고 생각하고 있었지만, 그럼에도 그의 태도는 그녀를 놀라게 했다. 사고를 당했을 때 맨 처음 알려야겠다고 떠오른 사람이 전남편이었다—물론 습관 때문이었겠지만, 솔직히 말하면, 그녀는 자신들 두 사람이 어떤 식으로든 이어져 있다고 생각했다. 하지만 그날 전남편과 통화를 시작하자마자, 그는 상황을 그녀와 같은 마음으로 보고 있지 않다는 것을 즉시 알 수 있었다. 그녀는 화를 내고, 흐느끼고, 신경질적이었고 그는 예의 바른 태도로 대처했다. *정반대*라는 단어가, 그 힘든 순간에, 그녀의 머리에 떠올랐다.

사고가 해결된 건 다른 사람들 덕분이었는데, 그중 몇몇은 모르는 사람들이었다. 경찰관, 변호사, 좋은 친구 한두 명. 그렇지만 사고 이후의 수습 과정은 대혼란으로의 추락이었다. 아무 의미도 없는 무의미의 소용돌이에 휘말리는 것 같았는데, 그 안에서 남편의 부재는 중심점, 그것이 없으면 어떤 일도 의미가 없는 그런 중심점이 사라진 것 같은 느낌으로 다가왔다. 남자와 여자가 두 개의 축이 된다는 것은 하나의 구조, 형식이었다. 그녀는 그 구조가 사라진 후에야 그것을 실감했고, 그 구조, 평형 상태가 무너졌다는 사실이 마치 이후에 터진 극단적 사건의 원인인 것만 같았다. 다른 말로 하자면, 한 남자에게 버림받은 일이 곧장 다른 남자에게 공격당하는 일로 이어진 것이다. 나중에는 그 두 일—사고를 당한 것과 남편이 없다는 사실—이 거의 하나의 일처럼 보이기 시작했다. 결혼 생활의 끝은, 그 의미가 서서히 해체되는 과정, 길고 고통스러운 재해석의 과정일 거라고 상상했지만, 그녀의 경우에는 전혀 그렇지 않았다.

이혼할 당시 전남편은 이미 그녀를 아주 깔끔하고 세련되게 지워버린 상태였고, 덕분에 그녀는 자신이 그렇게 버림받는 동안에도 그에 대해서는 거의 확신을 느끼고 있었던 것이다. 전남편은 꼭 함께 가야만 했던 변호사 면담에서 정장 차림으로 그녀 옆에 앉아 있었다. 가끔 시계를 보며 사람들에게 자신은 꼭 필요한 만큼만 있겠다는 것을 확실히 알렸는데, 그럴 거면 그냥 실물 크기의 사진을 보냈어도 차이가 없었을 것이다. 남편의 생각은 분명 다른 곳에 있었고, 어쩌면 새로 펼쳐진 대지 위를 달리고 있었을 것이다. 재해석은커녕, 두 사람의 결혼 생활의 끝은 실제로는 말이 필요 없었다. 이혼하고 얼마 후 남편은 어떤 귀족—무슨 백작이라고 했다—의 딸과 재혼했고, 남편의 새 아내는 현재 두 사람의 첫아이를 임신한 상태다.

어떤 면에서 보면 전남편은 10년 전 자신이 처음 만났던 상태 그대로 그녀를 돌려보낸 셈이라고, 그녀는 받아들였다. 무일푼의 극작가, 배우 친구 몇 명과 값도 안 나가는 수많은 중고책만 가진 그런 상태로 말이다. 하지만 자신은 더 이상 그런 사람이 아님을, 그녀는 이내 깨달았다. 전남편을 거치며 그녀는 다른 사람이 되었다. 어떤 의미에서는 전남편이 지금의 그녀를 만들어냈고, 사고가 나던 날 그에게 전화를 걸 때는 그녀도, 그가 만들어낸 어떤 사람의 자격으로 전화를 걸고 있다고 스스로 생각했던 것 같다. 전남편을 만나기 전에 그녀와 삶을 이어주던 끈들은 완전히 끊어져버렸고—그때의 그녀는 더 이상 존재하지 않았다.

따라서 사고가 일어났을 때 그건 두 가지 종류의 위기였고, 그중 하나는 정체성의 위기였다. 말하자면 그녀는 그 사고가 누구에게 일어난 것인지 명확히 알 수가 없었다. 그러니까 그 적응의 문제가, 당시 그녀가 당면한 가장 큰 문제였다. 그녀는 모국어를 잃어버린 사람 같았는데, 그건 그녀가 늘 매혹적이라고 생각했던 상태였다. 사고 후 그녀는 자신이 소위 '어휘'라는 것, 자신만의 모국어를 잃어버렸음을 알게 되었다. 난생처음으로, 자신을 표현할 말을 잃어버린 것이다. 그녀는 자신에게 일어난 일이나 다른 사람에게 일어난 일을 묘사할 수 없었다. 물론 그런 일들에 대해 이야기는 했지만, 분명 쉴 새 없이 이야기를 했지만 말하려는 대상 자체에는 닿지 못했다. 그것은 늘 가려져 있거나, 신비화되거나, 접근할 수 없는 것이었다.

그리스로 오는 비행기에서 옆자리 남자와 우연히 이야기를 나누게 되었고, 그 대화 덕분에 그런 주제들을 곰곰이 생각해보게 되었다고 그녀는 말했다. 옆자리 남자는 아테네 대사관에 발령받은 외교관이었는데, 직업 때문에 세계 곳곳을 돌아다니며 지내야 했고, 그 결과 다양한 언어들을 익히게 되었다고 했다. 남미에서 성장했기 때문에 모국어는 스페인어였지만, 아내는 프랑스인이었다. 가족은—그와 아내, 그리고 세 자녀들—함께 있을 때는 보편적인 통화通貨라고 할 수 있는 영어를 사용했는데, 캐나다에서 몇 년간 근무한 적이 있었기 때문에 자녀들은 미국식 영어를 쓰는 반면, 자신은 오래전 런던에 있을 때 배운 영어를 쓴다고 했다. 그 외에도 그는 독일어와 이탈리아어, 표준 중국어를 유창하게 구사할 수 있었고, 스톡홀름에서 1년간 지내면서 스웨덴어를 익혔고, 러시아어는 업무를 처리할 수 있을 정도의 수준이었으며, 포르투갈어로도 큰 어려움 없이 의사소통할 수 있었다.

그녀 본인은 비행기를 타면 불안해하는 성격이어서, 그 대화가 도움이 되었다고 했다. 하지만 사실은, 그의 이야기, 그가 살아온 삶과 그 삶을 통해 서로 다른 언어를 배웠다는 그 이야기에 점점 더 매혹되었다. 그녀는 그에게 이것저것 물으며 세부적인 면들을 가능한 한 많이 알려고 했다. 어린 시절은 어땠는지, 부모님은 어떤 분들이었는지, 어떻게 외교관이되었는지, 아내는 어떻게 만나서 결혼했고 이어진 가정생활은 어떤지, 전 세계를 돌아다니며 일하는 건 어떤 기분인지 물었다. 그의 대답에 귀를 기울이면 기울일수록, 뭔가 근본적인 것, 그러니까 그에 대한 근본적인 것이 아니라 그녀 자신에 대한 근본적인 어떤 모습이 드러나는 듯한 느낌이 들었다.

그가 말을 하면 할수록, 어떤 구분선이 점점 더 분명하게 드러나는 것 같았다. 그는 그 구분선의 한편에서 이야기를 하는 반면, 그녀 자신은 반대편에 서 있는 것이 점점 더 분명해졌다. 다른 말로 하면, 그는 그녀가 아닌 어떤 모습만을 이야기하고 있었다. 그가 자신에 대해 한 모든 이야기가 그녀에게는 하나도 해당하지 않았다. 반대되는 것들만 늘어놓은 일종의 반대 서술—적당한 용어가 없으니 그렇게 부르기로 한다면— 덕분에, 뭔가가 뚜렷하게 그녀에게 전달되었다.

옆자리 남자가 이야기를 하는 동안 그녀는 자신이라는 하나의 형태, 윤곽을 그려볼 수 있었다. 그 윤곽을 둘러싼 바깥의 세부적인 면들은 모두 채워졌는데, 정작 윤곽 자체는 텅 비어 있었다. 그 형태 덕분에, 비록 그 내용물은 알지 못했지만, 사고 이후 처음으로 그녀 자신의 현재 모습을 인지할 수 있었다.

그녀는 부츠를 벗어도 되겠냐고 물었다. 점점 더위를 느끼고 있었던 것이다. 그녀는 벨벳 재킷도 벗었다. 최근 몇 달은 계속 추위를 탔다고, 체중이 많이 줄었는데 아마 그 때문인 것 같다고 했다. 그녀의 옆자리 남자는 몸집이 작았는데, 거의 소인이라고 해도 될 정도였다. 그를 보면서 그녀는 아주 오랜만에 자신의 몸집이 크다는 생각을 했다. 그는 몸집이 아주 작고 단정했으며, 손발은 어린아이 같았는데, 비행기 기내라는 좁은 공간에서 그런 사람 옆에 앉아 있으니 그녀는 자신의 몸을, 그 몸이 얼마나 변했는지를 실감할 수 있었다. 특별히 뚱뚱했던 적은 없었지만 사고 후에 몸이 줄어든 것은 확실했고, 이제는, 도대체 자신이 누구인지 알 수가 없었다.

그녀가 알아차린 것은, 옆자리 남자, 아주 깔끔하고 오밀조밀한 그 남자는 아마 늘 그런 모습이었을 거라는 사실이었다. 그런 남자 옆에 앉아 있으니 그 구분이 뚜렷하게 보였다. 여성으로서 살아오면서 몸은 달라지게 마련이라는, 그 무정형無定形성은 곧 현실이었다. 전남편은, 어떤 의미에서, 거울의 역할을 해주었지만 이제는 그런 거울 없이도 자신의 모습을 알 수 있었다. 사고 후에 체중이 거의 4분의 1 정도 줄었다. 길거리에서 우연히 만난 지인이 그녀를 보며 "이제 당신 모습은 거의 없네요"라고 말했던 것이 기억났다. 얼마 동안 만나는 사람마다 비슷한 말들을 했다. 당신이 지워지고 있다, 사라지고 있다, 그런 식으로 그녀가 곧 부재할 것처럼 말했다.

그녀가 아는 범위 내에서, 40대는 대부분 부드러워지고 확장되는 시기였다. 기대는 희미해지고, 무언가를 쫓는 일에 지처 이제는 씨를 뿌리고 더 윤택해지기 위한 노력을 조금 줄이는 시기였다. 주변의 40대들은 긴장을 풀고 삶을 편안하게 받아들이기 시작하는 것 같았다. 하지만 그녀 본인은, 다시 세상으로 나와야 했다. 경계선들은 더 날카로워졌고, 기대도 줄어들지 않았다. 가끔은 모두 돌아가버린 파티장에 뒤늦게 도착한 것 같은 느낌이 들 때도 있었다. 다들 함께 집으로 돌아가 잠자리에 드는 시간에 말이다. 그녀는 잠을 잘 자지 못했다. 그녀로서는, 내가 오늘 돌아간다는 사실이 다행이었다. 아파트가 작아 보이는데, 함께 지냈다면 자기가 새벽 3시에 잠에서 깨 여기저기 돌아다니면서 내 잠을 깨웠을 거라고 했다.

그렇게 옆자리 남자와 나란히 앉아서 대화를 나누는 동안, 그녀는 다시 한번 자신을 알고 싶은, 자신이 어떤 모습인지 알고 싶은 욕구가 치솟았다고 했다. 그녀는 옆자리 남자와 섹스를 하면 어떨까 하는 생각까지 하고 있었는데, 그렇게나 다른 두 사람은 서로를 역겹다고 느낄지 궁금했다. 그가 말을 하면 할수록 그녀는 그 생각만 떠올랐다. 두 사람의 차이가 지금 시점에서, 서로에 대한 역겨움만 불러일으킬까 하는 질문. 그 차이, 이미 그 자체로 공식적인 것이 된 그 구분은, 크기나 형태, 방식 따위를 초월하는 하나의 요점으로 정리되었고, 그녀는 머릿속에서 그 점을 또렷이 파악할 수 있었다. 그 요점이란 그는 원칙이 지배하는 삶을 사는 반면, 그녀는 감정이 지배하는 삶을 살고 있다는 것이었다.

어떻게 그렇게 많은 언어들을 습득할 수 있었냐고 묻자 그는 자신만의 방식을 설명했다. 그건 머릿속에 도시를 하나씩 만들어가는 것이라고 했다. 아주 잘, 단단하게 지어서 삶의 환경이 어떻게 바뀌든, 혹은 그곳에서 얼마나 오랫동안 떨어져 지내든 상관없이 그대로 서 있을 수 있는 도시 같은 거라고.

"저는 그 도시들을 상상했어요. 그리고 그 남자가 도시들을 차례대로 떠도는 모습을 상상했죠. 그렇게 조그만 사람이 거대한 구조물들 사이를 지나다니는 모습을요. 저는 그 이미지가 글쓰기를 떠올리게 한다고 말했죠. 희곡은 도시가 아니라 집과 비슷한 거라는 점만 제외하고요. 저는 그게 얼마나 강렬한 경험이었는지를 떠올렸어요. 집을 한 채 짓고 나면, 거기서 걸어나와 뒤돌아봐도 그 집은 여전히 거기 서 있는 거예요. 그런 느낌을 떠올리는 동시에, 저는 앞으로 희곡을 단 한 편도 쓸 수 없을 거라는 사실도 확실히 알 수 있었죠. 실은 애초에 어떻게 쓸 수 있었던 건지, 어떤 단계를 거쳐, 어떤 재료들을 가지고 쓸 수 있었는지도 기억나지 않아요. 어쨌든, 앞으로 제가 희곡을 쓰는 게 불가능하다는 건 확실히 알겠더라고요. 물위에, 떠다니는 집을 지을 수 없는 것처럼요.

그때 옆자리 남자가 놀라운 말을 했어요. 그 남자는 6개월 전에 아테네에 왔었는데 그동안 그리스어가 전혀 늘지 않았다고 고백한 거예요. 최선을 다해 배우려고 하고, 매일 두 시간씩 개인교사를 대사관에 불러서 과외까지 받았지만, 한마디도 입에 붙지 않았다고 하더라고요. 개인교사가 떠나자마자 그날 배운 것들이 그대로 녹아 없어지는 것 같았다고요. 이런저런 사교 자리에서나 회의에서, 상점이나 식당에서 입을 열어보았지만, 이내 그의 입에서부터 뒷머리까지 커다란 평원이 펼쳐지는 것 같은 기분이었다고 하더라고요. 평생 그런 일은 처음이었기 때문에, 그게 자기 잘못인지 아니면 어떤 식으로든 언어 자체의 문제인지도 알 수 없었다고 했어요. 우습게 들리겠지만, 본인의 경험에 대한 확신이 너무 강했기 때문에, 그리스어 자체가 문제일 가능성도 완전히 배제할 수는 없다고 덧붙이면서요.

그래서 제가 물었죠. 아내와 아이들의 그리스어 공부는 어떠냐고, 나머지 가족들도 같은 어려움을 겪고 있냐고요. 그는 아내와 아이들은 그대로 캐나다에 남아 있다고, 지금 시점에서는 그곳 생활에 너무 익숙해져 있어서 그걸 해칠 수는 없었다고 인정하듯 말했죠. 아내에게도 직장과 친구들이 있고, 아이들 역시 학교와 친구들을 떠나기 싫어했다고요. 그렇게 가족이 떨어져 지내는 건 처음이라고 했어요. 저와 이야기를 시작할 때 그 사실을 밝히지 않았는데, 이유는 자기도 모르겠다고 했어요. 별로 중요하지 않은 이야기라고 생각했다고.

제가 계속 물었어요. 그리스어를 잘 배우지 못하는 게 가족과 떨어져 지내는 것과 관련이 있다고 생각하는지요. 감정의 문제를 묻는 게 아니라, 다른 언어들을 성공적으로 익혔을 때의 어떤 조건이 더 이상 갖추어져 있지 않기 때문일 수도 있지 않겠냐고 이야기했죠. 그는 잠시 생각하더니, 그 말도 어느 정도는 맞는 것 같지만, 자신이 마음속으로, 그리스어는 그리 유용한 언어가 아니라고 생각하고 있기 때문인 것 같다고 했어요. 국제적인 언어가 아니니까요. 외교계에서는 모두들 영어로 의사소통을 하니까, 그리스어 공부는 결국 그에게는 시간 낭비인 셈이죠.

그 말에 최종적인 어떤 의미가 담겨 있는 것 같아 저는 그걸로 우리 대화도 끝나는 걸로 이해했어요. 그리고 남은 30분 정도 더 비행을 하는 동안 우리는 한마디도 하지 않았죠. 저는 그 남자 옆에 앉아서 침묵의 힘을 느꼈는데, 거의 제가 무슨 꾸중을 들은 것 같은 기분이었어요. 하지만 실제로 있었던 일은 그가 자신의 실패를 자기 탓으로 인정하지 않았다는 것, 그리고 그 사태에 어떤 의미를 부여하려 했던 저의 시도까지 거절했다는 것뿐이었죠. 그는 제가 그런 의미를 부여하려 했던 행동이 경솔했다고 생각했던 것 같아요. 그건 거의 의지들끼리의 충돌, 팔걸이 하나를 사이에 두고 그의 원칙과 저의 감정이 벌이는 전투 같았어요. 저는 그가 뭔가를 물어보기를 기다렸죠. 그가 질문을 했더라면 그건 예의 있는 행동이 됐겠지만, 그는 그렇게 하지 않았어요. 저는 그에 대해 그렇게 많은 질문을 했는데 말이에요. 그는 삶에 대한 자신만의 관점 속으로 들어가 입을 닫아버렸는데, 그 관점이 위협받고 있다는 걸 본인도 알았기 때문에, 그런 행동은 상대에게 불쾌감을 불러일으킬 수도 있는 거죠."

그녀가 말했다.

그녀는 그렇게 앉아, 자신을 설명하려 하는 평생의 습관에 대해 생각했고, 누군가를 다른 사람들의 손길이 닿지 않는 곳으로 보내버리는 침묵의 힘에 대해 생각했다. 최근에, 그러니까 사고 이후로는—뭔가를 설명하는 것이 어려워지고, 그나마 그 설명들이 거칠고 황량해졌기 때문에—가까운 친구들도 그 이야기는 그만하라고 말하기 시작했다. 마치 그렇게 그 이야기를 계속함으로써 그 사건이 현재 진행 중인 일인 것처럼 말이다. 하지만 사람들이 자신에게 일어난 일에 대해 입을 다문다면, 무언가가 드러나지 않게 되는 것 아닐까. 비록 그것이 그 일들을 겪은 사람들 입장에서의 설명일 뿐이라고 해도?
예를 들면 역사와 관련해서, 어떤 일은 말하지 않는 편이 낫다
는 말은 아무도 하지 않는다. 오히려 역사에서는 말하지 않는
다는 것은 곧 망각이며, 자신들의 역사가 지워질 위험에 처한
사람들에게 그것은 가장 두려운 일이기도 하다. 그리고 실제
로 역사는, 비록 기념물들이 있기는 하지만, 눈에 보이는 것이
아니다. 기념물을 세워 표지를 남기는 것은 역사의 절반일 뿐,
나머지 절반은 해석이다. 그리고 망각보다 더 나쁜 것은 사건
을 잘못 전하는 것, 편파적으로 전하는 것, 혹은 일부만 전하
는 것이다. 진실은 전해져야만 한다. 그리고 재현 자체에만 맡
겨둘 수도 없다. 예를 들어 사고 후 그녀는 모든 일을 경찰에
게 맡겼지만, 그 결과 자신은 옆으로 물러날 수밖에 없었다고
했다.

나는 그녀에게 괜찮다면 사고 자체에 대해 이야기해줄 수
있냐고 물었다. 그녀의 얼굴이 놀란 듯 굳어졌다. 그녀는 파란
핏줄 두 개가 도드라져 보이는 목에 손을 갖다 댔다.

"어떤 놈이 덤불에서 튀어나와 제 목을 조르려고 했어요."

그녀가 쉰 듯한 목소리로 말했다.

그녀는, 자기가 한 말이 있지만, 그래도 그 이야기는 더 이
상 안 했으면 좋겠다고, 이해해달라고 했다. 그녀는 어떻게든

요약해보려고 애쓰기는 했다.

"말하자면 그날은 연극이 현실이 된 거죠."

그녀가 말했다. 그것은 더 이상 이론에 머무르지 않고, 그녀가 종종 그 안에 숨어들어 세상을 내다볼 수 있는 내적인 구조에 머무르지 않았다. 어떤 의미에서, 그날 덤불에서 뛰쳐나와 그녀를 공격한 것은 그녀 자신의 작품이었다.

나는 어느 시점에서는 많은 사람이 그런 것을 느끼는 것 같다고 말했다. 작품이 아니라 삶 자체에 대해 그런 느낌을 가지게 된다고.

그녀는 소파에 말없이 앉아, 팔짱을 낀 채 고개를 끄덕였다. 갑자기 그녀는 내가 언제 떠나는지 물었다. 나는 몇 시간 후에 비행기를 타야 한다고 했다.

"아쉽네요. 얼른 돌아가고 싶으세요?"

그녀가 말했다.

"네, 어떤 면에서는요."

내가 대답했다.

그녀는 내가 보기에 여기 머무르는 동안 꼭 구경해야 할 게 있는지 물었다. 아테네가 세계적으로 중요한 유적들로 가득하다는 것은 알고 있지만, 무슨 이유에선지, 지나치게 압도적인 느낌이 든다고 했다. 좀더 작고, 내가 개인적으로 아끼는 곳이 있다면 꼭 알고 싶다고 했다.

나는 아고라에 가서 기둥들에 있는 머리 잘린 여신상을 보라고 했다. 거기는 시원하고, 평화로운 곳인데, 부드러워 보이는 옷을 걸친 거대한 조각상들, 그렇게 전능하고 말이 없는 여신상들을 보고 있으면 묘하게 위로가 된다고 했다.

"여기서 3주 동안 아이들하고만 지낸 적이 있거든요. 항공편이 모두 취소되는 바람에 발이 묶인 거죠. 육안으로 볼 수는 없었지만 하늘에 재가 떠다닌다고, 그 재가 항공기 엔진에 섞여 들어갈 우려가 있다고 하더라고요. 중세 신화에 나오는 묵시록의 풍경이 떠올랐어요. 그 재 구름은 눈에 띄지 않지만, 믿을 수밖에 없는 어떤 것이었죠. 그래서 여기서 3주를 머무른 거예요. 그건 예정에 없었던 체류였기 때문에 우리는 어떤 의미에서, 여기 없는 사람들이었죠. 3주 내내 다른 사람들을 만나거나 이야기를 나누지 않고 우리끼리만 지냈어요. 아테네에는 연락을 하면 만날 수 있는 지인들이 있었지만 전화를 걸지 않았어요. 우리는 '없는 사람들이다'라는 느낌이 그만큼 강했죠. 아고라에서 시간을 많이 보냈어요. 역사에 따르면 수없이 공격당하고, 파괴되고 다시 세워졌던 곳이죠. 그러다가 마침내 현대에 들어서서 복구되어 지금처럼 보존이 되고 있는 거예요. 그런 역사를 아주 잘 알게 되었죠."

내가 말했다.

"아, 선생님이 한 번 더 보고 싶은 마음이 드신다면, 그리고 시간이 된다면 우리 둘이 함께 가봐도 좋을 것 같네요."

그녀는 자신이 혼자서 그곳을 찾을 수 있을지 자신이 없다고 했다. 그리고 자기는 좀 걸어야 한다고, 걷고 있는 동안은 음식 생각이 안 난다고 덧붙였다.

나는 수블라키도 먹어보자고 했다. 그걸 먹고 나면 허기가 싹 가신다고.

내 휴대전화가 울렸다. 옆자리 남자의 활기차고 씩씩한 목소리가 전화기를 타고 흘러나왔다.

"별일은 없으신 거죠?"

그가 물었다. 그날 이후로 나를 더 불편하게 한 일은 없었을 거라 믿는다고 말했다. 내가 자신의 문자에 답을 하지 않아서, 직접 전화를 하기로 한 것 같았다. 그는 내 생각을 했다며, 혹시 떠나기 전에 한 번 더 바다에 나갈 시간이 있는지 물었다.

나는 아쉽지만 안 될 것 같다고 했다. 그가 런던에 오면 다시 보자고, 지금은 다른 사람과 약속이 있다고, 관광을 좀 할 예정이라고 했다.

"그렇다면 저는 오늘은 고독적으로 보내야겠네요."

그가 말했다.

"고독하게, 겠죠."

내가 말했다.

"네, 죄송합니다. 그렇죠, 고독하게."

그가 말했다.

어긋나는 이야기들, 혹은 가능성

• 옮긴이의 말

레이첼 커스크의 『윤곽』을 번역하면서 줄곧 어떤 '답'을 기대했다. 많은 이야기들이 나오지만 그 어떤 이야기들도 서로 이어지지는 않는 이 작품은 당연히 혼란스러웠다. "내가 듣고 있는 이야기들을 하나도 제대로 받아들일 수가 없었다"(9쪽)라는 화자의 말은 그대로 내가 저자에게 던지고 싶은 말이었다. 그리고 번역 작업을 마칠 때쯤엔 우리는 소설에서 무엇을 기대하는가, 라는 질문을 떠올렸고, 어쩌면 이 책은 '듣기'에 관한 작품일지도 모르겠다고 생각했다.

소설의 화자는 영국의 소설가이고, 여름학기 동안 글쓰기 강좌를 위해 아테네로 간다. 그 사흘 동안 그녀는 비행기의 옆자리 남자, 동료 강사, 영국문학을 그리스에서 번역 출간하는 편집자와 그가 데리고 온 그리스 작가, 또 다른 편집자, 그리고 그녀의 수업을 듣는 수강생들의 이야기를 듣는다. 인물들이 화자에게 전하는 그들 각자의 이야기는 다양하다. 실패한 결혼(옆자리 남자), 잃어버린 열정(라이언), 새로 발견한

293

자아(안젤리키), 다시 실패한 결혼과 잃어버린 열정(파키오티스), 실패한 연애(엘레나), 다시 잃어버린 열정(앤)까지, 그들은 모두 자신들에게 있었던 일들을 하나의 '이야기'로 만들어 화자에게 전하지만, 화자는 그 어떤 이야기에도 완전히 공감하지 못한다. 소설 전체가 이야기들은 얼마나 전해지기 어려운가, 혹은 받아들이기 어려운가를 전시하는 것만 같았다. 번역을 마칠 무렵, 나는 이어지지 않는 그 이야기들에 그럼에도 두 가지 공통점을 가지고 있음을 발견했다. 첫째, 등장인물들의 이야기는 모두 상실 혹은 단절에 대한 이야기라는 점, 둘째, 그 이야기들이 모두 '일방적인' 한쪽의 이야기라는 점이다. 우리는 그 이야기들에 등장만 하는 다른 인물들의 이야기, 그들의 '입장'은 들을 수 없다.

"저는 앞으로는 자서전만이 유일한 예술형식이 될 거라고 확신합니다. 묘사나 인물 같은 것들은 예술뿐 아니라 현실에서도 이미 죽어버렸거나 죽어가고 있습니다."

(저자의 『가디언』 인터뷰, 2014. 8. 2)

이 작품이 영국 현지에서 출간되었을 때 레이첼 커스크는 인터뷰에서 자서전, 즉 개인이 자기의 경험에 대해 전하는 이

야기만이 유일한 예술형식이 될 것이라고 예언했다(그녀는
자서전 형식 소설의 대표작이라고 할 수 있는 칼 오베 크나우
스고르의 『나의 투쟁』에 대해 극찬하기도 했다). 과연 소설 속
인물들의 이야기는 모두 그들 각각의 축약된 자서전이라고도
할 수 있을 것 같다. 그렇다면, 작가가 소설 속 화자(이 화자는
아마도 레이첼 커스크 본인일 것이라는 해석이 지배적이고,
당사자도 부인하지 않았다)의 입장을 빌려 그 자서전들을 모
아서 전하려 했던 이유는 무엇이었을까?

"사람들을 알아가는 유일한 방법은 그들이 하는 말을 듣는
것뿐입니다. 저는 그런 만남에 집중했습니다. 다른 틀이나
맥락이 더 이상 제게는 없었으니까요."
(같은 인터뷰)

'다른 틀이나 맥락이 더 이상 제게는 없었으니까요'라는
말에서 나는 이 소설을 읽어내는 하나의 단서를 찾았다. 그러
고 나면, 이 소설 속의 인물들이 하나같이 어떤 '상실'에 대
해 이야기하고 있다는 것도 새롭게 보인다. 실패나 상실은 한
순간의 경험에 그치지 않는다. 그건 또한 나의 경험에 의미를
주던 틀이나 맥락이 사라져버리는 경험이기도 하다. 실패나

상실이, 실제로 그 일이 지나간 후에도 그 일을 겪은 이에게 큰 타격을 미치는 것은, 실패 혹은 상실과 함께 그때까지 경험에 의미를 부여해주었던 틀을 잃어버린 개인이, 그 후에 새로 겪게 되는 경험에 대해서도 의미를 찾을 수 없기 때문이다. 그 허전함을 견디지 못하는 많은 이들이 이제 유효기간이 지나버린 틀과 맥락으로 여전히 새로운 경험들에 의미를 부여한다면, 이제 사실이 뒤틀려버린다. '다른 틀이나 맥락이 더 이상 제게는 없었으니까요'라는 레이첼 커스크의 말은 따라서, 포기가 아니라 뒤틀리지는 않겠다는 선언으로 읽을 수도 있다.

파편적으로 입력되는 이야기들이 하나의 의미로 이어지지 않는 상황이 혼란스러운 것은 당연하다. 하지만, 화자가 끊임없이 누군가의 이야기를 듣고 있다는 것, 그렇게 귀를 기울이고 있다는 행위 자체가 그의 노력이다. 그렇게 파편적으로 입력되는 타자의 이야기들 중 어떤 부분에 새로운 틀 혹은 맥락을 찾을 수 있는 단서가 되기도 하기 때문에, 그 노력은 또한 희망이기도 하다.

하지만 사람들이 자신에게 일어난 일에 대해 입을 다문다면, 무언가가 드러나지 않게 되는 것 아닐까. 비록 그것이 그 일들을 겪은 사람들 입장에서의 설명일 뿐이라고 해도?

(289 - 290쪽)

다시 말하지만 이 소설은 '답'을 주지 않는다. 오히려 그런 '답'이라는 것을 철저하게 부정하는 소설이라고 해야 할 것이다. 알고 있던 답이 답이 아님을 알게 되었을 때, 그럼에도 과거의 답에 매달리거나, 섣불리 다른 답을 받아들이지도 말고 얼마간은 그저 다른 이야기에 귀를 기울여보라고 권하는 작품이었던 것이다. 나는 이런 제안이 꽤나 유효한 것이라고 생각한다. 새로운 정답을 찾으려 서두르지 말고, 정답이 아닌 것들을 피하며 계속 귀 기울이는 자세… 때론 답답하고, 때론 지치겠지만, 그럼에도 그것이 옳은 방향이 아니겠냐고, 그러니 우선은 들어야 한다고… 그것이 저자가 하고 싶었던 말이 아니었을까? 이제 독자들이 그 이야기에 귀를 기울일 차례다. 소설 속 인물들이 쏟아내는 그들의 이야기에서 본인의 상실이나 단절을 떠올릴 수 있는 독자라면, 그 접점에서 새로운 틀을 찾을 수 있는 단서도 발견할 수 있을 것이다.

2020년 7월

김현우

레이첼 커스크 Rachel Cusk, 1967-

1967년 캐나다에서 태어난 레이첼 커스크는 어린 시절을 로스앤젤레스에서 보낸 후 1974년 영국으로 이주해 옥스퍼드 대학에서 영문학을 전공했다. 2018년에 구겐하임 펠로십을 수상했으며 현재 파리에 살고 있다. 첫 소설 『아그네스 구하기』(*Saving Agnes*, 휘트브레드 신인소설가상)를 1993년에 출간한 이후, 『어느 도시 아가씨의 아주 우아한 시골생활』(*The Country Life*, 서머싯 몸상 수상), 『알링턴파크 여자들의 어느 완벽한 하루』(*Arlington Park*, 오렌지상 최종 후보), 『운 좋은 사람들』(*The Lucky Ones*, 휘트브레드 소설상 최종 후보), 『우리에 갇혀』(*In the Fold*, 맨부커상 후보) 등 그녀의 소설은 주로 사회가 만들어놓은 여성상과 이에 대한 풍자를 주제로 했다.

지금까지 모두 열 편의 장편소설을 발표했고, 2003년에는 『그란타 매거진』이 선정하는 '영국 최고의 젊은 소설가'로 뽑혔다. 루퍼트 굴드가 연출하고, 레이첼 커스크가 각본을 쓴 에우리피데스의 『메데이아』(*Medea*, 2015)는 수잔 스미스 블랙번상의 최종 후보로 선정되기도 했다. 특히 10년간의 결혼 생활과 이혼의 아픈 경험을 대담하고 솔직하게 담은 그녀의 회고록 『일생의 일: 엄마가 되는 것』(*A Life Work: On Becoming a Mother*, 2001)과 『후유증: 결혼과 이혼』(*Aftermath: On Marriage and Separation*, 2012)은 영국 문단에 큰 파장과 논쟁을 낳았다.

긴 공백 후, 커스크는 새로운 형식의 소설적 글쓰기를 시도한다. 주관적이고 직관적인 견해는 피하면서 서사적 관습에서 벗어나 개인적 경험을 표현하는 것이다. 이 새로운 프로젝트는 '윤곽 3부작'인 『윤곽』(*Outline*, 2014), 『환승』(*Transit*, 2016), 『영광』(*Kudos*, 2018)으로 발전했고, 해외 문단에서 높은 평가를 받고 있다.

옮긴이 김현우 金玄佑, Kim Hyunwoo, 1974-

연세대학교 영어영문학과를 졸업하고 동대학원 비교문학과 석사과정을 수료했다. 현재 EBS PD이면서 전문 번역가로도 활동한다. 지은 책으로 『건너오다』가 있고, 옮긴 책으로 『환승』『저수지 13』『그림자의 강』『결혼식 가는 길』『위대한 집』『멀고도 가까운』『초상들』『스티븐 킹 단편집』『행운아』『고딕의 영상시인 팀 버튼』『G』『로라, 시티』『알링턴파크 여자들의 어느 완벽한 하루』『A가 X에게』『벤투의 스케치북』『돈 혹은 한 남자의 자살 노트』『브래드쇼 가족 변주곡』『우리의 낯선 시간들에 대한 진실』『킹』『아내의 빈 방』『사진의 이해』『스모크』 등이 있다.

윤곽

지은이 레이첼 커스크
옮긴이 김현우
펴낸이 김언호

펴낸곳 (주)도서출판 한길사
등록 1976년 12월 24일 제74호
주소 10881 경기도 파주시 광인사길 37
홈페이지 www.hangilsa.co.kr
전자우편 hangilsa@hangilsa.co.kr
전화 031-955-2000~3 **팩스** 031-955-2005

부사장 박관순 **총괄이사** 김서영 **관리이사** 곽명호
영업이사 이경호 **경영이사** 김관영
편집 백은숙 노유연 김지수 김지연 김대일 최현경 김영길
관리 이주환 문주상 이희문 원선아 이진아 **마케팅** 정아린
디자인 창포 031-955-2097
인쇄 예림 **제본** 예림바인딩

제1판 제1쇄 2020년 8월 10일
제1판 제2쇄 2021년 8월 31일

값 15,500원
ISBN 978-89-356-6854-0 03840

레이첼 커스크
세계 언론의 찬사를 받다

레이첼 커스크에게 꽃다발을 선사하고 싶다.
『윤곽』은 소설의 형식은 물론 그 내용의 깊이 면에서도 매우 훌륭하다.
힐러리 맨틀_『마거릿 대처 암살 사건』 저자

『윤곽』의 가장 매력적인 장점은
잠재된 분노와 세련되게 다듬어진 분석적 언어다.
레이첼 커스크의 글쓰기는 아름답다.
미국_북포럼

레이첼 커스크 서사의 모든 문장은
알려지지 않은 진실을 수면 위로 드러낸다.
미국_플레보와이어

『윤곽』은 독창적이며 우아하고 창조적인 소설이다.
영국_인디펜던트

레이첼 커스크만의 단호하고 치명적인 지성이 전력을 다한 듯한 소설이다.
매력적이지만 규정하기 힘든 『윤곽』의 주제를 알 수 있는
유일한 방법은 그것을 읽는 것뿐이다.
영국_파이낸셜 타임스

레이첼 커스크는 창조적 글쓰기의 모든 규칙을 무너뜨렸다.
당신을 완벽하게 사로잡을 것이다.
영국_인디펜던트

열 개의 대화로 이루어진 이 소설의 형식은 기발하고 신선하다.
무의미한 플롯은 과감히 삭제하는 대신,
다양한 인간의 삶에 대한 이야기는 풍부하다.
깊이 있고, 생각에 잠기게 되는 소설이다.
영국_런던타임스

레이첼 커스크의 관찰력은 날카롭다.
소설 속 주인공이 만나는 모든 인물들의 존재감은 생생하다.
영국_리터러리 리뷰

『윤곽』은 독자들에게 문장을 더욱 세심하게 살펴볼 것을 요구한다.
그 도전을 받아들인 독자들은 노력에 대한 보상을 받게 될 것이다.
미국_북리스트

가족과 우리의 삶에 관한 날카로운 탐구를 담은 열 개의 대화.
미국_퍼블리셔스 위클리

『윤곽』은 최고의 소설이다.
레이첼 커스크가 지적인 작가라는 것은 이미 알고 있었지만,
해학적인 면도 풍부하다는 걸 알게 되었다.
깊이 빠져들게 할 뿐 아니라, 많은 것을 생각하게 하는 소설이다.
영국_런던 이브닝 스탠다드

레이첼 커스크는 모두의 예상을 뒤엎었다.
놀라움이 가득한 소설이다.
영국_텔레그래프

『윤곽』은 작가 부재의 소설이다. 얼굴을 가린 글쓰기다.
소설 속 화자는 창작 글쓰기 수업을 가르치기 위해 그리스로 떠나고
그곳에서 다른 사람들의 이야기에 빠져든다.
영국_가디언

레이첼 커스크는 각종 기교가 절제된 높은 수준의 글쓰기를 통해
고통스러운 여성의 삶의 현실을 고통의 가장 직접적인 원인인
'지움의 과정'으로 묘사한다.
제프리 유제니디스_『결혼이라는 소설』 저자

소설 속 화자의 정체, 즉 윤곽은 그녀와
대화하는 사람들의 독백을 통해 점차 드러난다.
아이러니하게도 독자는 소설 속 모든 이야기에 집중하게 된다.
제프 다이어_『내가 널 파리에서 사랑했을 때』 저자

『윤곽』 속 작은 대화와 독백은 마치 해럴드 핀터, 윌리스 쇼운,
애니 베이커 등이 출연한 연극을 보는 듯 응축되고 생생하다.
미국_뉴욕타임스

W. G. 제발트와 비견되는 작가!
호주_시드니 리뷰 오브 북스